네게 쓴 메일함

김기우 작가의 시와 음악이 있는 소설

네게 쓴 메일함

김기우 지음

이야기의 삶, 삶의 이야기

오전 내내 책상 앞에 앉아 있다가 정오 무렵 바깥으로 나선다. 컴퓨터 모니터에 붙들린 몸을 풀어주어야 할 때다.

산책하다가 아는 얼굴 만나면 이를 드러내며 인사하고, 모르는 사람을 봐도 속으로 안부를 전한다. 소도시의 소시민들이다.

앞날에 대한 불안과 가족 갈등, 건강염려, 생업 근심, 사랑 의심이 무심한 표정 바깥으로 배어 나오고 있다.

나는 소시민들의 걱정을 끌고 다니다가 집으로 돌아와 다시 모니터를 들여다본다. 빈 곳에 문장을 찍어나간다.

《네게 쓴 메일함》은 아파트 경비원인 아버지와, 유명 소설가를 꿈꾸는 아들이 주고받는 메일 형식으로 꾸민 작품이다.

가전회사 A/S 기사에서 재활용품 수집가로, 다시 골동품 감정가로 변신한 추풍 씨의 고민, 버스 안내양을 생업으로 살아갔던 할머니가 겪는 AI 시대, 숫자 스트레스를 없애려 문자로 바꾼 회사원의 소통 부재, 풍문 때문에 친구를 해치는 학생의 객기, 인간 사회의 빠른 변화에 따라 빠르게 달려가는 강아지, 경쟁에서 밀려난 피아니스트의 소심한 복수, 모든 일상을 무속신앙에 기대어 살아가는 주부의 망상….

우리 시대 서민의 모습을 컴퓨터에 우화로 새겨넣었다.

시민들에겐 진정한 행복이 무엇일까?
나의 행복은?

저마다 답을 향해 걸어가던, 시민들의 백치스런 모습에 나는 문득, 주눅이 든다. 나의 문장에 담기는 그들에게 죄송스럽다. 내가 얼마나 안다고 함부로 단정 짓는가. 요즘은 어떤 말도 할 수 없을 때가 많아진다.

그래도 나는 기운을 내서 그들을 적어나간다. 백치를 가장한 영악함을 받아들이거나, 속는 자신을 스스로 견뎌내겠다고 마음먹어야 한 문장이라도 쓸 수 있다.

이렇게 철면피로 이 년을 보내니 오십팔 편의 이야기가 만들어졌다. 《네게 쓴 메일함》에는 시민 이야기에 관련한 현대시를 골라 선율을 입히고 산문을 넣었다. 우리의 현대 시를 향한 애정의 표현으로 봐주시면 좋겠다.

책 읽고 글 쓰는 일로 십수 년 세월을 보내면서, 경제활동에 적극적으로 참여하는 가족들한테, 시민들에게 미안한 마음이다.

　물질적 보상이 쉽게 이뤄지지 않아도 이 일을 멈출 수 없다. 아직 손목에 힘이 남아 있고, 안경 없이 활자 읽을 수 있을 때, 더 열심히 쓰고 읽어나가겠다고 다짐해 본다.

　오늘도 컴퓨터 모니터를 보다가 무릎 펴고 산책하러 나간다.

　저기,
내가 걸어간다.

2024 가을, 김기우

차례

1장
/ 새의 길

2장
물에서 건져낸 옛 생각

4장
꿈속에서 거울 보기

5장
운명이 밀려오는 자리

6장
새로운 시인을 그리며

※이 QR코드를 찍으면 본문 중에 수록된 노래와 영상을 볼 수 있습니다.

아버지께서 만들어 주신 전복 파스타

아버지,

아버지께 이렇게 편지를 쓰는 게 얼마 만인지 모르겠습니다. 유치원에서 처음 아버지께 그림 편지 보내고 초등학교 4학년 때 어버이날 숙제로 쓴 편지가 마지막이었죠.

아버지께서 메일을 보내지 않으셨더라면 다시는 편지 쓸 일이 없었을 겁니다. 제 글쓰기에 도움을 주겠다고 하셨죠. 아파트 경비원으로 자리 잡으시고 성실 근무 인정받아 마음에 여유가 좀 생겼으니 제게 소설 소재 보내신다는 메일, 저는 기뻤습니다. 놀랐고요. 저도 아버지한테서 보살핌을 받는 존재라니요.

해가 바뀌었습니다. 연말을 말끔히 보내지 못한 사람들이 새해를 맞이하는 뒤숭숭한 마음처럼, 저도 정리 안 된 서랍

14

모양 뒤죽박죽 새해를 맞이했습니다. 작년의 세상도 여느 때와 다를 바 없이 많은 사건이 일어났고, 제게도 갖은 일들이 범벅이 되어 달려들었습니다.

　아버지께서도 아시겠지만, 작년 초에 저는 직장을 그만두고 소설을 쓰겠노라, 집에 들어앉았지요. 한 권의 소설이 완성될 때까지 퇴직금으로 버틸 수 있다는 오산이 현실감 있게 다가오기 시작한 것은 가을부터였습니다.

　아니, 직장을 그만두겠다는 말을 아내에게 꺼내고부터라고 해야 맞을 것입니다. 쓰지 않으면 견딜 수 없다는 열망보다 단조로운 조직 생활에서 일단 피해 보자는 조급함이 먼저였으니까요.

　아내는 결혼 전에 다니던 학원에 다시 출근하기 시작했습니다. 저는 아내가 차려놓은 밥상 위 식은 국을 훌쩍이나가 오늘 할 일을 그려보며 오전을 보내고 오후에는 인터넷 세상을 돌아다닙니다. 해야 할 일이 태산 같다는 조급함과, 아무 것도 하지 않아도 될 것 같은 권태로움도 여름이 지나 가을이 오자 아내의 눈총과 동네 사람들의 수군거림에 쫓겨 꽁지를 감추었습니다.

아내가 퇴근할 무렵이 하루 중 제게 가장 고통스러운 시간이었습니다. 숙제를 못 한 아이처럼, 반신불수에 걸린 노인처럼, 저는 아내가 집에 돌아와 저를 바라보는 눈길을 마주할 수 없었습니다. 아내는 결혼 전과 다름없이 다정한 눈길이었지만, 제겐 왜 그렇게 달라 보이던지요.

저는 피해망상을 피하려고 알음알이들에게 전화를 넣어 집에서 할 수 있는 일을 알아보았습니다. 대필과 교열, 번역과 르포, 그리고 편집과 교정까지 글에 관계된 일이라면, 그리고 생활에 보탬 되는 일이라면 닥치는 대로 해나갔습니다. 원고 노동자가 된 것이죠. 시간을 쪼개어 글짓기 교실에도 강의를 나갔어요. 정작 소설은 한 줄도 쓰지 못한 채, 해를 마감해야 했습니다.

소설을 쓰지 못해서일까요. 일하면서도 저는 남자가 집에

들어앉아 있다는 피해의식을 좀체 버리지 못했습니다. 예민
해질 대로 예민해져 싱크대 수돗물 방울 떨어지는 소리에 귀
를 막았습니다. 저는 깜짝깜짝 놀라 잠을 이루지 못했습니
다. 불면을 없애기 위해 마시지 못하는 술을 들이켜야 했습
니다.

그러던 어느 날, 며칠 밤을 새워 작업한 식품회사 회장님
의 어록 원고를 넘겨주고 피로를 풀기 위해 대중목욕탕에 들
어갔습니다. 사우나실에서 땀을 뺀 뒤 면도하려는데, 입술이
제대로 움직여 주질 않았습니다.

거울을 자세히 들여다보니 입술이 삐쭈루, 돌아가 있는 게
아닙니까. 저는 목욕 순서를 뭉텅 빠트리고 서둘러 집으로
돌아왔습니다. 어질어질하고 다리에 힘이 없었습니다.

'안면신경마비.'

얼굴 한쪽이 완전히 마비되어 눈이 감기지 않고, 귀도 제
대로 들리지 않았습니다. 밥과 물도 입안에 담을 수 없어 주
르르 흘러내렸습니다. 한방에서 온몸에 침을 놓더니 양방 병
원에 가보라 하대요.

한림대 성심병원 의사가 뇌에 이상이 있을 수 있으니 절대

안정하라고 입원을 권했습니다.

　바퀴 달린 침대에 누워 저는 부모님을 그리워했습니다. 걱정 끼쳐 드릴 것 같아 어머니께는 저의 발병을 알리지 않으려 작정했지만, 아버지께는 꼭 알려 드리고 싶었습니다. 그래서 완전히 일그러져 흉측한 제 얼굴을 아버지께 보여드리고 싶었습니다.

　언제나 가족에게는 무관심했던 아버지. 처자는 아랑곳없이 평생을 기타 줄 뜯거나 대금 불어대며 유랑하신 아버지. 라이브카페 해보겠다고 팔아버린 선산과 논을 봇짐에 담아 떠나시고는 13년 만에 돌아오셨을 때, 봇짐 속엔 대금(大芩) 두 자루뿐이던 아버지.

　아내가 세면도구와 내의를 병실 사물함에 넣고, 집주인이 세를 올려 달라는 소식을 전합니다. 그리고 어머니의 편지도 슬며시 꺼냅니다. 지금 살고 계시는 저당 잡힌 집이 원금을 못 갚으면 경매 넘어간다는 내용을 읽고, 저는 아버지를 무척 뵙고 싶었습니다. 뜬벌이여도 아버지처럼 가족 힘들게 하지는 않으리라고 제 삐뚤어진 입으로 말씀드리고 싶었습니다.

아니, 따뜻한 격려의 말씀을 듣고 싶었습니다, 아버지. 지난여름, 아버지 생신 때에도 저는 아버지께서 제게 큰 힘을 주실 충고 한마디를 갈망했습니다.

하지만, 아버지께서는 자식들이 눈에 껄끄럽게 밟히시는지, 저를 보자 슬그머니 자리를 떠 자전거 핸들을 잡으셨지요. 할아버지 제사 때도 아버지께서는 우리 눈길을 피하려고 자전거 타고 산책길에 오르셨습니다. 자전거 바큇살에 부딪혀 튕겨 나오는 햇살이 가시가 되어 제 가슴을 찔러왔습니다.

일주일 동안 신경 촉진 주사를 맞아야 한다는 의사의 지시를 무시하고 저는 사흘 만에 퇴원했습니다. 직장인과는 달리 하루를 까먹으면 그만큼 하루 생활을 꾸릴 수 없는, 날품팔이 원고노동을 해야 했기 때문이지요. 무리하지 않고 일하다 보니 입이 차츰 원상태로 돌아오기 시작했습니다.

언제 찌그러졌던가 싶게 얼굴이 감쪽같아지자 아버지께서 우리 집을 찾아오셨지요. 평소 아들이나 딸 집을 한 번도 찾지 않으시던 아버지께서 웬일이신가, 혹 나의 병을 알고 계신 게 아닌가. 저는 반가움 반, 의심 반으로 쭈물쭈물 아버지를 모셨습니다.

아버지는 제 병을 모르고 계셨습니다. 지난밤 꿈에 네가 떠올랐다고, 체력 없이 글 못 쓴다며 전복 상자를 내려놓으셨죠. 5kg, 제주 자연산 말전복. 아버지는 부엌에 들어가 후다닥 해물 파스타를 끓여 주시고는 쑥스러우셨는지, 전복값을 받아야겠다고 하셨습니다. 주머니에서 염색약을 꺼내 보이셨죠.

아버지께서 끓여내신 전복 파스타를 우리는 잊지 못합니다. 최고의 맛이었습니다. 하지만 아버님께서 찾아오신 이유는 따로 있었습니다. 시골에 있는 밭을 마을회관 건립에 헌납하고 오는 길이라 하셨습니다. 종계 땅이라지만 아버지 명의로 돼 있는 마지막 유산인 줄 압니다. 그리고 평생 애지중지하던 명품 기타와 대금(大笒)도 회관 전시물로 기증하셨고요. 앞으로 장학기금도 조금씩 보태려 한다고 덧붙이는 말씀에 저는 감동보다 서운함이 먼저 다가왔습니다. 언제나 자기 식구들보다 남을 더 위해 주려는 아버지의 변함없는 체면, 자기애가 저는 야속했습니다.

하지만 염색해 달라고 내맡기신, 하얗게 센, 몇 가닥 없는 아버지의 머리칼을 보고 저는, 노인정에 돈과 애장품을 기증하려는 아버지의 속내를 헤아릴 수 있었습니다. 아버지 자신이 부모님께 못한 효도와 자식들에게 기대할 수 없다는 자격 지심이 그런 결단을 내리게 했으리라고 말입니다.

아버지, 아내가 새해맞이 요리라며 해물 파스타를 만들었습니다. 아버지께서 사다 주신 전복이 파스타 맛을 한층 돋웁니다. 저는 파스타를 입에 훌훌 넣으며, 앞으로 우리가 아버지께 전복 파스타 만들어 드려야겠다고, 아니, 전복보다 아버님 살 한 근 내리지 않게 해드려야겠다고 마음먹었습니다.

그는 한 잎의 나무가 되었다. 이파리도 말라 부스러질 정도가 되자, 병을 쉽게 빠져나갈 수 있었다. 하지만 나무는 병 안에 있기로 했다. 병 밖이라도 별다르지 않다는 것을 알았다. 밖이 안이라는 것. 이미 투명해진 상태라는 것. 자신이 길을 만들어갈 뿐이라는 것. 시인에게 말의 길은 자신이라는 것.

후문 초소의 진품 감정

아들에게.

아들, 답장 줘서 고맙다. 너를 보면 꼭 내 젊을 때 생각난다. 미안하다, 이런 말 해서. 너는 나보다 훨씬 좋은 시절을 보내는 중인데….

아들은 성공해서 누구보다 잘살게 될 거야. 틀림없다. 이 애비가 확신한다. 보증한다. 넌 네 할아버지 똑 닮았어. 할아버지. 고향에서 아직도 칭송 자자하단다. 종단 일으키고 종계 훌륭하게 꾸려내셨다고 말이다.

나도 예술가가 꿈이었지만 잘 안됐지. 나는 네 할아버지로부터, 종중으로부터, 고향 밖으로 나가고 싶었다. 내 삶은 친지와 아버지에게서 벗어나려는 시간이었지만, 공간은 늘 할아버지 계신 곳에 있었다. 마치 자력(磁力) 센 지남철이 잡아당기듯, 나는 고향 쪽으로 몸을 향해 있었다. 종손에겐 운명이란 게 있단 말이 맞아.

그걸 아는 데 평생이 걸렸어. 부모·형제 편하게 해야 한다는 고민에 짓눌려왔던 소년 시절이었다. 청년이 되면서 부담을 어쩌지 못해, 떠나서 해소했다. 과도한 의무감에 스스로 사로잡혀 기만으로 삶의 방식을 바꿨지.

어쨌거나 너도 이제 결혼해서 한 가정을 꾸렸으니 부디 잘 일궈내길 바란다. 네게 해 준 것 없어 미안하다. 답장 기대하지 않았는데, 아직 나를 생각해 줘서 고맙다. 내 육십오 년 세월이 부정당하지만은 않아 참 다행이야. 나 아무 욕심 없다.

여기 '푸른 숲 아파트' 후문 초소에서 경비 근무하며 깨닫는 바가 많다. 이제 인생과 세상에 대해 눈이 떠졌다면 과장이겠지만, 아주 조금은 나와 세상을 감정 없이 볼 수 있게 됐다.

너도 알다시피 우리 가락 배우겠다고 사방 떠돌고, 라이브카페 차린다며 빚잔치 벌이다 결국 신용불량자로 숨어지내왔잖아. 이제 좀 안정되는 듯싶다. 물론 석 달마다 계약서 새로 작성해야 하고, 가끔 눈동자에 초점 없는 주민의 갑질이 뒷머리 뜨겁게 하지만, 어리석은 종자들, 가엾다고 여기면 금방 서늘해지지.

투명 인간처럼 지내면 75세까지 아무 문제 없이 근무하게 될 거야. 네 엄마도 이젠 내게 따뜻한 눈길 보내더라. 이 편지도 가끔 볼지 몰라. 내 메일 주소 비밀번호를 알고 있거든.

우리는 너를 많이 자랑스러워한단다. 네 새 소설이 나올 때마다 몇 번씩 읽고 평가하고 감동하지. 우리 아들이 어쩌면 그런 깊은 생각을 할 수 있는지, 우리보다 어른스럽다고, 정말 우리가 낳은 자식이 맞는지, 눈을 크게 뜨지.

아들, 부모가 남겨 줄 것 없어 미안하다. 가끔 네 글감 될 만한 동네 이야기 전할밖에….

건강 꼭 지켜야 해. 입 돌아갈 정도로 신경 쓰지 말아라.

오늘은 1012동 808호 추풍 선생 소개해 볼까. 그는 아파트 옆 동네에서 고서점도 운영하지. 나와 아주 친하게 지내고 있어. 주위에선 그를 '김 박사', '추풍 도사'라고 불러. 그가 진짜 학위를 받았는지 정확히 아는 사람은 없어. 학위가 없더라도 그만큼 해박한 사람이라는 뜻일 거야.

헌책 곁에 고서화도 즐비하게 걸어놓고 있는데, 그 가운데에 신문기사 액자가 떡하니 자리하고 있어. 고려청자를 부릅떠 쳐다보는 추풍 선생의 측면 사진이 액자를 거의 차지하고 있단다. 〈강원도민일보〉에서 '시대를 감정하다'라는 헤드라인은 잘 뽑았다는 생각이야.

어제 퇴근하면서 고서점에 들르니 추풍 선생이 가게 문을 일찍 닫고 나를 호프집으로 데려가더구나. 긴히 할 이야기가 있다고. 그는 수심 가득한 표정으로 호프 잔을 만지작거렸어. 호프 잔에 맺힌 물방울이 눈물이 된 듯 그는 오백CC 반 잔에 벌써 울상이야. 말없이 호프만 들이켜는 그에게 해결 어려운 일이 생긴 것이 분명해.

추풍 선생이 고서화 감정을 시작한 지 올해로 꼭 십이 년째야. 그도 감정계에 명함 내밀 정도는 됐다고 하대. 텔레비전 프로그램 '진품명품'에 나가지는 못하지만, 협회에서 인정하는 증명서도 받았고, 단골도 열 손가락 꼽을 정도야. 작년에는 《당·송대의 청자》라는 책도 공저로 출판했어. 중국 고서를 베낀 듯하지만, 책에 한자로 자기 호를 사인해 주는 그의 모습이 그렇게 우아하게 보일 수 없었지.

추풍 선생의 감정 이력이 십이 년이라지만 실은 이 년도 채 안 됐을 거야. 그전에는 고물상이었어. 고물상 이전에는 재활용품 수집가였고.

아, 수집보다 채집이야. 채집은 살아있는 것을 수집하는 일, 재활용품이 그의 손에서 살아나니 채집이 맞겠지. 재활용품 채집 전에는 가전회사 직원이었어. 서비스센터 기사 말이야. 추풍 선생은 삼십 년 넘게 다니던 회사를 그만두고 후평동에 전파사를 차렸지만, 곧 접게 돼. 요즘 가전은 대기업에서 모두 고쳐주거나 새로 사게 만드니까. 그는 전파사 처분 뒤 한 삼 년을 집안에서 살림하다가 쓰레기 종량제가 시행되는 바람에 집 밖으로 나서게 되지. 냉장고, 텔레비전, 가스레인지, 오디오, 카메라…. 온갖 전자제품들이 거리에 뒹굴었어.

추풍 박사는 손수레를 한 대 사서 골목을 누비며 가전제품을 건져 올렸어. 그가 손을 대서 못 고치는 가전류는 없었지. 모든 재활용품이 돈이었어. 얼마 지나지 않아 그가 끌던 손수레는 트럭으로 바뀌었어. 그가 살던 전파사 셋방은 이백 평 창고가 딸린 저택으로 변했어.

또 얼마 지나지 않아 트럭은 직원에게, 창고 딸린 저택은 조카에게 맡기고 자신은 가족과 함께 자기 나이대에 꼭 맞는 평수, 우리 아파트로 이사 오지. 우리 아파트는 10단지가 최대 평수 단지야. 그는 가전제품 고치던 드라이버 대신 이제

28

는 융 원단이나 비단을 손에 감고 골동품을 어루만지면서 지내. 사시사철 보약도 먹어 가며 말이야.

그는 자기 일을 천직으로 여기고 있어. 오래된 물건을 며칠 밤 동안 정성 들여 손질하노라면 그 물건을 사용하던 사람의 성품까지 생생하게 떠오른대. 특히 고서화를 보면 그 풍경 속에서 한 달 동안 밤낮없이 헤맨다네. 자신이 옛 장인이 된 듯하다고 고개를 절레절레 흔들어. 새로 생긴 버릇이야. 옛 그림을 더 많이 찾아다니고 전문가들과 토론도 자주 해야 견문이 넓어질 텐데….

하기야 이 상태도 그가 건사하기는 버거울지 몰라. 원서 읽어내기 어렵다고, 유튜브로도 충분하다는 그니까.

그에게 며칠 전 부담스러운 일이 생겼어. 높은 감정료를 받을 기회가 찾아왔는데, 좀 낯설었어. 아주 희귀한 그림이야. 추풍 박사 고객 중에 손 여사라고 큰손이 있는데, 일주일 전에 찾아와 감정을 의뢰했어.

손 여사는 부동산으로 성공한 복부인이야. 최근에는 도자기며 서화에 관심이 많아 이곳저곳을 누비는 중이지. 그녀의 스마트폰 안에는 골동품 사진이 수백 장 들어 있어.

그녀가 추풍 선생에게 옛 그림 한 장을 보여주었어. 추풍 선생이 보기에 손 여사 스마트폰 안의 그림은 작지만 귀한 기운이 느껴졌어. 섬세하면서도 힘찬 필체의 사슴 그림, 최북의 작품이었대.

조선 후기의 기인 화가 호생관. 한국의 고흐라고도 불리는 그는 자기 한쪽 눈을 스스로 찔러 실명케 했어. 그림 그려 달라고 하던 사람이 좀 건방을 떨었던 모양이야. 최북은, '남이 나를 손대기 전에 내가 나를 손대야겠다'고 하며 눈 하나를 찔러 멀게 했다네. 자존심이 엄청난 사람이야.

화가에게 가장 중요한 눈을 후벼낸 최북의 손에는 광기가 서려 있을 테고, 그 손에서 나온 그림과 글씨는 얼마나 강렬할까. 손 여사가 보여준 그림은 최북의 후기작, 〈사슴〉이었어. 사슴 눈빛이 스마트폰 액정을 녹일 만큼 형형했대.

애꾸눈 화가가 남긴 작품 중 유일하게 제목과 낙관이 없어 진품인지 확인하는 것이 추풍 선생의 일이었지. 그도 최북 그림과 글씨를 몇 번 봤고, 그의 기행을 알고 있었지만 사슴 그림의 진위는 확신할 수 없었어. 국립중앙박물관이나 간송 미술관에서 소장하고 있을 텐데.

추풍 박사는 금세 답을 내릴 수 없어 실물을 봐야겠다고 했어. 손 여사는 당연히 그럴 거라며 작품을 같이 보러 가자고 추풍을 채근했어.

그는 일정 봐서 곧 알려 주겠다고 손 여사를 돌려보내고, 동업자에게 전화를 걸었어. 동업자는 고서화 감정 계에서 이름난 사람이야. 추풍 박사는 그에게 술을 자주 사 주며 귀동냥한 정보가 많아.

추풍 씨가 동업자에게 자초지종을 말하자 그는, 실물을 보고 싶지만 시간 없다고 뺐어. 추풍 박사가 자신 몫의 감정료를 주겠다고 하자, 동업자가 시간을 만들어보겠다고 응했어.

며칠 뒤, 추풍 박사는 손 여사를 만나서 그림을 갖고 있다는 노파를 만나러 충청도 산골로 내려갔어. 물론 동업자와 함께였지.

－최북 작품 맞아. 문인화처럼 그리려 했네. 화제 없어 필체는 확인 못 하지만 그가 그린 게 틀림없어. 소나무 가지 하고 사슴 눈 좀 봐. 누구도 흉내 못내. 할머니가 귀한 거 갖고 계시네.

노파가 보여준 그림을 보고 동업자가 군침을 삼켰어. 돋보기에 눈을 바싹 붙이고 그림 여기저기를 훑어보던 추풍 박사도 고개를 깊이 주억거렸어.

손 여사는 동업자가 제시한 그림 가격을 노파에게 폰뱅킹으로 쏘아 주었어. 추풍 박사의 감정료가 곧장 입금됐어. 추풍 박사도 동업자에게 자기 몫의 감정료를 이체해 줬어.

그런데, 엊그제, 추풍 박사는 인터넷 뉴스를 보다가 깜짝 놀랐어. 진품을 모사(模寫)하는 무명 화가를 끼고 전문 감정가들이 사기행각을 벌였다는 기사였어.

애호가들이 쉽게 구별할 수 없을 정도로 진품을 완벽하게 복제해서 재벌 소장가들에게 팔아넘기다 적발됐다고 적혀 있었어. 사기단은 주로 장승업, 김명국, 최북의 그림을 베껴 왔는데, 더 많은 조선 후기 그림이 나돈다는 제보에 경찰은 수사망을 좁히고 있대.

기사 한 줄 한 줄이 추풍 박사의 목구멍을 조여왔어. 추풍 박사는 동업자에게 전화를 걸었어. 결번이라는 안내 말만 되풀이됐어.

예상대로 잠시 뒤, 손 여사가 그림을 들고 찾아왔어.

ㅡ이 그림도 가짜겠죠? 어쩐지 뭔가 허술하더라니…. 그림값 대신 치러주든지, 경찰서로 가든지 어서 결정하세욧!

손 여사가 툭 던진 최북의 그림이 추풍 박사 앞에 펼쳐졌어. 사슴이 소나무 가지를 입에 문 채 희미하게 웃고 있었어. 추풍 박사는 고민에 빠졌어.

　생맥주잔이 열 번 비워지고 나서야 그가 어쩌면 좋겠냐며 내 눈을 쳐다봤어. 손 여사의 그림값을 치르면 자신의 감정 실력이 형편없다는 사실을 인정하는 것이고, 경찰서로 가겠다고 하면 실력 있는 감정가이지만 사기에 동참한 꼴이 되지. 맥주잔과 내 눈을 번갈아 바라보는 추풍 박사에게 나는 해 줄 말이 없었어.

　아들,
　그가 어떤 결정을 내렸는지 모르는 채 일주일이 지났어. 아파트 분리수거장에서 무언가를 버리는 추풍 박사를 멀리서 보았지. 그가 엘리베이터에 오른 모습을 확인하고 분리수거장에 가보니 버려진 것은 최북의 찢어진 〈사슴〉이었어. 사진 복사물이었지. 그 그림은 국립중앙박물관에 있는 최북의 그림을 확대 복사한 사진이야.
　그 곁에 신문지도 있었어. 신문기사에도 〈사슴〉 그림 사진이 크게 박혀 있었어. '최북의 걸작, 위작임이 밝혀져…' 라는 헤드라인이 〈사슴〉을 짓누르는 느낌이야.

나는 얼른 후문 초소로 돌아가 인터넷 뉴스를 찾았어.

[…올 초에 한국국립박물관에서 조선 후기 진품 모사단의 작품을 몇 점 구매하는 실수가 있었다. 그중 하나가 최북의 〈사슴〉이었다.]

진품을 가지고 있던 충청도 산골의 한 노파의 증언이라는 박스 기사도 있어. 노파는 자신이 넘겼던 최북 그림을 다시 가지고 와 휴지 취급하던 부인에게 화가 났대. 그래서 국립중앙박물관에 찾아가 국보 감정사 여러 명에게 감정받아보니, 노파의 그림이 진품이었다고 하더라.

해변의 여인

아버지께.

보내 주신 편지 잘 읽었습니다. 글감도 감사드립니다. 진짜와 가짜가 함께하는 이 시대, 그럴싸하게 포장하는 것들에 속아 넘어가는 사람들이 좀 안 돼 보이기도 합니다. 진짜 가짜 구분이 부질없어 보이기도 하고요. 어차피 우리는 자기 편한 대로 착각하며 살아가지 않나요.

오늘부터 장마랍니다. '많은 비가 우려됩니다. 위험지역에 접근하지 마시고, 반지하주택 지하상가 등 바닥에 물이 차오르거나 하수구 역류 시 즉시 지상으로 대피해 주세요'라는 안전 문자가 시간마다 스마트폰에 뜹니다. 아버지 계신 곳은 4층이어서 괜찮으시죠. 우리 집도 걱정 없습니다. 달동네는 물이 잘 내려가고 있습니다.

제 작업 방이 문제입니다. 지하 창고를 원룸으로 개조한 방이라서요. 지난봄에 아내와 상의해서 조용한 작업실 하나 얻었습니다. 전업 작가 흉내 내려고, 정확히 출퇴근해서 계획한 원고 써내려고 말입니다. 매달 나가는 월세 다섯 배 이상의 가치를 생산해 내리라는 의욕이 충만했습니다.

"제발 나 좀 가만히 내버려 둬. 신경 쓰게 하지 말라구요!"

추절추절 내리는 빗소리에 섞여 다시금 안집에서 악에 받친 여인의 목소리가 귀를 찔러왔습니다.

또 시작이군, 하는 생각 중에 벌써 목소리의 주인공 여자가 방문을 노크합니다. 저는 방에 사람 없는 척하고, 꼼짝 마라, 고요히 있었습니다. 다행히 방문 자물쇠 꼭지가 들어가 있는 상태였습니다.

노크는 계속됩니다. 안에 있는 줄 다 알아, 라는 듯이 계속 두드립니다. 저는 숨까지 멈추고 노트북 저장 단축키를 천천히 눌렀습니다. 한참을 가만히 있었습니다. 방문 안팎으로 긴장이 팽팽합니다. 한 모금 더 불어넣으면 펑 하고 터질 것 같은 풍선 같은 긴장입니다.

어쩐지 지나치게 저렴한 월세였습니다. 복덕방 할아버지가 춘천에 이처럼 싼 방이 있다면 손에 장 지지겠다고 늘어놓던 흰소리는 거짓이 아니었습니다. 한 달 전, 제가 복덕방 할아버지를 따라 처음으로 방을 구경했을 때, 이 방은 어쩐지 익숙해 보였습니다. 마음에 쏙 들었죠. 제가 오래 머물다 비워두었던 방 같았습니다. 반지하라도 봉의산 아래 자리 잡은 주택이어서 공기 맑고 조용했습니다. 더구나 주인집하고는 문이 따로 달려 있어 별채로 봐도 됐고요.

단지 흠이라면 화장실이 없다는 것, 집 바깥 공중화장실을 써야 한다는 점이었습니다. 하지만 그건 옥의 티였습니다. 주인집 아주머니도 좋은 인상이어서 저는 당장 계약서에 사인했습니다.

그런데 막상 스마트폰 뱅킹을 하려 비밀번호를 누를 때는 망설여졌습니다. 공과금이 터무니없이 많지 않은지, 등기도 안 된 무허가는 아닌지, 집안에 이상한 동물을 기르고 있지는 않은지…, 하는 의심이, 멈칫거리게 했습니다.

요즘 저는 계약 때의 망설임이 다 이유가 있었다고 통감하는 중입니다. 무서울 정도로 고요하던 안집에서 일주일 전부터 여인의 통곡하는 소리가 들려왔기 때문입니다.

−어째, 으스스하지? 날 궂으면 더하다고. 한번은 우리 손자에게 달려들기도 했어.

며칠 전, 저의 방 뒤쪽, 큰 방에 세 들어 사는 옆방 할머니가 제게 했던 말입니다. 할머니의 귀띔에 의하면, 악디구니 주인공은 주인집 딸이라는 것, 신혼여행 도중에 남편과 사별하고 병이 들었다는 것, 유학까지 다녀왔다지만 원래부터 맑지 못했다는 것, 그런 원인은 모두 주인 양반이 조강지처 묘를 돌보지 않기 때문이라는 것이었습니다. 소설 구상하고 초고에 집중하느라 흘려듣던 할머니의 이야기가 새록새록 떠올랐습니다.

다시금 노크 소리가 들려왔습니다. 소리는 점점 커지고 세져서 금방이라도 문이 부서질 것 같았습니다. 저는 헛기침했습니다.

−여보세요? 안에 계셔요?

−누, 누구시죠?

−안집인데요, 물어볼 말이 있어서요.

제가 문을 열자 자그맣고 앳된 여인이 눈가에 울음을 달고

서 있는 것이었습니다. 그녀 뒤엔 안집 아주머니가 희미하게 미소를 지으며 문설주에 기대어 있었습니다. 비를 맞았는지 모녀의 젖은 머리칼에서 물이 뚝뚝 떨어졌습니다.

－안녕하세요? 처음 뵙겠네요.

안집 딸이 금세 표정을 바꿔 노래 부르듯 말하곤 손을 입가에 댑니다. 창백한 손, 창백한 웃음….

－예, 반갑습니다. 그런데 무슨 일로….

저는 짐짓 태연한 척, 활짝 웃어 보였습니다.

－저 좀 도와주세요. 바다가 보고 싶어 죽겠어요. 제주도는 너무 멀고, 안목이나 경포대라도…. 엄마가 허락해 준다고 했어요. 아저씨하고 같이 가면 괜찮겠다고….

－지금 시간에 말입니까?

저는 기어들어 가는 목소리로 물었습니다. 그녀는 대답 대신 문설주에 기대선 주인집 아주머니를 슬며시 잡아끌었습니다.

－죄송해요. 얘가 하도 보채서….

뭘 잘못한 학생처럼 안집 아주머니가 다소곳이 제 앞에 다가왔습니다.

－요 앞을 몇 바퀴 돌다 오면 한동안 가라앉을 거예요. 애

가 마음이 좀 어지러워요. 부탁해요.

아주머니는 딸의 눈치를 살피며 봉투를 방 안으로 슬쩍 밀어 넣었습니다. 저는 이 상황이 너무 황당해서 잠시만요, 하고 뒷걸음질했습니다.

─그럼 가시는 줄 알고 기다릴게요.

아주머니가 어서 옷을 갈아입고 나오라는 듯, 방문을 닫아주었습니다. 저는 방 자물쇠를 걸고 봉투를 살폈습니다. 오만 원 권이 넉 장 들어 있었습니다.

저는 점퍼를 걸치고 방을 나와 앞장섰습니다. 그녀가 우산을 빙글빙글 돌리며 제 뒤를 종종 따라왔습니다. 잠시 그쳤던 비가 다시 후둑후둑 떨어지기 시작했습니다.

거리를 나서자 먹먹한 고요뿐이었습니다. 오가는 사람은 아무도 없었고, 자동차도 드문드문, 눈에 띄게 줄어 있었습니다. 저는 그녀를 가로등 밑에 세워두고 길가로 나와 택시를 잡았습니다.

밤늦은 시각이고 비도 내려서 한참 만에야 빈 택시가 왔습니다. 차창을 빠끔 열고 방향을 묻는 운전사에게 저는 이 근방을 조금만 돌다가 내려 달라고 부탁하고 가로등에 기대 서 있는 그녀를 가리켰습니다. 운전사는 음흉한 미소를 지어 보이며 요금을 얹어 달라고 했습니다.

―그날도 이렇게 부슬부슬 비가 내렸죠. 그이 하고 저는 신혼여행을 제주도로 갔어요. 분위기가 그렇게 좋을 수 없었어요.

저는 건넌방 노파가 해 준 이야기가 생각났습니다.

―비 좋아하시죠? 용두암에서 사진을 찍고 모텔로 돌아오는 길에 그만…. 사고였어요. 빗길 사고…. 정말 화나요. 텔레비전에서 보던 교통사고가 우리에게, 그것도 신혼여행 때 닥쳤다는 사실이 그렇게 억울할 수가 없어요. 그래도 저는 비 오는 날이 좋아요.

차창 밖을 보다가, 운전기사를 보다가, 저를 보던 그녀는 차가 속도를 내기 시작하니 좋았습니다.

택시 탄 지 십 분 정도 지났을까요. 저는 다 왔으니 집에 가자고, 그녀를 깨웠습니다. 택시에서 내리니 빗줄기가 다시금 퍼부어대고 있었습니다.

―바다에 다녀오니 기분이 어떻습니까? 한결 좋아졌죠? 정말 아름다운 바다였어요.

저는 그녀를 데리고 집으로 돌아오며 너스레를 떨었습니다.

―네, 아주 좋았어요. 꿈결에서만 거닐던 해변을 오랜만에

다시 걸으니 상쾌해요. 아! 아직도 발바닥을 간질이는 모래 감촉. 휴, 이제 살 것 같아.

그녀는 감탄사를 연발하며 춤을 추듯 안채로 걸어갔습니다. 저도 한결 가뿐해졌습니다. 이젠 마음 편히 글 쓸 수 있게 됐다고 생각하니 새롭게 힘이 솟았습니다. 좋은 아이디어가 샘솟고 작업량이 늘어날 것 같았습니다.

―고마워요. 비록 택시 안에서였지만 저는 정말 바다를 거닐었어요.

입안엣소리로 웅얼거리는 그녀의 말이 방으로 들어서는 제 뒤통수를 쿡 찔러왔습니다. 저는 숨을 깊이 들이마셨습니다. 아무래도 글쓰기는 더 진척되지 않을 듯싶었습니다.

그 일이 있고, 보름 정도 지났을까요? 장마 끝무렵입니다. 또 비가 내리고, 밤중에 누군가 노크합니다. 저는 소설 결말 단락을 써나가고 있었습니다. 가장 예민할 때입니다.

똑, 똑, 똑.

누가 노크합니다. 들릴락 말락 한 노크 소리, 손톱으로 톡톡 치는 정도입니다. 저는 타자를 멈추고 시계를 바라보았습니다. 어느새 퇴근 시간, 열 시가 훌쩍 넘어 있었습니다.

－안에 계시는 거 다 알아요. 잠깐 얘기해요.

이제 방문을 세차게 두드리는 그녀입니다. 그녀가 벌컥 문을 열 것만 같아 저는 벌떡 일어섰습니다.

그녀가 또 바다에 가자고 했습니다. 이번에는 주인아주머니도 없이 혼자였습니다. 그녀는 주머니에서 봉투를 뺐다 다시 넣어 보였습니다. 저는 어쩔 수 없이 마지막 단락을 남기고 작업을 접었습니다.

지난번하고 같이 택시를 잡아타고 동네를 한 바퀴 돌았습니다. 그런데 그녀가 택시 기사에게 좀 더 가 달라고 했습니다. 그녀는 자기가 안내하겠다 하곤 택시 내비게이션을 두드렸습니다.

차는 소양로에서 요선동으로, 강원도청을 지나 유봉중 쪽으로 달렸습니다. 저는 갑자기 잠이 쏟아져 내려 눈을 감았습니다. 차의 흔들림이 없어 졸음에서 깨어나 보니, 어느 관공서 같은 건물 주차장이었습니다.

그녀는 목적지에 다 왔다는 양, 힘있게 차에서 내려 성큼성큼 걸어갔습니다. 저는 어정쩡 따라갔고 기사는 택시에 남아 벌렁 누워 버렸습니다.

하늘은 깜깜했지만 비는 내리지 않았습니다. 구름이 달을 밀어내고, 별이 발 벗고 춤추는 밤이었습니다.

─여기예요, 바다.

우리가 도착한 곳은 한림대학교 박물관이었습니다. 마침
〈바당수업(水業)〉 전시회가 열리고 있었습니다. 강원특별자
치도와 제주시가 주최한다는 플래카드와 배너 사이로 그녀
가 빠져들어 가고, 저도 따라붙었습니다.

어느새 그녀와 저는 전시회 대형모니터에서 출렁거리는
바다 영상을 마주하고 있었습니다. 이상했습니다. 이렇게 늦
은 시간에도 관람할 수 있고, 사람들 하나 없는데 환하게 불
을 켜놓고 전시하고 있는 상황이 말입니다. 기이하다는 생각
을 떨치려는데, 영상화면 바깥으로 성산포 바다가 넘실넘실,
흘러넘칩니다. 물이 전시회장 바닥으로 차오르는 듯싶었습
니다. 알고 보니 그녀가 생수기를 눌러 생수통 물이 흘러내
리는 것이었습니다. 하염없는 물줄기를 바라보니 저는 퍼뜩
소설 결말 문장이 떠올랐습니다.

저는 문장을 잊을까 봐, 물로 전시회장 바닥에 문장을 적
어나갔습니다. 필기도구가 없었거든요. 한 편의 시라고, 그
녀가 감탄했습니다. 그녀는 소리 내 읽고는 손으로 바닥을

휘휘 저어 물 문장을 지워버렸습니다. 해변에 적힌 말은 파도가 가져가 버린다나요.

관람을 마친 우리는 박물관에서 나와 집으로 돌아왔습니다.

방에 들어와 보니 제게서 바다 비린내, 소금기 짙은 생선 냄새가 풍겨왔습니다. 바짓가랑이와 양말에서는 모래가 뭉텅뭉텅 떨어져 내렸고, 주머니 여기저기에서 소라며, 조개껍데기, 조약돌이 툴툴 굴러나왔습니다. 저는 정말 바다에 다녀왔습니다.

아버지, 저는 몽상가인가요.

숫자 몽상가

아들에게.

네 메일 잘 받아 읽었다. 그래, 우리는 많이 착각하고 살아가고 있지. 사람들은 희망하고 욕망을 구분 못 하는 것 같더라. 그래서 몽상하며 세월을 보내는 중인지도 몰라. 채워지지 않는 욕망을 몽상으로 때울 수밖에.

사람은 말을 하면서부터 욕망이 더 심해졌으리라 생각해.

나는 요즘 네 엄마한테 말수 적어졌다는 말 듣고 있단다. 칭찬이야. 후문 초소에 자주 들르는 고 씨도 요즘 말 않고 지내지. 오늘은 고 씨 이야기해 줄게. 식품회사에 다니는 고공부 씨. 네게도 언급한 적 있을 거야. 푸른 숲 아파트에서 나하고 제일 친한 주민 고 씨. 고 씨가 어제 초소 창문을 슬그머니 열고 붕어빵을 디미는 거야. 그가 후문 초소로 퇴근하다시피 했는데, 요즘은 통 보이지 않아 궁금하던 차였지.

―숫자가 없어졌습니다.

고 씨가 경비실 문고리를 쥐어뜯듯 잡아당기고 내 면전에다 쏟아붓듯 내뱉은 말이야. 숫자에 약하다거나 구구단을 잊었다는 말이 아니었어. 술을 마신 것 같지도 않았어.

―숫자를 찾아주십시오.

고 씨는 경비 인터폰을 빤히 쳐다봤어. 그가 아파트 거실 스피커로 방송할까 봐 나는 얼른 자리에서 일어나 인터폰을 등졌어. 지난번에도 고 씨가 술에 취해 그런 적 있거든.

그가 고개를 떨구고 그동안 자기한테 있었던 일을 말하기 시작해서 나는 다시 앉았어. 그의 입에서 쏟아져나온 말들, 정리해 볼게.

식품회사 인력개발부 만년 과장 고공부, 그는 요즘 바빠. 그가 회사 일에 이렇게 온몸과 온 마음을 불사른 적이 없지. 획기적인 프로젝트를 발표하려는 모양이야. 스마트폰도 잘 들여다보지 않아. 그렇게 자주 찾던 노조 사무실도 발길 딱 끊었어.

고공부 씨가 전에 없이 일에 매달리는 이유는 희망퇴직 대상에 오른다는 소문 때문이야. 몇 차례 올렸던 기안이 퇴짜 맞아 오기도 발동했지. 30년 근속하는 동안 영업소, 생산관리부, 총무부, 구매부를 거치며 남들이 귀찮아하는 일을 마다하지 않았는데 말이야. '올해의 사원상'을 네 번이나 탔지.

그런데 인력개발과로 옮기고 난 다음부터 일이 손에 잡히지 않았대. 그쪽 업무가 좀 막연하다나. 하거나 말거나 티 나지 않는, 생산성 잡히지 않는 일들이었대. 출산율 저조로 인구가 없어지는 상황에다가 3D 기피로 현장사원 이직률이 높아졌잖아. 물가도 올라 외국인 노동자도 다른 회사로 떠나는 추세라서 그는 특별한 프로젝트를 개발해내야 했어. 이직을 막아야 할 추상적이고도 구체적인 뭔가가 필요했어.

고공부 씨는 전보 발령받은 뒤 6개월 동안 고군분투했어. 그동안 기안을 몇 개 올렸지. 하지만 그 서류는 전무님 책상 서랍에 들어가 나올 기미가 안 보였어. 고 씨의 기안에도 문제가 없는 것은 아니었어. 현장직원 사기를 북돋우려고 휴가를 계절 별로 주자는 기획도 있었고, 장기근속 사원에게 주 삼 일 근무케 하자는 안도 있었지.

자기 의견이 반영되지 않은 탓일까. 능력 부족도 실감해서 그는 한껏 쪼그라들어 있었어. 그러다가 보름 전에 기발한 아이디어가 번쩍 떠올랐지. 불을 꺼트리지 않겠다는 원시인의 신념으로 그는 입 다물고 숨죽였어.

'…세상은 온통 숫자로 돼 있어. 날짜, 시간, 화폐 단위, 집 크기, 월수입 등 모두가 숫자만으로 이루어져 있잖아. 숫자를 기준으로 사람을 평가하고, 숫자 크기 때문에 서로 질시하고 멸시해.'

고 씨는 잡생각 없애려 눈 질끈 감고 아이디어를 선명하게 밝혀나갔어.

'번호는 또 어떤가. 주민등록에도, 인사기록부에도, 운전면허에도 사람 이름보다 몇 가지 숫자가 굵게 표시돼 있어. 모든 게 그 번호로 통해. 요즘은 우편물에도 내 이름은 없고 코드 번호만 적혀 있어. 숫자 때문에 사람들이 납작납작, 작아지고 있어. 숫자가 사람들을 짜증 나게 하고, 숫자 때문에 사람들이 스트레스받아. 생산 달성량이나 영업 목표량도 숫자로 돼 있어서 직원들이 도망가는 거야. …숫자를 다른 것으로 바꾸면 어떨까…?'

그는 LED 이백 와트 전등을 네 개나 켜 든 사람처럼 갑자기 환해졌어. 숫자를 문자로 바꾸자는 생각이 그를 번쩍번쩍 빛나게 했던 거야. 모든 숫자는 1에서 0까지의 조합으로 이루어져 있으므로 1에서 0까지의 숫자를 문자로 바꾸자는 생각이었지. 숫자를 모든 사람이 알기 쉬운 단어로 대치하면 된다고 말이야.

1은 '창조'로, 2는 '사랑'으로, 3은 '신뢰'로, 4는 '성실'로, 5는 '소망'으로, 6은 '세계'로, 7은 '희망'으로, 8은 '평화'로, 9는 '미래'로, 0은 '행복'으로 고쳤어.

유레카!

단어는 사훈에서 많이 따왔어. 고공부 씨는 이번이 회사에 이바지할 수 있는 마지막 기회라 여겼어. 우선 회사 인사관리 시스템에 나와 있는 직급을 바꿨어. 5급은 '소망급', 4급은 '성실급', 3급은 '신뢰급', 2급은 '사랑급', 그리고 1급은 '창조급'으로 교체했어.

사번도 일일이 바꿔나갔어. 가령, 사번이 189230이라면 '창평미사신행'으로, 290113은 '사미행창창신'으로 단어의 첫 글자만 따서 고쳐나갔어. 고공부 씨가 혹시 프랑스 정신분석학자가 말하는 실재계에 도달하려는 걸까? 아님, 독일 소설가처럼 물건에 붙이는 단어를 바꾸는 아이디어를 끌어댄 걸까.

아무튼 그는 열심히 일했어.

사업장 각 부문에 온통 숫자로만 돼 있는 사업계획서도 문자로 대신했어. 생산 계획량과 영업 목표량은 당연히 문자지. 그렇게 하면 사원들이 숫자나 번호에 압박받지 않고 언제나 단어를 떠올리며 신바람 나게 일할 게 아니겠어. 나아가 우리 국민이 모두 숫자를 이렇게 단어로 바꾼다면 지금처럼 극성맞고 아귀처럼 살지 않고 평화롭게 지내리라 여겼어.

작업량이 좀처럼 늘어나지 않아도 공부 씨는 직원들이 좋아하리라 생각하면 힘이 솟았어. 그는 집에까지 일을 가져갔어. 늦은 저녁을 먹고 회사에서 들고 온 서류 봉투를 풀어헤치는 손은 천근만근 무거웠어. 서류뭉치를 바라보는 눈도 붉게 충혈돼 있었지만, 서류 속의 숫자를 바라보니 오기가 발동했어.

숫자, 너는 이제 영원히 사라질 거야.

'수신제가치국'이란 말도 있잖아. 그는 집에 있는 숫자도 단어로 대신했어. 가족 주민등록 번호, 생일, 전화번호, 예금통장 계좌번호, 공공요금 영수증, 주소, 달력⋯⋯. 하다못해 텔레비전 채널까지 문자로 바꿔 리모컨에 붙여 두었어. 그리고 짬이 날 때마다 숫자와 바꾼 단어를 암기했어. 모두가 깜짝 놀랄 초안이 완성되면 전무님과 사장님께 브리핑해야 하고, 브리핑에서 조금의 실수도 없으려면 바꾼 단어를 완벽하게 발음할 줄 알아야 하기 때문이지. 그가 꿈결에서조차 단어를 암기하는 모양인지, 아내는 잠을 제대로 이룰 수 없다고 투덜거렸대.

오늘도 공부 씨는 막바지 작업을 위해 출근해서 자리에 앉자마자 수첩에 적혀 있는 전화번호를 문자화하는 일에 열중했어. 영업소와 거래처 전화번호야.

—02-359-2644, 행사—신소미—사세성성, 031-667-3717, 행신창—세세희—신희창희.

웬만큼 익숙해졌는지, 그는 거래처 전화번호를 아주 쉽게, 순식간에 고쳐나갔어.

전무님이 그의 곁에 와서 책상을 내려다보았어. 전무님은 그가 오랜만에 열심히 일하고 있는 모습을 보고 흡족한 미소를 지었어.

—그래, 그렇게 일해야 보람도 크지. 요새 자네, 열심히 일한다고 소문이 좋아. 사장님께서도 칭찬하셨네. 그래서 사장님께서 자네에게 중요한 일을 맡기셨네. 우리 회사 건물 지

하에 체력단련실을 만들자는 사원들 건의가 있었잖아. 체육관 짓기로 했네. 인력개발 측면에서 좋은 생각이라고 사장님께서 즉각 시행하라고 하셨네. 우선 시청에 신고하는 관계를 알아보고 총무부와 협조해서 즉시 처리하게.

전무님이 그렇게 지시하고 돌아간 뒤, 공부 씨는 그것보다 시급하고 중요한 일을 기획하는 중인데…. 하고 속엣말했어. 하는 수 없이 그는 작업을 잠시 제쳐두고 시청 설비과에 전화를 넣었어. 전화 속에서 담당자가 사업자등록 번호와 사장님 주민등록 번호를 물었어.

― 사업자등록 번호는 사창─미신세창창이고, 사장님 주민등록 번호는 성창소미행세─화행사신세사창입니다.

― 뭐라고요?

― 사업자등록 번호가 사창─미신세창창이라구요.

― 장난하지 마시고 등록번호를 정확히 말씀해 주세요.

― 사창─미신세창창!

공부 씨는 계속해서 '사창─미신세창창'만 외쳤어. 숫자를 발음하려 안간힘을 다해도 '사창─미신세창창'만 나왔어. 보이는 대로 숫자를 읽어도 입에서 나오는 소리는 뚝뚝 끊어진 음절뿐이었어.

며칠 전 엄마 생일이었잖아. 엄마가 나한테 다가와 자기 생일 아느냐고 물어왔을 때, 나는 잊지 않았다고 목에 힘줘 말하다가 다퉜잖아.

　―미신년 신창월 사희일….

고공부 씨한테 옮았나 봐. 나도 숫자를 잊어버렸어.

　―뭐라고? 미친, 뭐라고?

　―아니, 미신년 신창월 사희일….

엄마는 내가 정신 나간 줄 알고 쯧쯧 혀를 차고 불쌍한 듯 바라보더라.

싸우기 싫었던 거지.

감성 상각

아버지, 숫자는 제게도 골치 아픈 존재입니다. 특히 이익인지 손해인지 금액을 따지는 일은 정말 어렵습니다. 지난 연말연시에 있었던 일에 대해, 손익을 따지면 벌써 두통이 몰려옵니다.

기독교인보다 일반 사람들을 축제 기분에 들뜨게 하던 크리스마스 분위기도 하루가 지나자 무서운 속도로 가라앉았습니다. 그래도 어디에선가 캐럴이 미미하게 들리는 일요일 오후, 저는 집 뒷산에 올라 땀내고 돌아와 낮잠 자려고 배를 깔고 눈을 감았습니다. 새해 특집 원고 마감이 닥쳐서 며칠 밤샘 작업하려면 좀 쉬어둬야 했습니다. 잠을 청하려 속으로 숫자를 헤아렸습니다. 오늘 머리를 비워두지 않으면 작업 속도가 나지 않으리란 생각이 되레 잠을 쫓아, 저는 리모컨을 찾아 눌렀습니다.

　－감정가를 알아보겠습니다. 얼마입니까? 십만 단위, 백만 단위, 천만, 억, 십억…．

　텔레비전 화면을 뚫을 듯, 아나운서가 '얼마입니까?'를 연방 외쳐대고 있었습니다. 모든 가치가 '얼마인지'로 판정되는 현실을 적극 반영하는 프로그램이었습니다. 옛 물건과 액수가 나오는 전광판을 번갈아 가리키는 아나운서를 외면하고 저는 다른 채널을 찾았습니다.

　할 수 있는 껏 호사스럽게 차려입은 연예인들이 우우 몰려 '송년의 노래'를 부릅니다. 방송국마다 연예 대상 시상식을 중계하고 있었습니다. 저는 텔레비전 볼륨을 줄이고 눈을 감았습니다. 연예인들 웃는 모습이 졸음을 불러와 텔레비전을 끄지는 않았습니다. 잠이 소르르 몰려오기 시작하려는데, 현관문 따는 소리가 들려왔습니다.

　－계집애들, 속물이 다 됐어. 모두 잘났다고 으스대는 꼴이라니…．

　씩씩거리며 방으로 들어온 아내는 입고 있던 외투를 잡아뜯듯 벗어 장롱에 거칠게 넣었습니다. 들고 있던 가방은 방

구석에 던졌습니다. 오랜만에 참석했던 동창 모임에서 언짢은 일이라도 있었나 봅니다.

송년회 겸 동창회가 있다던 아내의 말을 들었을 때부터 예상했던 일이어서 저는 잠에 곯아떨어진 척, 얕게 코를 골았습니다.

—여보! 코트 하나 사 주세요. 가방을 바꿔 주든지!

제가 거짓 잠을 자는지 뻔히 알고 있다는 듯, 아내는 털썩 주저앉아 소리를 높였습니다. 제가 기지개를 켜며 천천히 일어나자 그녀는 무릎걸음으로 다가와 내 팔을 붙잡고 졸랐습니다.

—나도 입어야겠어요. 까짓것 얼마나 하겠어요? 버버리, 프라다!

아내의 입에서 값비싼 겨울 코트와 명품 가방 이름이 발음되는 걸로 보아 오랜만에 나갔던 동창 모임이 꽤 충격을 주었나 봅니다. 저는 무슨 일이냐는 듯 게슴츠레한 눈으로 아내를 바라보았습니다. 아내는 열에 떠 동창들 목소리를 흉내 냈습니다.

—새해엔 승용차를 바꿔야겠어. 이태리제 가구가 정말 품위 있던데, 남편이 승진해서 한 턱 쏴야 하는데 집보다 레스

토랑을 빌릴까? 밍크코트에 싫증 났어, 아파트보다 정원 있

는 집으로 이사할까 봐….

동창 모임이면 의당 오갔을 내용이었습니다.

－계집애들, 자기들이 언제 그렇게 됐다고….

아내는 말끝을 흐렸습니다. 모임에서 기가 죽어 조용히 미

소만 날리고 앉아 있었을 아내가 떠올라, 저는 갑자기 쓸쓸

해졌습니다.

지독스러울 정도로 절약가인 아내가, 남편 덕으로 펀펀히

돈 쓰기 바쁜 유한부인들을 보고 왔으니 왜 사나 싶었을 겁

니다. 전세라도 새해엔 지하에서 지상으로 옮겨야겠다며 여

름부터 액세서리 부업까지 시작한 아내였습니다.

아내는 심성이 알뜰해서 신혼여행 때 입었던 블라우스를

결혼 7년이 지난 지금도 입고 있습니다. 당시의 핸드백도 끈

을 바꿔 들고 다녔습니다. 원고료나 강의료 조로 받아오는

문화상품권을 주면, 그 티켓으로 다른 인사치레를 하는 모양

이었습니다. 아내가 메이커를 흉내 낸 구두를 신고 다니는

모습을 보고 알았지요. 상품권을 줘도 여전히 바뀌지 않는

신발이었습니다.

의복은 그렇다 치고 음식은 또 어떤가요? 생일이나 결혼

기념일 같은 행사 때를 제외하고 반찬은 언제나 세 가지 이상을 넘기지 않았습니다. 그것도 같은 종류의 반찬을 다른 조미료를 써서 특이한 형식으로 요리할 뿐이어서 재료는 고작해야 두 가집니다.

쥐꼬리보다 못한 남편 보수로 영원히 집을 장만하지 못할 듯싶었는지, 무섭게 절약하는 그녀가 동창 모임에 나가 여유와 풍요에 번들거리는 한량들의 허위에 허물어졌음은 당연할 겁니다.

 ─나는 복도 지지리 없는 여잔가 봐….

동창들의 과시에 납작하게 눌려 돌아온 아내가 왠지 가련해 보여 제가 어깨에 손을 가져가자 아내는 슬그머니 일어서 작은방으로 건너갔습니다. 액세서리 조립 부업을 하러 가는 모양이었습니다.

결혼 7년이 지나도록 옷 한 벌 제대로 사 주지 못한 자책을 지우려 책을 펼쳤지만, 독서는 한 문장에서 더 나아가지 못했습니다. 저는 벌떡 일어섰습니다.

 ─잠깐 산책 좀 하고 올게.

저는 재빨리 옷을 갈아입고 집을 나섰습니다.

그 길로 곧장 백화점으로 달려가 여성 의류 판매장을 찾았습니다. 에스컬레이터에서 내리자 가장 먼저 눈에 들어온 마네킹이 있었습니다. 도도해 보이는 자세로 눈을 내리깐 마네킹이 단연 돋보였습니다. 물론 마네킹이 입고 있는 바바리코트 때문이었죠. 제가 그 주변을 서성이자 판매원이 다가와 설명을 붙였습니다.

－신제품이죠. 우리 회사에서 이번에 로열티를 톡톡히 지급하고 특별 수입한 코트입니다. 디자인도 심플하고 소재를 특수 가공했습니다. 공기도 잘 통하고 무척 따뜻합니다. 조금 부담이 되시면 요즘 한창 유행하고 있는 저 코트도 입기 좋으실 겁니다.

은근히 약을 올리는 판매원의 상술이 역겨웠지만, 아내가 기뻐하는 모습이 어른거렸습니다. 하지만, 스마트폰 지갑에서 카드를 꺼내고 바바리코트 밑단 가격표를 보니, 작은 체구의 아내에겐 바바리코트가 어울리지 않아 보였습니다. 코트가 아내에게 너무 컸습니다. 실은 가격 숫자가 너무 컸던 겁니다.

저는 코트를 다시 옷걸이에 걸고 다른 쪽으로 시선을 돌렸습니다. 코트 옆에 가방이 줄지어 앉아 있습니다. 명품 가방 전시대였습니다. 프라다에 다가가 가격표부터 보았죠. 가방은 그나마 숫자가 작았습니다.

저를 주시하고 있었던지 판매원이 제가 만지작거리던 가방을 들고 계산대로 갔습니다. 저는 신용카드를 빼앗기다시피 건네고 사인했습니다. 200만 원에서 2만 원이 빠지는 가격이었습니다. 처음으로 남편 구실 하는 건데, 하고 마음을 다지니 가방이 아름다워 보였습니다.

집으로 돌아오는 길에 저는 시장에 들러 아내가 좋아하는 귤과 만두를 샀습니다. 프라다 상표가 박힌 쇼핑백을 버리고 여분으로 얻은 귤 봉지에 가방을 넣었습니다. 아내라면 당장 물러야겠다고 백화점으로 달려갈 게 뻔했기 때문이었습니다.

─시장에서 당신 좋아하는 만두 사 왔지. …노점이 벌어졌더군. 덤핑이라나? 아주 싸기에 사 왔어. 내 안목으론 진품이야. 칠만 원이면 거저라고.

저는 비닐봉지에서 프라다 가방을 꺼내 보였습니다.

─뭐요? 짝퉁 중에서도 제일 허접해 보이네요. 이런 가짜는 오만 원도 바가지예요.

아내는 오히려 저를 책망했지만 어쩔 수 없다는 듯 가방을 옆구리에 붙여 보였습니다.

−어때요? 내가 들고 있으니 진짜 명품 같죠?

오랜만에 아내의 함박웃음을 보니 가슴이 뿌듯했습니다.

다음 날, 저녁 밥상을 마주하니 예전엔 볼 수 없던 불고기가 올라와 있었습니다. 과연 선물의 효과가 큰가 보다, 하고 웃으며 수저를 드니 맥주도 날아왔습니다.

−웬일이야, 당신?

−오늘 공돈 생겼어요. 머리 자르려고 미장원에 갔지 뭐예요. 가방 들고 말이에요. 그런데 파마하고 있던 컴포즈 커피 매니저가 내 가방을 그렇게 칭찬하는 거예요. 얼마 줬냐고 묻기에 삼십만 원 주었다고 불렸죠. 명품이지만 친척한테 싸게 샀다고 했더니 자기한테 삼십오만 원에 팔라고 하지 뭐에요? 아쉬운 척하고 건네줬어요. 칠만 원에 샀으니까, 네 곱 장사가 아니에요? 선물한 당신한테는 미안하지만, 우린 또 사면 되죠, 뭐.

아내는 다소곳이 맥주를 따랐습니다.

−그리고, 저도 선물 준비했어요. 요즘 당신 힘들어하는 것 같아서….

아내가 밥상 위에 올려놓은 것은 비타민이었습니다. 아내가 영양제 병뚜껑을 여니 비타민이 까르르 쏟아졌습니다. 저는 아무 말도 못 하고 천장만 멍하니 바라보았습니다.

그로부터 이 개월 동안, 저는 프라다 가방 찾기에 매진했습니다. 손해 본 생각으로 작업해나갈 수가 없었습니다. 가방값을 돌려받거나 가방을 되찾거나 둘 중 하나를 꼭 해야만 했습니다.

먼저 미장원에 가서 아내의 가방에 관해 물었습니다. 원장은 저를 이상하게 보고 커피숍으로 가보라고 했습니다. 컴포즈 매니저를 찾아 사십만 원을 줄 테니 가방을 돌려 달라고 했습니다. 손해여도 그 정도라면 돌려받을 수 있으리라 생각했습니다.

매니저는 가방을 동생에게 넘겼다고 했습니다. 아마 웃돈을 받은 모양인데, 정확히 얼마인지 밝히지는 않았습니다. 저는 동생분과 소통하게 해 달라고 했습니다. 매니저는 동생에게 몇 차례 발신하더니, 통화가 안 돼 전화번호를 알려 주려다가, 아니, 라며 고개를 저었습니다. 그녀 역시 경계하는 눈으로 저를 보고 다음에 오라고 했습니다. 동생이 어디 멀리 가 있답니다.

다음 날 가보니 또 통화가 안 됐습니다. 다음 날, 그다음 날에 가니 동생과 통화됐다고, 내용을 알려 줍니다. 동생은 가방을 딸에게 줬다고 합니다. 그리고 딸이 '당근'에 올렸을 거라고 귀띔해 줬습니다.

아버지, 당근이라고 아시나요? 저는 그때 처음 들었습니다. 중고 물품 SNS 거래소 말입니다. 저도 당근 계정을 만들고 들어가 보니, 사람들이 바글바글, 세상의 모든 물건을 거래하고 있었습니다.

프라다 가방은 우리 동네에 두 개 올라와 있었습니다. 하나가 바로 제가 샀던 가방 맞았습니다. 조회 수가 훨씬 높았습니다. 가격이 50만 원이었습니다. 두 달 전에 '네고 가능'으로 올려진 프라다는 '밍키'라는 닉네임의 판매자가 네 차례 올렸다 내리기를 반복했습니다. 가격을 조정했던 겁니다. 앞으로도 가격을 내릴 가능성이 있었습니다. 관심 가진 당근러가 네 사람 있었습니다. 저는 눈치 보지 않고 톡을 던졌습니다. 45만 원에 가격을 조정하고 약속 시간과 장소를 정했습니다.

김유정역에서 만난 밍키에게서 가방을 받고 계좌이체 했습니다.

아버지, 저는 김유정 역사 벤치에 앉아 프라다를 꼼꼼히 살펴보았습니다. 가방은 그새 늙어 있었습니다. 감가상각이라는 말로 손해 본 금액을 잊으려 했습니다. 저의 글쓰기 감수성도 감가상각됐음을 저는 알고 있습니다.

어디로 갔을까?

아들, 잃어버린 물건 찾느라 마음 많이 썼네. 세상 참 좋아졌어. 포기하지 않으면 자기 것 찾을 수 있잖아. 컴퓨터와 인터넷 시대여서 가능한 일이라 생각해. 인터넷이 우리 기억을 넓혀줬잖아. 그 때문에 우리가 생각하지 않게 됐다는 학자도 있더라. 정보를 우리 기억 바깥에 둘 수 있기에 그렇다는 것이겠지.

이런 정보화 사회에서 우리, 편리해진 건 사실이잖아. 세계정세, 물가동향, 일기예보, 주식시세, 부동산 상황, 문화행사…. 이제는 정보를 얻기 위해 이리저리 돌아다니지 않아도 되고, 전문기관 기웃거리지 않아도 되잖아. 컴퓨터 자판을 두드리거나 스마트폰 아이콘만 건드리면 해결되지.

나는 요즘 후문 초소보다 관리사무실에서 근무하는 시간이 많아졌어. 소장이 컴퓨터 일을 시켜서 말이야. 이력서에 컴활 2급 땄다고 써넣었더니, 관리비 산정 프로그램 만들어보라고 해서 인터넷에 떠도는 프로그램 응용해서 만들어줬어. 내가 만든 엑셀 관리 파일은 다른 아파트에서도 쓴다더라.

한 달 전부터 재활용품 수거 업체 부탁으로 관리 프로그램 짜 주는 중인데, 품목이 너무 많아 골치 아파. 정리 안 된 장식장처럼 온통 머릿속이 뒤죽박죽이야. 일주일 내내 소화도 잘 안되고 머리가 무거워. 지금 출근하는 버스 안에서도 그 생각이 달라붙어 머리를 들쑤셔.

─이번 정류장은 도청 앞, 도청 앞입니다. 다음은 희망복지원입니다.

정류장 안내방송이 스피커를 통해 흘러나오니 몇 사람이 정차 버튼을 눌러. 저런 모습도 정보사회를 잘 대변해 주고 있지. 내가 고등학교에 다닐 때까지만 해도 안내양이 요금을 받고, 정류장을 큰 소리로 알려주었어. 지금은 운전사 혼자 도맡아. 요금 받는 상자 옆에 교통카드 단말기를 붙여놓았잖아.

운전사는 앉아서 버스에 지금 몇 명 타고 있는지 금방 조회하기도 해. 정류장에도 어느 버스가 몇 분 뒤에 도착하는지 실시간으로 확인해 주잖아. 내비게이션이 모든 정보를 알려줘. 운전사는 내비게이션 이모티콘을 몇 번 꾹꾹 누르기만 하면 돼. 그의 손끝에서 정보가 흘러나오고, 그 정보에 따라 우리는 움직이지. 승객들도, 운전사도 훨씬 빠르고 편하게 갈 수 있어.

그런데 그게 낯설고 불편한 사람도 있어. 내가 버스에 탄 지 몇 정거장 지나지 않아 어떤 할머니께서 끙끙거리며 차 안으로 오르셨어. 할머니께서는 제 몸 가누기도 힘드실 텐데 큼지막한 보따리까지 끌어안고 계셨어.

저 할머니, 아는 분이야. 우리 아파트 욕쟁이 할머니. 온 동을 돌아다니시며 잔소리해대는, 욕까지 서슴지 않는 할머니야. 강변 텃밭에다 채소 재배하고, 옥상에다 곡물 말리는, 정확한 재활용 분리수거에 주차단속까지, 조금이라도 아파트 질서를 흩트리면 못 참는 할머니, 피할 수 있으면 피하고 싶은 할머니야.

할머니의 느릿느릿한 몸짓은, 승용차 사이를 곡예 하듯 빠져나가고 있는 운전사의 짜증을 돋우기에 충분했어.

－할머니, 빨리빨리 좀 타세요!

운전사는 답답한지 핸들을 손으로 툭툭 내리치며 다그쳤어. 할머니는 운전사의 닦달에도 아랑곳없이 천천히, 자신의 몸놀림이 우아해 보이지 않느냐는 듯 험험, 헛기침까지 하면서 올라와 운전사 뒷좌석에 앉았어.

한참 만에 출발한 버스는 거칠게 뒤뚱거리기 시작했어. 아무래도 할머니가 운전사의 심기를 편치 않게 했나 봐. 룸미러를 통해 운전사 표정을 살펴보니, 그는 미간을 잔뜩 찌푸리고 입술을 씰룩거렸어.

─이봐, 기사 양반! 21세기병원 정거장 알려줘! 정재욱 원장 보러 가.

운전사의 심사는 상관없다는 듯이 할머니는 기사의 뒤통수에 대고 커다랗게 소리를 질렀어.

─안내방송이 나갈 테니, 가만히 앉아 계셔요, 할머니! 운전사를 방해하면 버스가 어디 제대로 굴러가겠어요?

역시 큰소리로 투덜거리는 운전사를 보고 나는 은근히 출근 시간이 걱정됐어. 정보를 쥐고 있는 사람이 권력자라는 미래학자의 비유가 아니더라도, 그가 직접 운전을 하고 있으니까.

─할망구들이 무슨 볼일 있어 싸돌아다녀? 집구석에 처박

혀 있지 않고….

아니나 다를까. 운전사가 툭 내뱉은 말이 화근이 됐어.

할머니는 벌떡 일어나 운전사 뒤통수에 삿대질해대며 고함을 질렀어.

-젊은 놈이 되게 무안 주네. 이놈아, 너는 애비 에미도 없냐?

-무안은 내가 무슨 무안을 줘요? 젊은 사람들한테 창피받지 않으려면 똑바로 해야 할 것 아니오? 요금도 안 내는 주제에….

운전사도 할머니만큼은 아니었지만, 소리를 높였어. 그가 교통 체증에 예민해질 대로 예민해진 게 분명해.

-나, 요금 냈다, 이 새꺄. 지하철도 내 돈으로 타고 다녀!

할머니의 입에서 욕이 나오기 시작해서 나는 공연히 불안해졌어.

-뭐라고요? 지하철 요금 냈는지 안 냈는지 내가 어떻게 알아요? 아이구, 늙은 게 무슨 벼슬인가….

-도저히 참을 수가 없구먼! 놈아, 세워라, 차 세워!

할머니는 운전사의 뒷덜미를 쥐고 끌어당겼어.

-이 미친 할망구가 정말, 운전 못 하게 만드는군.

결국, 차는 더 움직이지 않고 도로변에 세워졌어. 할머니와 운전사의 싸움은 더욱 격렬해졌어. 운전사의 셔츠가 찢어지고, 할머니의 보따리가 터졌어.

－할머니, 할머니께서 참으세요.

－어이, 할마시, 그만하시오. 늦었단 말요.

－이 차, 사고 나면 할머니가 책임지실 거예요?

－우리 아이 공황장애 있어요. 어서 가요.

아주머니, 할아버지, 학생 등 다른 승객들도 조마조마하는 모습이야. 그들은 빨리 목적지에 가야 했지. 모두 할머니 잘 못으로 돌렸어.

자기한테만 뭐라 하자 할머니는 겸연쩍었는지 큼큼거리며 다시 자리로 돌아와 앉았어.

－이번 정류장은 우체국, 우체국 앞입니다. 다음은 복덕방, 복덕방입니다. 승객 여러분께서는 차가 완전히 멈출 때까지 자리에 앉아 계십시오.

또랑또랑한 여자의 안내 말이 들려올 뿐, 버스 안은 조용했어. 운전사도 다시금 평온을 되찾은 듯싶었어. 버스가 아무 흔들림 없이 잘 달렸어.

몇 정거장을 그렇게 달렸을까. 분이 풀리지 않았는지, 아니면 갑자기 노망이 발동했는지, 할머니는 자리에서 다시 벌떡 일어나 소리쳤어.

─녀석아, 내가 젊을 때 이 버스 안내양으로 밥 먹은 사람이다. 내 동생도 시외버스 안내양이었고!

그렇게 외침과 동시에 할머니는 재빨리 출구로 뛰어가 카드 단말기 기둥 앞에 부동자세로 섰어.

─향교 앞, 향교 앞입니다. …내리실 분 없어요? …오라잇!

어느새 할머니의 목소리는 18세 소녀의 그것처럼 낭랑하게 변해 있었어. 할머니는 손바닥으로 자동문을 탁, 탁, 소리 나게 치기까지 했어.

할머니의 갑작스러운 변화에 충격을 받았는지, 운전사는 버스를 황급히 몰기 시작했어. 그는 정류장에 제대로 정차하지 않고, 노선도 일탈했어.

잠시 뒤, 정신없이 달리던 버스는 외딴곳에 멈춰 구릉구릉, 숨을 고르고 있었어. 주위에 야트막한 산이 둘러선 변두리 약수터였지. 낯선 곳이어서인지 멍하게 앉아 있는 승객들을 뒤로하고, 할머니는 버스에서 내려 약수터 안으로 표표히 사라졌어.

나는 할머니 뒤를 쫓고 싶어서라기보다, 목이 말라 약수터로 달려갔어. 약수 나오는 꼭지 위에 큰 거울이 있었어. 할머니는 약수터 거울 속으로 들어간 것은 아닐까, 그 속에서 지난날을 사는 것은 아닐까, 하며 나는 약수를 표주박에 받았어. 아들, 네가 소설로 만들어봐라.

작은 꼭지에서 똑똑 떨어지는 약수를 한참 받고 마시자 머리가 맑아 오고, 몇 년 묵은 체증이 시원하게 뚫리는 것 같았어. 요즘 내가 한창 짜고 있는 분리수거 관리 프로그램이 어떤 명령어로 시작되는지, 나는 까맣게 잊어버렸어.

마음은 편하더라.

할머니의 주머니

　아버지, 아버지 메일 읽으니 우리 할머니 생각납니다. 아버지 유랑하실 때, 할머니께서는 시골 숙부님 댁에 계셨죠. 생애 끄트머리에는 우리 집에 계셨고요. 어머니와 아내가 함께 보살폈습니다. 할머니는 종손 없는 집에 머물기 꺼리셔서 숙부님 댁에서 오래 계셨습니다.

　저는 충북 음성, 숙부님 댁으로 명절 치르러 갈 때마다 할머니께 드릴 선물을 고민했습니다. 아내는 주야장천 나무 십자가나 작은 성경책을 준비했습니다. 할머니께서는 그런 아내를 못마땅해하셨죠. 아내와 신앙 갈등이 있든 말든 저는 할머니가 좋았습니다. 할머니 노래 듣기가 제일 좋았습니다. 할머니 노랫소리 듣고 싶어 노래해 달라고 조르면 처음엔 주저하시다가 목청을 높이십니다.

할머니는 지미 스콧을 똑 닮으셨어요. 할머니의 〈봄날은
간다〉는 스콧의 〈Who live on the hill〉이었습니다. 곡조와
장르가 완전히 다른 곡인데, 제겐 두 사람 노래가 같이 들렸
습니다. 노을 보면서 지난 시간을 돌아보는, 생의 마감에 다
다른 사람에게서 나오는 소리입니다. 독한 술을 부르는 노을
빛 목소리, 할머니의 음성입니다.

할머니는 아내를 대놓고 미워하셨습니다. 아내가 예향교
회 집사이기 때문입니다. 할머니는 기독교 성도들을 모두 세
상 모르는 예수사랑쟁이라고 못마땅해하셨습니다. 아내도
그런 할머니를 부담스러워했습니다.

우리 가족은 버스에서 내려, 택시로 갈아타 숙부님 댁에
도착했습니다. 숙부님은 대문 앞에서 우리를 기다리고 계셨
습니다. 숙부님이 우리를 맞으러 오래 기다리셨으리라 저는
압니다. 우리는 제사나 명절 때만 오는데, 오히려 숙부님은
우리에게 미안해하셨죠.

저는 할머니 방으로 달려가 할머니께 큰절을 올렸습니다.

— 오냐, 오냐, 어서 오너라, 내 새끼.

할머니께서는 거친 손으로 제 손을 꼭 잡아주셨습니다. 저

를 여전히 초등학생으로 어기셨습니다. 하지만 아내에게는 반갑잖은 표정으로, "흐음, 예수사랑쟁이도 왔구먼" 하고 비쭉 내민 입을 우물거리셨습니다. 할머니는 지난해보다 작아보이셨습니다. 몸짓도 느려졌고 목소리도 작아지셨습니다. 모습이 슬로모션이었고, 음성도 두 배속 느렸습니다.

그런데, 아내를 볼 때는 예전으로 돌아가셨습니다. 카랑카랑하고 빠릿빠릿한 할머니로 말입니다. 차례 음식을 만들 때도 할머니는 일하는 아내 주위를 빙글빙글 돌며 온갖 참견을 다 하셨습니다.

−기름 아껴 써라. 예수사랑쟁이들은 그렇게 헤프냐?

−설 차례상에 올릴 과일을 너희들 심방할 때처럼 깎으면 어떡하니?

−새벽기도 올릴 때처럼 만두 좀 정성스럽게 빚을 수 없니?

−조상을 잘 모셔야 자손이 잘되는 거다.

할머니께서는 아내가 조금만 실수해도 소리를 높이셨습니다. 모든 건 아내가 기독교인이기 때문이지요.

이윽고 설날 아침이 되었습니다. 우리는 차례를 지내러 안방으로 들어갔습니다. 숙부님이 향을 피우고 제가 잔을 올리고, 수저 옮기고 다시 잔을 올리고….

차례가 끝나자 할머니께서 아랫목에 앉으셨습니다. 숙부와 숙모, 그리고 저와 아내는 할머니께 세배를 올렸습니다. 세뱃돈 대신 노래 한 곡절 부탁드렸더니, 돈을 내라고 하셨습니다. 우리가 용돈을 드리자 할머니는 〈동백아가씨〉 한 소절만 부르시고 뚝 끊으셨습니다.

—떡국 맛이나 보자.

차례상 가운데 앉으신 할머니께서 수저를 드시니 가족 모두 떡국을 뜨기 시작했습니다.

—역시 숙모님 떡국이 최고입니다. …차례는 이렇게 일찍 지내니까 참 좋습니다. 작은아버지, 새해부턴 제사도 새벽에 말고 초저녁에 지내면 어떻습니까? 제사도 좀 줄이고요.

제가 숙부에게 물었습니다.

—뭐라고!

할머니가 제게 고함을 치셨습니다.

—아니, 이젠 너까지 예수사랑쟁이가 됐냐? 할아버지들이 어떻게 음식을 잡수시라고 초저녁에 지내! 게다가 제사를 줄인다고?

할머니의 입에서 떡이 튀어나왔습니다. 할머니는 치맛단

으로 코를 팽 푸셨습니다.

　－그렇게는 안 된다, 내 눈에 흙이 들어가기 전에는!

　할머니는 숟가락을 상 위에 탁, 소리 나게 놓으시고는 밖으로 나가셨습니다. 나가시면서 "예수사랑쟁이가 뒤에서 조종하고 있구먼…." 하고 혀를 끌끌 차셨습니다.

　할머니는 온종일 아무것도 드시지 않고 끙끙 앓으셨습니다. 예수사랑쟁이가 빚은 만두 먹고 얹혔다고, 가슴이 답답하고 배가 부글부글 끓는다고, 방에 누우셨습니다. 그리고는 아무도 들어오지 못하게 하셨습니다.

　처음에는 괜한 심술이다, 꾀병이다, 노망 아닌가, 하고 가족 모두 의심했지만, 저녁까지 꼼짝도 안 하시자 숙부가 할머니를 병원으로 모시고 가겠다고 크게 말했습니다. 그러자 할머니께서는 문을 여시고 모두 들어오라고 손을 너풀거리셨습니다.

　－아무래도 내가 너무 오래 산 것 같구나.

　할머니께서는 숨을 휘, 몰아쉬시며, 주머니를 뒤졌습니다. 주머니에서 무언가를 꺼내기 시작했습니다. 스웨터 주머니, 겉저고리 주머니, 저고리 주머니, 바지 주머니…, 나중에는 속옷 주머니에서까지 물건이 나왔습니다.

　－죽기 전에 모두 나눠줘야겠다.

　할머니의 주머니는 창고였습니다. 라이터, 안경테, 시계, 귀걸이, 비녀, 연필 등 할머니의 주머니에서 나온 물건으로 방이 가득 찼습니다. 손때 먹어 반질반질한, 비닐봉지에 담겨 있는 그 물건들을 할머니께서는 식구들에게 일일이 나누어주셨습니다.

　모두 나눠주었지만, 아내 것만 없었습니다.

　－모두 밖으로 나가고 예수사랑쟁이만 남아.

　할머니와 아내가 무슨 이야기를 나누는지 들어보려고 저와 숙부네 식구들은 문틈에 귀를 대고 숨죽였습니다. 아내가 할머니한테 꾸중을 듣는가 싶었습니다. 아내의 입에서 나온 어머니, 희생, 천국, 성령, 은혜 등의 단어가 문밖으로 새어나왔습니다.

　잠시 뒤, 아멘, 아멘 하는 아내의 기도 소리가 들려왔습니다. 그리고 또 잠시 뒤, 아내의 찬송을 따라 부르는 할머니의 음성도 들려왔습니다. 할머니의 노랫소리는 점점 카랑카랑해졌습니다.

　한참 만에야 할머니 방에서 나온 아내는 눈물을 글썽였습니다. 감격의 눈물이었습니다. 하나님께서 은혜를 주셨다고, 주님의 인도로 마침내 할머니를 전도했다고, 아내는 손에 성경책을 번쩍 들고 눈물을 떨구었습니다. 가만히 보니 아내 손에 들려 있는 성경책은 조금 전에 할머니의 주머니에서 나왔던 작은 책자였습니다.

다음 날, 할머니께서는 씻은 듯이 나았다며 먹을 것을 찾으셨습니다. 떡국을 한 그릇 말끔히 비우신 할머니는 소리 높여 말씀하셨습니다.

－어제 나눠주었던 물건, 제자리에 갖다 놔!

식구들은 모두 할머니의 비닐봉지에 물건과 함께 돈을 얹어 드렸습니다. 저도 할머니에게서 받은 지포 라이터와 오만 원권 두 장을 봉투에 넣었습니다.

－새해에는 교회 헌금도 좋지만 나도 좀만 줘. 밤양갱 사 먹게.

아내로부터 성경책도 돌려받으신 할머니는, 다시 아내 주위를 뱅뱅 돌며 구시렁거렸습니다.

산타모니카의 우울

　아들, 지난달에 아파트 소장 딸아이 결혼식장에 다녀왔어. 시집보내면서 울다가 웃다가 소장이 그렇게 감정이 풍부한 사람인지 처음 알았어. 사위가 장인 장모에게 인사 올릴 때, 소장이 좀 불쌍해 보이더라.

　언젠가 그하고 소주 한잔하면서 과거 이야기를 나눈 적 있었는데, 결혼식에 가보니 소장의 젊은 시절이 고스란히 떠오르더라. 건물관리회사에서 일하던 그가 내게 해 준 이야기가 한 편의 허구 스토리로 엮어지더라. 아들, 아들이 다시 잘 요리해 써 봐라. 'S'는 허상 인물로 보거라.

내가 그의 이름을 불러주기 전에는

그는 다만

하나의 몸짓에 지나지 않았다.

그에게로 가서 나도

그의 꽃이 되고 싶다.

너는 나에게 나는 너에게

잊혀지지 않는 하나의 눈짓이 되고 싶다.

평생이라는 말이 아깝지 않은 사람을 만났습니다.

두 사람 함께 시작하는 자리에 오셔서 축복해 주시면

더없는 기쁨이겠습니다. -2024. 3. 2 오후 5시 회암사

S는 청첩장을 읽은 뒤 사무실 벽시계를 올려다본다. 오늘 오후부터 시작해서 이번 달에 네 차례나 결혼식이 있다. 정시 퇴근은 세 시간 남아 있다. 대학 동창 결혼식에 참석하려면 일찍 회사를 나서야 한다.

S는 책상을 정리하고 설비팀장 자리를 돌아본다. 팀장은 점심 식사 뒤 돌아오지 않은 모양이다. 토요일이어서 이른 퇴근이 눈치 볼 일은 아니지만, 경기침체와 금리 인상, 공실

증가 등으로 건물주 계약이 줄어드는 회사 형편이어서 S는 이른 퇴근에 마음이 무겁다.

S는 퇴근 시간과 예식 시간을 가늠해보며 쭈물거리는 자신에게 문득 짜증이 난다. 마지막까지 노총각 딱지가 붙어 있던 동창도 의연히 결혼식장에 들어가고, 까마득한 후배까지 보란 듯이 청첩장을 디미는데, 아직도 예복을 입지 못하고, 축하객들의 미소도 받아보지 못한 자신이 못나 보인다. S는 요즘 더 울적하다.

S는 과감하게 퇴근하여, 청첩장에 박혀 있는 약도를 따라 식장을 찾아간다.

예식장을 구하지 못했는지, 취향이 그랬던지, 동창 녀석은 도심 한가운데 있는 절에서 사모관대 쓰고 전통 혼례를 치르는 중이다. 얄궂도록 맑은 봄 햇살을 온통 혼자서 받아내며, 녀석은 가마에서 내려 신부와 합장한다. 옷이 날개라고, 녀석은 의젓하기가 장원급제한 정승 집 맏아들 같다.

S는 시답잖다는 눈길로 예식을 바라보다가 식당으로 걸어간다. 오랜만에 만난 동창들이 S에게 안부를 물어오지만, S는 시큰둥하게 대답한다. S는 격조했던 동창들보다, 고풍스러운 전통 예식보다, 신부의 친구들에게 관심이 더 많다. 동

창 녀석에게 과분할 정도로 아름다운 신부와 마찬가지로 그녀의 친구들도 하나같이 앳되고 청초하다.

그중 가장 또렷이 눈에 들어오는 여인이 있다. S는 그녀를 계속 힐끔거리며 이번 예식에 오길 잘했다고 생각한다. 자신을 주시하는 듯한 그녀를 S는 좋은 예감으로 받아들인다.

식당에서 국수를 먹은 뒤, S는 서둘러 피로연장으로 향한다. 피로연장은 동창들이 가끔 모임을 하는 레스토랑이다. 그들은 결혼식 같은 큰 행사가 있을 때마다 장소를 빌려 흐드러지게 마시고 노래 부른다. 장가간 동창들도 어느새 마누라와 아이를 돌려보내고 레스토랑으로 꾸역꾸역 들어와 자리에 앉는다.

우연하게도 S는 신부 친구 중 점찍어 놓았던, 그녀와 마주한다. S는 잘 되어간다고 생각하고 그녀를 유심히 살핀다. 웃을 때마다 커다란 덧니가 비쭉 나오지만, 매력 있다. 그녀는 동창 녀석들로부터 한창 골탕을 먹고 있는 신부를 바라보며 깔깔거리고 있다.

지포 라이터를 만지작거리며 덧니를 드러내고 웃는 그녀가 S의 눈에 가득 찬다. 신랑과 신부가 달걀을 입에 물고 입맞춤할 때나, 신랑의 바짓가랑이에 매달아 놓은 바나나를 신부가 입으로 먹을 때나, 그녀는 비지땀을 흘리고 있는 신부를 빤히 쳐다보며 크게 웃어댄다. 다른 신부 친구들보다 열 배 이상 반응한다. 아무 계면쩍음 없이 당당한 그녀가 S의 마음에 쏙 든다.

─신부하고는 어떤 친구 사입니까?

신부에 대한 동창들의 짓궂은 통과의례가 갈수록 짙어가자, S가 오히려 낯 뜨거워 묻는다.

그녀는 대답 대신 맥주를 마시며 계속 깔깔거린다.

─너무 재밌어. 코리아 결혼 재밌어! 신부, 오마이갓 시즈 소 어도랄버!

S가 계속 쳐다보자 그녀는 S쪽으로 고개를 돌린다.

─저 말이에요? 저는 산타모니카에서 한 달 전에 왔어요. 신랑하고 중학교 동창.

그녀는 외국인 특유의 발음으로 S에게 응대한다. S에겐 그녀의 어색한 한국말도 우아하게 들린다.

S는 그녀에게 자꾸 말을 걸고, 그녀는 S의 말을 듣기보다 술을 계속 들이켜며 웃는다. 그런데 자세히 보니 웃음이 아니라 울음이다. 미소를 짓지만, 그녀의 눈에 눈물이 그렁그렁하다.

S에게 눈물을 들켰다는 쑥스러움 때문인지, 그녀는 일어서서 바깥으로 나간다. S도 엉덩이를 세워 그녀 뒤를 따른다.

레스토랑 바깥, 흡연구역에서 그녀가 담배를 물고 있다. S도 담배를 입에 문다. 그녀가 그를 쳐다본다. 그녀는 마술처럼 지포 라이터를 순식간에 꺼내 뚜껑을 연다. 불을 한 번에 댕겨 S의 담배에 불붙인다. 금박 입힌 지포 라이터다. 고급 제품으로 보인다. S는 그녀에게 눈인사를 건넨다. 그녀의 뺨은 어느새 눈물로 젖어 있다.

─신랑한테 주려고, 산타모니카에서 카져왔어요. 이젠 필요 없게 됐네요. 가져요, …선물.

그녀는 금장 지포 라이터를 S의 손에 쥐여 준다.

콩글리시로 더듬더듬 쏟아낸 그녀의 이야기가 슬프다. 소꿉친구였던 신랑과 미국 샌타모니카 고등학교까지 같이 다니다가 그녀는 뉴욕으로 유학 가고, 기다리겠다던 신랑은 약속을 어기고….

─정리가 안 돼요. 사람 속은 정말 알 수 없어요.

그녀가 그렇게 말하니 S도 덩달아 어지럽다. 그녀가 건네준 금장 지포 라이터의 주인으로 자신이 적합한지, 잠시 혼돈이 온다. 그러나 S는 그녀가 쥐여 준 지포 라이터를 양복

안주머니에 깊이 찔러 넣는다. 고급 제품 득템한 운수 좋은 날이다.

신혼부부가 여행 떠날 시간이 되었는지 신랑 신부를 앞장 세우고 동창들이 우우 몰려나온다. 동창들은 부부를 떠나보 내고 이차로 춤추러 가자고 들썩거렸지만, 그녀는 마다하고 돌아선다. 몇 사람이 뿔뿔이 흩어지고 자장(磁場)에 이끌리듯 S는 그녀 뒤를 따른다.

자연스레 둘이 되자 S는 그녀를 데리고 호프집으로 들어간 다. S는 건물 관리사로서의 자기 이야기를 하고, 그녀는 떠듬 거리며 일주일 뒤면 산타모니카로 돌아가야 한다고 계속 강 조하고….

– 선물을 받았는데, 미국으로 그냥 보낼 수는 없지요.

S는 라이터값을 치르겠다며, 그녀를 앞세워 눈에 띄는 의 상실로 들어간다. 그녀가 고른 물방울 원피스를 S는 현금으 로 계산한다. 그녀는 옷이 들어 있는 쇼핑백을 들고나온다. S는 다시 그녀를 끌고 커피숍에 들어가 커피를 홀짝거리며, 미국 가기 전에 꼭 전화해 달라고 명함을 내민다.

다시 토요일, 고등학교 후배의 결혼식이 있는 오후가 될 때까지, 그녀로부터 전화는 오지 않는다. S는 또 다른 청첩장을 주머니에 꽂고 결혼식에 참석한다. 그러나 제시간에 닿지 못해 예식은 보지 못하고 피로연 장소를 찾아간다.

모두 후배여서 그런지, 자리가 부자연스럽다. S는 멀찌감치 따로 앉아 혼자 술잔을 기울인다. 여기서도 달걀을 가지고 신랑 신부를 애먹이는 뒤풀이 행사가 한창 진행되고 있다.

─너무 재밌어. 코리아 결혼 재밌어! 신부, 오마이갓 시즈소 어도랄버!

뒷좌석에서, 콩글리시 발음, 귀에 익은 음성이 들려온다. S는 잔을 내리고 슬며시 돌아본다. 일주일 전의 그녀가 하얀 덧니를 드러내며 깔깔거리고 있다.

─웁쓰, 채미있네. 산타모니카하고 완존 달라.

그녀는 S가 사주었던 물방울 원피스를 곱게 차려입고, S에게 주었던 것과 같은 모양의 금장 지포 라이터를 부드럽게 만지작거리고 있다.

S는 피로연장을 황황히 빠져나와 버스 정류장으로 서둘러 걷는다.

아이를 낳고 조리 중인 아내의 친정으로 향하는 버스를 기다리며, S는 주머니에서 굴러다니던 금장 지포 라이터를 꺼내 하수도 구멍 속으로 던져 버린다.

버스가 다가와 S는 버스에 올라탄다. S는 흔들리는 버스 안에서, 아이가 첫돌이 되면 아내에게 면사포를 씌워 주리라, 마음을 다진다.

버스 차창에 문득 지난 청첩장 속 〈꽃〉 시인의 〈서시〉 부분이 떠오른다.

서시

김춘수

울고 간 새와

울지 않는 새가

만나고 있다.

구름 위 어디선가 만나고 있다.

기쁜 노래 부르던

눈물 한 방울,

모든 새의 혓바닥을 적시고 있다. …

새에겐 창(窓)이 없다

아버지, 보내 주신 메일 보니 문학 공부에 큰 도움을 준 선생님 생각이 납니다. 그분 돌아가신 지 이십여 년 되었습니다. 백세 시대인 요즘으로 치면 좀 이른 타계십니다. 폐가 좋지 않으셨습니다.

오규원 선생님은 독창적인 시론으로도 유명하셨습니다. 날이미지 시론. 학생들 사랑도 대단하셨습니다. 그 선생님 때문에 시에 미친 제자도 많다고 들었습니다. 시 창작 수업에서 촌철살인의 합평으로 제자들 미치게 하셨다네요.

〈꽃〉을 쓴 시인도 개성 있는 시론에 근거해서 시를 쓰셨잖아요. 문학은 언어라는 기호가 표현 도구여서 의미를 발생시키지 않을 수 없습니다. 사람마다 제각각이면서 공통의 의미가 담긴 언어를 써야 합니다. 그런데, 그 의미가 싫었던 겁니다. 두 시인 모두 말입니다.

주관성의 배제, 관념의 탈피로 예술성을 넓고 깊게 가지려 노력했던 시인들입니다. 〈꽃〉 시인이 관념의 은폐를 형식으로 보여주었다면, 그 선생님은 언어를 쓰는 사람이 중심이 될 때 맞이하는 한계를 인정하고, 사물 중심의 시선을 이미지화하셨습니다.

그 이론은 '사랑'의 시론이라고도 볼 수 있습니다. 진정한 사랑이란 자기 혼자만의 시선으로는 이뤄지지 않잖아요. 저도, 사랑은 마주보기가 아니라, 같은 곳을 함께 보는 것이라 믿습니다.

오 선생님의 〈새와 길〉이 날이미지론 입장에서 쓴 대표적인 시로 보여, 선율을 붙여 보았습니다. 어쩌면 김 선생님과 오 선생님은 언어로 음악의 예술성을 추구하려 했던 것일지 모르겠습니다. 날아가는 새에겐 창(窓)이 없는 것처럼 말입니다.

〈韻〉

시와 관련해서 짧은 산문도 써 봤습니다. 읽어 주십시오.

<散>

나무 같은 시인. 시인이라고 모두 나무 같지 않다.

그는 겨울나무로, 머루랑 다래랑 먹고 만년 청산에 살았다.

얄리 얄리 얄라셩

겨울나무는 봄이 되면 기침했다. 멎지 않는 기침을 멈추려 시를

계속 읊었다.

제 가슴에 갇힌 나무, 병 속에 갇힌 새.

나무는 병 속에 새끼까지 거두었다.

병 안이 가득 차 새끼 새들을 병 밖으로 날려야 했다.

울어라 울어라 새여 자고 일어나 울어라 새여.

새끼 새들이 병 바깥에서 제대로 살아가도록 날아오르는

법을 가르쳤다. 새들은 더 살이 쪘고, 나무는 더 말라갔다.

얄라리 얄라.

깃털 한 올 펴지 못할 정도로 좁은 병 속, 나무는 기침을 토해내 새들을 밀쳐 올렸다. 병을 나온 새들은 허공을 날아올랐다.

그는 한 잎의 나무가 되었다. 이파리도 말라 부스러질 정도가 되자, 병을 쉽게 빠져나갈 수 있었다. 하지만 나무는 병 안에 있기로 했다. 병 밖이라도 별다르지 않다는 것을 알았다. 밖이 안이라는 것. 이미 투명해진 상태라는 것. 자신이 길을 만들어갈 뿐이라는 것. 시인에게 말의 길은 자신이라는 것.

나무의 마지막 기침은 허공을 깼다. 외마디 기침이 터지고 병은 허물어졌다. 나무의 몸짓 따라 길이 새로 났다.

종종종

만든 길 위에 어디선가 새들이 나타나 새로 난 길을 따라 날아다녔다. 나무는 새들의 길을 다시 지우며 허공으로 사라져 버렸다.

내게 두고는

아들, 시는 음악을 동경했지. 옛 시는 모두 노래였잖아. 인쇄술의 발달로 노래가 그림으로 바뀐 상태라 보면 될 거야. 〈꽃〉 시인과 오 선생이 추구하는 시는 결국 매체에 기록되기 이전의 말로 돌아가자는 것처럼 보인다.

사랑의 말.

무한하고 무의미하고 무정형의 느낌. 그 마음을 기록하고 팠을 거야. 사랑 그 자체인 자연. 현실이 늘 불만스러워 환상할 수밖에 없는 우리 인류에게 자연의 진실을 보여주고팠을 거야. 그 시인들, 노래를 빌려 자연을 망가뜨리는 우리를 반성하게 한다.

〈韻〉

해가 산마루에 저물어도

김소월 시
김기우 곡

〈散〉

나는 가수다. 싱어송라이터 이김미소.

피를 속일 수 없는지, 어머니도 시인이고 가수였다.

이모는 미8군에서 날렸다.

외조부는 김정식 시인. 김소월이다. 할아버지 김소월을 모르는
한국 사람 있을까.

아버지는 시를 모르는 떠돌이 광부였다.

나는 아버지를 본 적이 몇 번 없다.

내가 어머니 배 속에 있을 때 아버지는 산속에 있었다.

내가 태어나서도 아버지는 동굴을 헤매고 다녔다.

나는 어머니의 성, 아버지의 성을 함께 쓴다. 이김미소. 어머니
알코올 젖은 입에서 나오는 노랫가락이 나를 키웠다. 어머니의
노래는 아버지를 찾는 망부가였음을 나는 고등학교에 들어가서
알았다. 정읍사 가락을 부여잡고 나는 성장판을 열었다. 나는 대
학교에 진학하지 않고 밴드 활동하다가 가수가 됐다.

외할아버지 독사진을 찾는 게 요즘 내 일이다. 교과서나 인터넷에 있는 김소월 사진은 모두 가짜다. 외할아버지는 혼 빠진다고 사진 찍기를 두려워했단다.

나는 할아버지의 〈해가 산마루에 저물어도〉에 곡을 붙여 보았다. 백과사전에 김소월의 시 삼십 퍼센트가 노래로 만들어졌다고 하는데, 이 시에 진즉 곡이 붙었어야 했다. 이 시에 김소월의 진수가 녹아 있다. 요즘 할아버지의 시에 흐르고 있는 우리 가락을 퍼 올리는 중이다.

해가 산마루에 지고 뜨는 것이 모두 '당신' 때문이라는 할아버지.
'당신'은 일제에 빼앗긴 우리나라이기도 하고, 초월의 하느님, 혹은 어머니이거나, 혹은 할아버지가 사랑하던 그분, 오순일지도 모르겠다.
아니, 그 모두일 것이다.

그 나라 언어로 글을 쓴다는 것은 그 나라의 역사를 다시 살아간다는 것
그 나라의 노래를 부른다는 것은 그 나라 사람들의 삶을 겪는

다는 것

　　그 사람들 과거와 미래를 함께하자는 것

　　나는 할아버지의 〈해가 산마루에 저물어도〉를 노래하며 알았다

　　해가 산마루에 올라와도

　　내게 두고는 밝은 아침이라고 할 것입니다

　　할아버지의 아침은 바로 나였다

　　다음 날 아침은 나의 딸 김소희다.

　　나는 오래전에 딸 아이를 헤어진 남편에게 보냈다.

　　김소희가 올해 소월시 문학상을 받는다

칠순 맞은 어머니 모시고 한강유람선 탔어요.

63빌딩 전망대에서 망원경으로 서울 내려다보고

압구정 현대백화점에 갔지요.

화려한 옥빛, 하늘거리는 한복 곱게 차려입고

활짝 웃으며 집에서 나선 식구들

은빛 찬란한 백화점 조명 아래에서 금세 입 다물고

서로 안 보려고 주변 물건에 눈을 얹더군요.

2장

물에서 건져낸 옛 생각

액땜 할머니

아들, 지난번 네가 보낸 할머니 이야기 다시 읽어보니 나도 할머니 생각난다. 네겐 증조할머니겠지. 나도 할머니를 모시고 살던 때가 있었다. 신혼 초, 우리 부모님과 할머니, 그리고 아내와 함께 말이야. 지금은 그런 집 없겠지만 그때는 삼대가 함께 사는 집이 흔했어.

나도 결혼 직후에는 직장을 다녔다. 집 근처 섬유회사. 말이 회사지 나일론 공장이었어. 박봉이지만 아내에게 꼬박꼬박 월급 줬을 때가 바로 그때야. 남자는 모두 일터에 나가야 하던 시절이었어. 집 밖을 떠돌기 전, 삼 년 다녔지.

할머니는 같은 집에 사는데도 옆집 마실 갔다 오면 마치 당신도 직장에서 퇴근하는 사람처럼 행동했어. 거짓말이고 거짓 행동이지만 식구들은 노망기 시작이라 생각하고 받아들였지. 완전히 정신줄 놓으시지 않고, 어디 멀리 가시지 않는 것만으로도 다행이라 여겼어.

요즘, 후문 초소 인터폰으로 나를 제일 많이 호출하는 102호 할머니도 우리 할머니와 똑 닮았어. 앓는 소리, 못 본 체, 모르는 척하면서 이것저것 집안일 시키는 102호 할머니.

엊그제도 그 할머니가 초소 인터폰으로 나를 불렀단다. 찾아갔더니 전구를 갈아달라고 하더라. 부엌 전구 갈아드리니 변기 뚫어달라고 하고, 변기 뚫어드리니 신발장 서랍 고쳐달라고 해서 망치질까지 했어.

물론 그 할머니는 우리 할머니보다는 불쌍해. 거동 못 하는 할아버지를 홀로 돌보고 있거든. 여든 넘기셨음 직한데 정신도 맑고, 허리도 꼿꼿해. 102호 할머니를 볼 때마다 네 증조할머니 생각나는 것은 아마도 부적 때문이 아닌가 싶다. 102호에는 여기저기 부적이 붙어 있거든. 무속신앙 신봉하기, 할머니와 똑같다 싶어. 그리고 느릿느릿 움직이다가 갑자기 빨라지는 몸짓과 손짓, 안 들린다지만 모두 알아듣고 있는 것 등등 말이야.

할머니, 호상이셨어. 또랑또랑하셨는데, 소화불량으로 일주일 누워계시다 돌아가셨어. 담석이셨어. 그즈음 생생하게 떠올라.

돌아가시기 한 달 전, 그날도 할머니께서는 한 손엔 보퉁이를 들고 다른 손엔 우산을 받치고 현관문을 꿍꿍 밀고 있으셨어.

─김동표 씨 안에 계신가.

그즈음 할머니께서는 돌아가신 할아버지의 이름을 나한테 붙여 부르셨어. '김동표 씨, 요샌 통 전화도 안 해? 김동표 씨도 시장 선거에 출마한다고 바쁜가?' '김동표 씨는 뇌물 먹은 거 없지?' 이렇게 나를 보고 할아버지로 착각하시는 척하셨어.

시대를 넘나들면서 착각하시는 할머니셨어. 김동표 씨가 독립신문을 만들었다는 둥, 이토 히로부미를 암살한 사람이 김동표 씨라는 둥, 궁예를 외눈박이로 만들어 김동표 씨도 한쪽 눈이 늘 충혈된다는 둥…. 식구들은 할머니를 유심히 살펴야 한다고 걱정이었지만, 나는 더 친근해진 기분이었어. 착각하는 척하시는 게 아닌가 싶었거든.

─김동표 씨, 이것 좀 받아!

할머니는 어머니와 아내에게 빗물이 뚝뚝 떨어지는 보퉁

이를 내밀었지. 늘 그렇듯 그 안에는 노인들에게 약 파는 장
사치들한테서 받은 물건이 있었지. 영양제는 안 사고 덤으로
받은 상품만 잔뜩 들어 있었지. 물티슈, 수세미 같은 일회용
청소용품이었지만 가끔 고추장도 가져오셨어.

　—김동표 씨, 거.

　나는 할머니께서 보퉁이에서 빼내 건네주신 손수건을 펴
보았어. 단정하게 접혀 있는 면 손수건 안에는 종이 같은 것
이 꼬깃꼬깃, 동전만 하게 접혀 있었어. 펴보니 누런 화선지
위에 붉은 글씨가 어지럽게 씌어 있었어.

　부적이었지. 그러고 보니 할머니 몸에서 만수향 냄새가 옅
게 풍겼어. 점쟁이에게 또 다녀오신 듯했어. 할머니는 내가
어릴 때부터 틈만 나면 점쟁이를 찾으셨어. 용하다는 무당
나왔다는 소식이 들리면 두 번째로 찾아가는 일을 수치라고
여길 정도로 말이야.

　—김동표 씨, 조심해야겠어. 지금 그 자리에서 떨려나 홋카
이도 탄광으로 끌려갈지도 몰라.

　또 돌아가신 할아버지와 나를 혼동하시는가, 했지. 아무
튼, 점쟁이가 용하긴 한가 봐. 창립기념일을 맞아 특진이 있
으리라는 정보가 회사에 돌고 있었으니까. 부장님이 나를 전

무님께 추천해놓은 모양이어서 니는 특진을 잔뜩 기대하던 중이었어. 나도 승진하고 싶었어.

–할머니, 이거 몸에 지니면 돼요?

나는 부적을 너풀너풀 흔들어 보였지. 곁에 있던 네 엄마 보라는 듯이 말이야.

–김동표 씨 마음대로. 에미하고 잘 의논해서.

저녁 식사 마치자 네 엄마는 당장 부적을 내놓으라고 소리를 질렀어.

–교회에 다니는 사람이 그걸 갖고 다니면 어떡해요?

네 엄마는 내 주머니에서 부적을 빼 들고 부엌으로 재빨리 들어갔어. 그러더니 가스 불을 켜서 부적을 홀랑 태워 버렸어. 부적이 좀 아까웠지만, 엄마와 다투기 싫었지. 컴퓨터 정보 시대에 부적 따위가 무슨 소용이겠어.

하지만 나는 어쩔 수 없이 그 부적을 아쉬워해야 했어. 창립기념일 특진에서 빠진 것이었어. 동기 중에서 내가 가장 유력했다는 특진은 나를 피해 갔고, 오히려 후배가 승진되는 기현상이 일어난 거야. 그것도 근래 들어 경영진에서 가장 애지중지하는 '품질관리부'로 말이야. 나는 특진은 고사하고 회사에서 가장 관심 없는 '홍보팀'으로 발령받았지. 억울해 당장이라도 사표를 던지고픈 생각뿐이었어.

모든 게 싫었어. 공연히 신경이 날카로워져서 퇴근하면 사소한 일로 네 엄마와 다투기만 했어. 한번은 다투는 가운데 승진 이야기가 나왔는데, 그러다가 자연히 할머니께서 주신 부적 건도 튀어나왔어.

−당신이 그때, 부적을 태워 버리지 않았어도….

−뭐라고요? 지금 내게 스트레스 푸는 거예요? 능력이 없으면….

결국, 나는 치받는 화를 누르지 못하고 선풍기 목을 부러뜨렸고, 엄마는 접시를 깼어.

네 엄마와 며칠째 접전을 벌이는 중에 할머니한테 전화가 왔지. 징용은 잘 피했느냐고, 그리고 손주며느리는 잘 있느냐고 물으셔. 나는 할머니한테 부적 태운 이야기도 털어놓았어. 아내하고 싸운 일까지 말이야. 할머니는 아무 말 없이 깔깔 웃으시곤 전화를 뚝 끊으셨어.

수화기를 내려놓고 몇 시간이 안 돼 할머니가 병원에 가셨다는 소식을 받았어. 혼수상태로 사흘 뒤 할머니는 돌아가셨어. 임종을 전화로 지킬 수도 있는가, 하는 자책 때문이 아니라, 할머니 음성으로 듣는 할아버지의 이름을 더 들을 수 없다는 생각으로, 이제는 정말 할아버지한테 가시는구나, 하는 생각에 나는 엉엉 울었지.

삼일장을 치르고 회사에 출근하니, 조직이 개편되어 있었어. '품질관리부'는 부서 자체가 사라져 버리고, '홍보팀'은 '기업문화팀'으로 개칭되어 회장실 직속으로 재편된 것이었어. 품질은, 사원 모두가 언제나 어디서나 관심을 집중하고 있어야지, 품질관리부가 따로 있어 관리한다는 자체가 모순이라고 회장님이 그러셨대. 그것보다는 기업문화의 정착이 더 시급하다고 회장님 곁에 두라 하셨대.

퇴근하고 부모님께 기쁨을 전하니, 어머니는 그 모든 것이 할머니의 예지력 때문이라 하셨어.

―할머니가 돌아가시기 전에 네게 부적을 주시지 않든? 그 부적은 보는 즉시 태워야 효험이 있단다.

어머니는 할머니 목소리로 말했어. 어머니도 은근히 무속신앙을 신뢰했거든.

―부적은 네 안사람이 태워야 더욱 좋단다. 게다가 부부싸움은 액땜에 특효라는구나. 태평양 전쟁 때, 네 할아버지의

징용도 할머니께서 그렇게 막으셨다고 하더라.

　어제 후문 초소로 102호 할머니가 인터폰 했어. 나를 또 호출했지. 102호에 가보니 그 할머니가 장롱을 옮겨 달라고 하대. 내 힘으로 될까 싶었지만, 움직이더라. 안간힘 써서 옮겨 드렸지. 내가 아직 순간 근력이 좋거든.

　초소로 돌아온 지 삼십 분도 안 돼 인터폰이 또 울려. 102호 할머니야. 다시 갔더니, 이번에는 장롱을 원래대로 옮겨 달래.

　한숨을 쉴 수밖에. 끓어오르는 화를 깊은 호흡으로 달래고 나는 장롱을 원위치로 돌려놨어. 그때 허리가 삐끗한 것 같아. 초소에 앉아 있을 수가 없었어. 5시간을 서서 근무하다가 퇴근해서 냉찜질했잖아.

　어젯밤 할머니가 꿈에 나타났지. 아니, 102호 할머니 같기도 했어. 할머니는 오래된 마차에 타고 이불을 들쓰고 있었어. 그 할머니가 나를 지그시 바라보는 모습이 좀 서늘했어. 꿈자리 때문은 아니고 허리앓이 때문에 늦게 일어났지.

　근래 들어 처음으로 이부자리에서 일어나기 싫었어. 이대로 그냥 누워지내고만 싶다는 생각이 들었지만, 식구들 떠올라 일어났지. 그리곤 다시 누웠어. 허리가 아파서 앉아 있을 수 없었던 거야.

한 시간을 꼼짝없이 누워 있었어. 그러다 간신히 몸을 굴려 일어났어. 관리소에 전화하려다 그만두었어. 네 엄마도 내 허리앓이를 꾀병으로 여기는 것 같았지. 나는 아파 죽겠는데 아프지 않은 사람이 됐어.

출근 시간 늦을까 부랴부랴 세수하고 옷 입고 나왔어. 우리 임대아파트 정문을 나서는데, 문득 할머니가 어른거리는 거야. 102호 할머니 같기도 한 그 할머니가 정문 기둥에 서서 나를 빤히 쳐다보는 모습이 선연해.

나는 멀쩡하던 허리가 다시 아파서 길 건너 버스 정류소 옆 약국에 들렀지. 약국에서 파스를 사는 바람에 내가 타야 할 출근 시간 버스를 놓치고 말았어. 약국 때문이 아니고 파스 탓이 아니라, 할머니 때문이지 뭐야. 왜 갑자기 환상으로 나타나셨나 말이야.

출근 시각 버스 놓치고 십 분 이상 기다린 다음 버스를 탔지.

내가 근무하는 푸른 숲 아파트 정류장에서 대형 사고가 있었어. 버스가 반쯤 토막이 나서 나동그라져 있었어. 사람들이 울고불고, 119가 열 대 이상 출동해 있고, 경찰차도 대여섯 대 사이렌을 울리고 있어. 버스 브레이크 고장으로 보인대. 버스 정거장도, 전신주도 쓰러져 있고 가로수도 완전히 뭉개져 있었어.

그 버스, 내가 타려던 출근 시각 버스가 분명해.

빨간 장갑

아버지, 윤호 아시죠? 이윤호. 우리 동네 피아노학원에서 음악 배웠는데 어느 유학파보다 피아노를 잘 쳐서 천재라 불리는 친구 말입니다.

아, 아버지는 모르시겠네요. 제 중학교 시절, 아버지는 유랑하시던 때잖아요. 저는 중학교 동창들하고 지금까지 만나고 있습니다. 동창 중에서 가장 잘 된 친구가 피아니스트 유노입니다. 반 클라이번 피아노 콩쿠르 유명하잖아요. 거기서 라흐마니노프 피아노 협주곡 3번을 연주해 심사위원을 울렸던 제 친구, 유노라는 이름은 이제 세계 클래식계에서 모르는 사람이 없습니다.

지금은 오른손만으로 베토벤 〈월광〉을 완벽히 연주하는 불굴의 피아니스트로 더 유명합니다.

그가 뉴욕 필과 베토벤 녹음 마치고 석 달 만에 돌아왔습니다. 그와 민우네, 그리고 우리 내외는 모두 동기동창입니다. 우리는 예술가 삼총사라며 중학교 시절부터 서로 자극을 주고받으며 자랐습니다.

저는 피아노를 일찍 포기하고 글쓰기로 돌아섰지만, 민우는 윤호처럼 음악가로 성공하기를 바라고 있었습니다. 민우가 윤호를 동경하는 모습을 지켜보기가 아주 안쓰러웠습니다. 동경이 질시가 될 때도 있었거든요.

[한 손으로 우주를 호흡하다 −유노, 베토벤 월광]

윤호는 세종문화회관에서 연말연시 기획 공연이 잡혀 있어 귀국한 길입니다. 봄에는 런던 필하모닉과, 여름에는 독일 베를린 필하고 연주 일정이 있습니다. 그는 오 년 스케줄이 이미 잡혀 있답니다.

일 년 전이었습니다. 그때도 윤호 별장에서 삼총사가 만났죠. 민우는 의암호 풍경이 멋진 윤호의 별장을 관리해 주면서 아내와 철마다 휴가를 즐겼습니다. 민우네는 윤호와 함께 보내면서 윤호 스케줄과 녹음을 도와주기로 했습니다. 그때 저는 며칠 묵으면서 친구들과 회포를 풀었습니다. 민우네와 윤호를 지켜보면서 말입니다.

─너희들 보고 싶었어. 요즘엔 피아노 앞에 서면 구토가 날
정도야. 지겨워.

한숨을 내쉬고 인상을 찌푸린 낯으로 산장을 천천히 둘러
보는 윤호에게 민우가 바싹 붙어 뒤따랐습니다.

─내일은 연습 없으니까 산꼭대기에나 오를까?

─그래, 나도 손을 좀 쉬게 해야지. 이러다 손가락 류머티
즘 생기겠어.

손가락을 파르르 떨어 보이는 윤호를 민우는 걱정스러운
눈으로 바라보았습니다. 윤호나 민우, 모두 자기 연민의 모
습으로 제겐 보였습니다. 윤호는 집안 분위기나 뒷받침 없이
도 일류 피아니스트가 됐지만, 민우는 부모님의 극성에도 녹
음 세션 맨 정도나 됐죠. 요즘 민우는 피아노학원 강사 자리
도 못 얻는 모양입니다.

─윤호 씨, 뉴욕 실황, 텔레비전에서 보았어요. 역시 최고
였어요. 소리가 점점 깊어지는 것 같아요.

민우의 아내 혜미가 사과를 깎아내 왔습니다. 어쩌면 혜미
도 윤호의 재능을 감당해낼 수 없어 민우를 택했는지 모릅니
다. 여자들에겐 창끝 같은 손재주보다 자신만을 위해 주는

114

너그러운 손길이 필요하니까요. 예술대학 안에서 별종들이라 불릴 정도로 혜미와 민우, 그리고 윤호가 붙어 다니며 벌인 삼각꼴 연애는 윤호의 피아노콩쿠르 수상 뒤 구도가 끊어져 지금에 이르렀습니다.

윤호는 허물없이 셋이 뒹굴던 학부 시절을 그리워하는 눈치였습니다. 윤호는 민우에게 별장을 맡기고 친구들과 함께 보내는 일을 최고의 즐거움으로 여긴다고 매스컴에다 공공연히 떠벌리고 다녔습니다.

민우는 혜미와 연애 시절, 그녀가 윤호와 자신 사이에서 흔들릴 때 피아노를 포기하고 혜미를 끌어안았다네요. 윤호도 피아노보다 혜미와 더 친하려는 모습을 보였습니다. 하지만 피아노가 윤호를 놓아주지 않았던 것이죠. 이제는 윤호가 피아노에게서 떠나고 싶어 하는 눈치지만….

혜미를 보는 윤호의 시선이 대학 시절의 그것 같은 느낌이었습니다. 민우를 의식했는지 윤호는 혜미를 바라보던 시선을 신발장 위에 놓여 있는 장갑으로 돌렸습니다. 등에 작은 지퍼가 있고 손목 자리에 실 장식이 달린 빨간 가죽 장갑이었습니다. 민우가 지난겨울 혜미의 생일을 맞아 선물한 장갑이었다고 했습니다. 혜미는 너무 좋았는지 잠자리에까지 끼고 잤다고 합니다.

─저 장갑 특이한데?

윤호의 집요한 시선을 보는 민우의 눈빛에 짜증이 묻어 있습니다. 천재 예술가들에겐 허락돼 있다는, 편집증에 대한 반감으로 보였습니다.

윤호에게는 다른 여러 괴벽도 있지만, 특히 장갑을 수집하는 취미가 있습니다. 특별한 디자인, 새로운 재질의 장갑만 보면 수단과 방법을 가리지 않고 사들여 끼고 다녔습니다. 그는 스승이나 친구들이 지닌 장갑이 좋아 보이면 몰래 훔치기도 했습니다.

피아니스트의 생명인 손을 보호하려는 의지가 그런 괴취미로 변질했나 봅니다. 한번은 길을 지나던 어린아이의 장갑을 억지로 벗기는 바람에 아동학대죄인가로 수천만 원 벌금을 문 적도 있었습니다.

─저 장갑 주고 싶은데, 이거 난처하군. 아내 거라서….

민우가 과일 접시를 거둬 부엌으로 가는 혜미의 뒷모습을 오래 바라봅니다.

줄 수는 없지만 똑같은 물건을 민우가 사 주겠다고 일어서

자 윤호는 흔쾌히 따라나섰습니다.

두 사람은 백화점, 시장을 다니며 등산용 가방과 신발, 지팡이 등을 사고 장갑을 찾았지만, 윤호 별장에 있는 것하고 똑같은 장갑은 없었답니다.

다음 날 아침, 삼악산 등정을 위해 민우와 혜미가 별장을 나서려는데, 신발장 위에 놓여 있던 빨간 장갑이 없어졌습니다. 민우는 필시 윤호의 짓이라고 여기고 현관을 나섰습니다. 윤호가 겸연쩍은 미소를 지어 보이는 것으로 장갑 탈취를 무마해 버릴 것이 분명했지만, 어쩐지 혜미에게 미안한 마음이었습니다.

혜미의 손에는 벌써 다른 장갑이 끼워져 있었습니다. 그녀는 아무 상관 없다는 듯한 표정이었습니다. 그러는 혜미를 보니 민우 마음이 더 무거워졌습니다.

민우는 문 앞에 묶여 있는 셰퍼드를 끌고 별장을 나섰습니다. 민우가 셰퍼드를 끌다시피 하여 등산길로 접어드니 혜미와 윤호가 나란히 산을 오르는 모습이 보였습니다.

셰퍼드가 갑자기 그르렁거린 것은 윤호가 모습을 드러내면서부터였습니다. 윤호는 아래에서 따라오는 민우를 보고 뒤돌아 손을 흔들어 보였습니다.

예상대로 윤호의 손에는 혜미의 빨간 장갑이 끼워져 있었습니다. 윤호는 민우에게 장갑 낀 손으로 장난스럽게 지휘하는 몸짓을 보였습니다. 순간, 셰퍼드와 연결된 사슬이 민우의 손에시 미끄러져 나갔습니다.

셰퍼드가 미친 듯이 윤호에게 달려들었습니다. 아니, 윤호에게 달려든 것이 아니라 윤호가 끼고 있는 빨간 장갑을 향해 이빨을 들이댄 것이었습니다. 어떻게 손을 쓸 사이도 없이 윤호의 장갑 낀 손은 셰퍼드의 아가리로 들어가 뜯기기 시작했습니다.

─어마마, 저 개새끼가 그이 손을 물어뜯어. …그이 손, 어떡하면 좋아.

혜미가 콩콩 뛰며 개를 끌어안고 엎치락뒤치락하는 윤호의 주위를 맴돌았습니다. 민우도 엉거주춤, 셰퍼드가 하는 양을 지켜볼 수밖에 없었습니다. 저도 마찬가지였고요.

민우도 셰퍼드가 저렇게까지 무섭게 달려들 줄은 몰랐나 봅니다.

저는 지난해 윤호 별장에 놀러 갔을 때, 민우가 셰퍼드를 훈련하는 모습이 생각났습니다. 지나치다 싶더라니…. 혜미의 빨간 장갑을 끼고 셰퍼드에게 몽둥이질해대는 그의 모습이 선연했습니다. 열등감과 질시를 개에게라도 해소하지 않으면 무슨 일을 저지를지 모를 광기 어린 풍경이었습니다.

셰퍼드는 사슬이 풀린 줄 알고 윤호에게 미친 듯이 달려간 것입니다. 그리고는 윤호의 손을 으깨 버리고 만 것입니다.

개에게 물려 왼손을 못 쓰게 됐지만, 윤호는 다시 일어섰습니다. 왼손 검지와 엄지가 잘려나가고 손목 신경이 끊어졌어도 그는 피아노 건반을 두드렸습니다. 윤호가 남은 왼손가락 몇 개와 오른손만으로 〈월광〉을 완벽히 연주할 수 있게 된 것은 〈세상에 이런 일이〉라는 방송에 나오고부터입니다. 그 영상이 유튜브 짧은 영상으로 뜨면서 그는 더욱 열심히 연주했습니다. 여러 교회에서 재능봉사하면서 소문이 났고, 미국 의회 창립 기념에 초대되어 연주한 윤호의 동영상이 조회 수 6억 뷰를 넘기면서 세계적인 돌풍을 일으킨 것입니다.

[피아노 없이 친구들처럼 평화롭게 살고 싶었지만, 잘 안됐어요. 오른손도 못쓰게 되더라도 저는 피아노를 칠 겁니

다. 발가락으로라도 칠 겁니다. 친구들의 우정과 사랑의 힘
으로….]

　윤호가 〈워싱턴 포스트〉와 인터뷰한 내용입니다.

청춘 투어

아들, 네 친구 이야기를 읽어보니 문득 내 고교 시절 생각
이 난다. 고교 시절 은사님, 평생 사랑의 상황을 연출하는
분, 주철환 선생님. 나는 그분 글에 곡을 붙여 본 적이 있단
다. 그분이 국어 담당이면서 '도서반' 동아리 지도교사였지.
도서반에서 만든 문집에 초대 시를 써 주셨어. 그 시가 〈출
발, 그 앞에 서서〉란다.

내가 그분을 흠모하게 된 큰 이유가 있지. 그분이 국어 교
과서에 나오는 시에 곡을 붙여서 우리에게 들려주셨어. 시를
사랑하고 음악을 동경했던 분이셨지. 그분의 음악과 문학에
대한 열정을 반의반이라도 따라갔더라면 나는 아마 위대한
시인이 되었을 거야. 내 사춘기는 선생님의 그 모습으로 가
득 차 있단다.

고등학교 3층 음악 교실에서 선생님과 밴드부 선배가 채보에 열중하고 있어. 그래, 그 배우가 고등학교 선배야. 선생님이 피아노 옆에서 노래하면 선배는 건반 음계를 짚으며 악보에 기록하고, 선생님은 같은 시 구절을 반복해서 노래하고, 선배는 선생님을 바라봤다가 피아노 건반을 봤다가 악보를 보는…, 그 풍경이 아직도 가슴에 남아 일렁이네.

그 선배는 국민 배우가 됐지. 선배는 선천적인 배우야. 표정과 어투의 변화가 상상을 초월해. 그야말로 팔색조야. 가끔 음악실에 후배들을 앉혀 놓고 일장 연설을 늘어놓는데, 무슨 말인지 종잡을 수가 없었어. 자기 역할에 취하고, 자기 말에 취한 상태로 그럴싸한 아포리즘을 갖다 붙여 훈계하지.
　나는 그의 말을 따라가다가 지쳐 꾸벅꾸벅 졸기 일쑤었어. 우리를 긴장케 하는 '빠다' 시간의 예고 설교였는데, 이상하게도 나는 긴장이 되지 않았어. 엉덩이에 목봉이 내리쳐지면서 불같이 일어나는 통증은 생각만 해도 온몸이 조여오지. 하지만 선배의 중심 없는 연설을 들으면 나는 심신이 늘어지면서 잠이 쏟아지는 거야.

〈韻〉

출발, 그 앞에 서서

주현환 시
김기우 곡

가녀린 빗방울이 큰 바다
와 입맞추어 여 숨어버리
자유로운 당신의 표정 위에 나는 너 내번뇌
의 무게 대로 침전하리라
넘실거리는 파도 저너머로
지난 삶의 유혹을 넘기고 연흔처
럼 내 고의 고적위로 마지막 시위가
거두어지면 자유로운 당신의 품정위
왜 나는 내번뇌의 무게대로
침전하리라

그렇게 고등학교를 악기실에서 보내고 예술대학을 들어갔는데, 거기서 또 선배를 만난 거야. 물론 전공은 달랐지. 나는 선배를 피해다녔어.

주철환 선생님은 방송국 예능 연출가가 되어 대활약을 펼쳤어. 아들이 시에 곡을 붙이는 모습이 주철환 선생님을 허밍으로 부르는구나.

〈散〉

선생님, 출발하려는 버스에 막 올랐습니다.

휴가는 백일해나 코로나바이러스 때문에 못 갑니다.

비 오는 날, 바다에 가서 비가 파도를 만나는 모습 보고 싶었습니다.

감염 방지 마스크처럼 시내 안으로 만족해야 했습니다.

외출하자는 식구들 성화에 창경궁 둘러보고

서울 투어버스를 탔습니다.

동숭동에서 시작해서 남대문 거쳐 퇴계로 지나

남산 – 이태원 – 사직동 – 광화문 – 삼청동 뱅뱅 도는 버스.

아내와 아이는 스마트폰 여기저기 들이대며 서울을 담습니다.

서울에서 태어났지만, 양주에서 25년.

서울 거리 새삼 들여다보니 종아리가 저립니다.

내가 다닌 학교들은 대부분 남산 아래.

학교란 시린 무릎과 같은 곳. 기다시피 간신히 올라가야 하는 곳.

버스가 잠시 설 때마다 무릎 시리고 종아리 저립니다.

투어 시작하니 "선생님…" 하고 절로 입술 사이로 불러요.

넘실거리는 파도 저 너머로 불리는 선생님.

– 너는 참 안 변한다.

선생님 처음 뵌 때가 1979년, 사십오 년 세월이지만 4분도 흐르지 않은 기분.

선생님이야말로 달라진 것 없어요. 동안은 동심에서 온다고 했던가요.

배달 소년 선생님. 바나나 실컷 먹을 기회를 저버린 동화 속 아이, 몸도 마음도 변치 않는 선생님.

투어버스 바퀴가 퇴계로 그 시절로 되감겨요.

동북고등학교가 거기 있었죠.

조회 때마다 저는 전교생을 앞에 두고 트럼펫을 불었죠.

애국가, 교가 악보 따라 트럼펫 피스톤을 누르며

선생님들 헛기침, 학생들 생목소리, 악보에 구겨 넣어 학생들 교모에 튕기죠.

교장 선생님 훈시 시간엔 버드나무가 다가오고 회오리가 몰아쳐 운동화 끈을 흔들어대요.

선생님은 제 곁에서 미소 지으며 트럼펫 벨에 비친 그 광경 지켜보고 계셨죠.

제가 선생님을 좋아하는 만큼 선생님도 저를 좋아하는 줄 알고,

저는 선생님께 밥을 빌고, 돈을 빌리고, 말을 빌리고, 노래 빌었습니다.

평생 갚아야지요.

그 선배가 가장 기억에 남아요. 트럼펫 선임, 이제 중견 배우가 된 민수 선배.

선배는 행사 앞두고 후배 긴장시킨다며 마대 자루 짚고 일장 연설 늘어놓았죠.

졸다가, 깨다가, 아프다가, 슬프다가, 몸이 마음만큼이나 변덕

스럽던 고교 시절.

악기실에서 중국집으로, 중국집에서 퇴계로 골목으로, 골목에서 운동장으로

훌쩍훌쩍 건너다니며 방황하던 샛별들.

이제 빛바랜 중년 되어 등산 가거나 텃밭 일구거나 집안 살림합니다.

퇴계로 돌집에서 시작된 선생님과의 식사.

여의도 엠비시, 서대문 이대, 충정로, 청계천⋯. 장소가 바뀌어도 식탁 앞엔 늘 선생님, 46년 동안 들고 있는 숟가락 안의 머리 숱 없는 나.

힘 있는 부드러움. 꽉 찬 빔. 선명한 흐림. 쉼 없는 여유⋯.

선생님 느낌이에요.

선생님 만나면 평생의 두통이 사라지고, 쓰림 없는 편한 속이 돼요.

마지막 시위를 겨누고 침잠하는 자리,

투어버스가 출발했던 그 자리에 왔습니다.

또 "선생님" 하고 불러봅니다. 언제나 출발, 늘 청춘인 선생님.

다음 주 경복궁에서 뵙기로 했지요.

청춘투어하는 날입니다.

청춘은 출발, 거꾸러지고, 무릎 까이고, 비바람 맞아도 출발.

앞으로 한 사십 년 더 선생님 따라 출발해야죠.

멀리, 끝없는 별리

아버지, 저도 시 노래 보냅니다. 이성복 시인의 〈그대 가까이〉입니다. 이 시에서 '그대'도 여러 의미로 풀이됩니다. 한용운 시인의 '님', 김소월 시인의 〈해가 산마루에 저물어도〉에서 '당신'도 마찬가지입니다.

조국, 절대적 존재, 어머니, 연인 등 여러 의미라지만 '사랑'이죠. 그냥 사랑이라고 생각됩니다. 우리가 평생 희망하는 사랑의 상대이거나, 사랑의 상태 말입니다.

〈韻〉

그대 가까이

〈散〉

늦장 피우느라 봄 오는 소리를 못 들었어요.

비 내리다가 눈이 오네요. 그대 계신 곳 멀리에는 겨울이겠죠. 거기에서 날아오는 눈발 맞으러 갑니다.

무엇이든 할 수 있을 것 같고 아무것도 하기 싫은 열다섯 살,

교생 선생님이 칠판에 붙어 있었습니다.

모교에서 교생실습 하시는 일에 열정을 쏟는 당신 모습에 저는 자신을 잊었어요. 선생님이 나였어요.

눈이 비가 되고 비가 눈이 되는 조회 시간 운동장, 발끝으로 흙을 파던 나를 보고 미소하시던 선생님. 조회 시간에 쓰러지던 친구 따라 쓰러지고 싶어 숨을 참다가 몰아 내쉬니 현기증 나리고, 벚꽃인지 봄눈인지 허공에 붙어 있던 봄이 나리고.

교실에서도 봄은 나리고.

한용운의 〈님의 침묵〉을 칠판에 써놓고 유독 '님'에 큰 동그라미를 그린 선생님. 눈송이 입자처럼 고운 님의 비밀은 내게도 있었던가요.

선생님의 선창으로 우리는 〈님의 침묵〉을 낭송하면서 열 오른 수업을 마쳤어요. 저는 곧장 운동장으로 뛰어나가 수도꼭지 틀

고 얼굴 디밀어 열을 내렸죠.

돌아온 텅 빈 교실, 칠판에는 지우다 만 '아아, 님은 갔습니다'
가 있었어요.

사십여 년 지나 겨울방학 맞은 학교에 간 적 있습니다. 빈 교실,
칠판에 '나는 님을 보내지 아니하였습니다'라는 구절이 흔적으
로 남아 있음을 분명 보았습니다.

새치가 돋기 시작하는 지금, 겨울방학 운동장 수돗가에서 그대
이름 되새겨 봅니다. 눈 맞는 겨울나무를 봅니다. 나무는 바람이
되고, 노을이 되고, 돌무더기 됩니다.

노래가 됩니다. 모두가 하나의 리듬으로 뭉개집니다. 라단조가
눈 속으로 파고들어 물로 흐릅니다. 물이 되어 섞이는 나. Dm으
로 흔들리는 선생님과 나. 어지러이 흩날리는 눈.

악장 선거

아들, 언제부턴가 후문 초소 뒤 담벼락 밑에 담배꽁초가 쌓이기 시작했어. 오줌 지린내도 풍기고 말이야. 며칠 지켜보다가 범인을 잡았지. 고등학생이었어. 녀석을 초소로 끌고 와서 훈계하려 했지만, 녀석은 오히려 욕지거리를 우물거리며 달아났어. 녀석이 몇 호에 사는지 알아. 착하고 모범생으로만 보였는데⋯, 부모님도 점잖으신데⋯, 언제 또 보면 잘 타이를 생각이야. 아니 조심해야지 경비원 자리 없어질 수도 있으니 말이야.

녀석을 보니 옛날 생각나네. 고등학교 시절, 공부는 안 하고 융 원단 조각으로 악기나 닦던 불량 친구들 떠오르더라. 그때 밴드부 악장이던 광수와 제일 가까웠지.

그 친구가 지난주에 내 초소로 찾아왔어. 내가 얼굴 한번 보자고 전화 넣었어. 사십 년 만에 만났지. 광수는 식품회사 정년퇴직하고 지금은 산에 다닌다네. 등산이 아니라 심마니 수업 받는대. 건강해진 것 같지는 않더라. 힘든가 봐.

광수와 소주 마시며 나눈 이야기 전해 줄게. 소주잔에 떨궈진 그의 말이 지금 내 소주잔에서 메아리치네.

…그 시절, 민준이만 없었다면 말이야. 그리고 퇴학만 당하지 않았어도 말이야. 나는 아마 서울에 있는 음악대학을 나왔을 거야. 지금쯤 국립교향악단은 아니더라도 중학교 음악선생은 하고 있겠지. 가끔 민준이를 생각하면 미안하고, 반대로 화가 치밀어. 그리고 지금까지도 불안해.

순전히 거짓말 때문이었어. 내가 민준이를 밀어뜨린 것은 녀석을 에워싸고 있는 순 거짓투성이 풍문 때문이었다고. 녀석은 실력이 없었어. 재능도 전혀 없어 보였고 말이야.

아니, 민준이는 정말로 실력이 대단했을지도 몰라. 진짜 자기 실력을 감추었을지도 모른단 말이야. 나는 지금도 녀석의 실력을 도통 모르겠어. 나는 그게 불안했어.

너도 잘 알잖아? 우리 밴드부는 대학 진학을 이미 포기한 아이들만 모인 서클이라는 것 말이야. 학교뿐 아니라 동네에서도 불량하기로 이름난 아이들이 학교 수업을 빼먹는 재미에 지하 연습실에서 담배나 피우고, 싸움 음모나 꾸미는, 그래서 가끔 바깥에서 술 먹고 패싸움을 벌여 경찰서에서 연락이 오기도 하는 말썽꾸러기 모임 말이야.

그런 밴드부에 민준이 같은 아이가 어째서 가입했는지 모르겠어. 그것도 대학입시를 코앞에 둔 3학년이 말이야. 민준이는 전국 모의고사 때면 수석 아니면 차석을 도맡아 해서 학교 명예를 높이던 아이였잖아. 그거 알아? 민준이 어머니는 교수이고, 아버지는 입시학원 원장이라더군.

녀석은 필시 악장 자리를 차지하려고 가입했을 거야. 녀석만 아니면 자연히 내가 올라앉았을 악장 자리였지. 분명해. 녀석은 갑자기 공부에 자신이 없어졌던 거야.

…나도 대학에 가고 싶었어. 밴드부에서 유일하게 진학할 수 있는 학과는 음대뿐이잖아. 음대는 악장 혼자만 추천받을 수 있었어. 실기시험은 누구나 볼 수 있었지만, 추천서가 있는 경우와는 달라. 나는 음대 진학을 위해 그동안 나름으로 열심히 밴드부를 끌어갔어. 그런데, 내가 쌓아놓은 공을 민준이가 무너뜨리기 시작한 거야.

악장 선거를 한 달 앞두고 민준이는 악기실 문을 두드렸어. 혼자 가입하기 쑥스러웠는지 '깨비'라는, 눈치 빠른 녀석과 함께 악기실에 들어왔잖아. 트럼펫을 불겠다고 하대. 전혀 예상치 못했던 일이어서 어리둥절했지만, 녀석이 가입해서 밴드부 인식이 달라지리라 기대했어. 그러잖아도 말썽이 많아 밴드부를 해제한다는 소문이 떠돌고 있었으니까.

나는 민준이가 원하는 대로 트럼펫을 쥐여 주었어. 그런데, 그것부터 내 불찰이었어. 악장은 전통적으로 트럼펫 파트에서 나왔으니까. 나는 녀석이 트럼펫 실력이 있으리라고는 생각지 않았어. 그래서 녀석에게 트럼펫을 한번 불어 보라고 했던 거였어. 역시 트럼펫은 잘 불지 못하더군.

하지만 트럼펫 연주에 대한 녀석의 열정은 대단한 것이었어. 새벽부터 밤늦게까지 연습했어. 공부처럼 연주도 오래 앉아 있는 사람이 잘하게 돼 있지. 다른 아이들이 새로운 놀이를 찾느라 어기적거릴 때도 민준이는 입술이 터져라 나팔을 불어댔어.

연습이라는 것이 주로 일학년이 하는 음계 짚기에 불과했지만 나는 녀석이 금세 실력이 좋아지리라는 예감이 들었어. 금관악기는 정확한 음정 내기가 무엇보다 중요하니까. 녀석이 나를 추월하면 어쩌나, 해서 나는 깨비에게 녀석의 재능에 대해 슬쩍 물어보았어.

─가족들이 음악에 천부적인 소질이 있어. 어머니와 아버지 모두 바이올린을 수준급으로 다루셔. 민준이도 초등학교 때 전국 피아노콩쿠르에서 금상을 받았어.

깨비가 단짝이어서 그를 추켜세우려고 과장한 듯싶었지만, 나는 그 말을 듣고부터 불안해서 허둥대기 시작했어. 얼마 되지 않아 녀석이 나를 제치고 악장 자리에 올라설 것 같았어. 나는 서둘러 대책을 세웠어. 녀석을 후배들한테서 따돌리기로 말이야.

그렇지만 녀석은 이미 후배들로부터 대단한 호감을 사고 있었어. 후배들뿐 아니라 내 동기들도 녀석의 말이라면 곧이곧대로 믿고 따랐지. 그들이 녀석을 대하는 품이 마치 존경하는 선생님 보듯 했어.

오히려 내가 아이들에게서 외면당하기 시작했어. 좀체 감정을 표현하지 않는 과묵함, 희고 가느다란 손에서 풍겨 나오는 듯한 재능, 모범생이면서도 밴드부원들보다 더 과감해 보이는 불량기…. 지휘봉은 어느새 내게서 떠나고 있었던 거야.

하지만 나는 포기할 수 없었어. 나는 무슨 수를 써서라도 반드시 악장 자리에 올라 지휘봉을 잡아야 했어. 그래서 나는 녀석에게 도전장을 보냈어. 나는 녀석을 힘으로 누르리라 결심했지. 악장은 연주나 편곡실력 외에도 다른 불량 세력으로부터 후배들을 보호해야 하는 완력도 갖추어야 했으니까. 다시 말해서, 싸움도 최고여야 했단 말이야. 내게는 샌님 같은 민준이 녀석을 한주먹에 때려눕힐 자신이 있었던 거야.

그래도 혹시나 해서 나는 또 깨비에게 물어보았어.

—민준이는 못 하는 게 없어. 몸이 저렇게 야위었어도 합기도 유단자래.

깨비는 하늘을 보고 우물거렸어. 이제 나의 불안은 극도에 달했어. 나는 어떤 수단이든 가리지 않게 되고 말았어.

녀석하고 대결이 있기로 한 전날 밤, 나는 학교 뒷공터를 미리 답사했어. 나무 울타리로 둘러싸인 공터 바깥은 깎아지른 절벽이었어. 나는 울타리 중에서 가장 허술해 보이는 곳을 골라 뿌리를 뽑고 다시 슬며시 꽂아놓았어. 힘을 약간만 주어도 쓰러지도록 말이야.

대결의 날, 나는 녀석을 내가 미리 손을 써놓은 장소로 끌고 갔어. 아이들은 마치 악장 선거를 그곳에서 치르기라도 하겠다는 듯이 우리의 대결을 지켜보았어.

하지만 녀석은 싸울 의사가 전혀 없어 보였어. 그저 허허,

웃으며 이야기나 하자고 했어. 한없이 너그러워 보이는, 언제나 얼굴에 달고 다니는 녀석의 미소가 그때만큼 무서워 보인 적이 없었어. 너 따위는 나와 상대가 안 된다는, 어디 마음껏 덤벼보라는, 자신에 차 있는 미소였어. 아이들도 슬밋슬밋 웃는 듯했어.

나는 수치심과 불안이 범벅이 돼서 다리까지 후들후들 떨려왔어. 막바지에 다다랐다는 느낌밖에 없었어. 차라리 내가 벼랑에 떨어지고 말리라, 하는 생각이 머리끝으로 몰려옴과 동시에 나는 녀석을 향해 힘껏 몸을 날렸어.

모든 것은 순전히 깨비의 거짓말 때문이었어. 벼랑에 떨어진 민준이에게 달려 내려가던 깨비가 나를 향해 울먹이며 고함을 지르더군. 민준이는 합기도는 배워본 적도 없고 악보도 읽을 줄 모르는 타고난 음치라고.

하지만 민준이는 정말 대단한 실력을 갖추고 있었는지도 몰라. 내가 아직도 불안하니까.

아들, 광수는 이야기 초반에 소주 한 병을 금세 비우고, 한 병 한 병 더 시켜 사이다 컵에 부어 마시더구나. 테이블 위 빈 소주병 여섯 개가 위태위태하더라니….

이야기 끝나 코를 팽 푸는 광수 아래로 소주병이 와르르
떨어졌어. 민준이는 어떻게 지낼까.

도둑의 배려

아버지, 이번 달까지 단편소설 보내야 하는데, 한 줄도 못 쓰고 있습니다. 일주일밖에 남지 않았습니다. 문단에서 눈여겨보는 계간지에 작품 실을 기회를 얻었는데, 부담이 컸던가 봅니다. 도저히 문장이 나오지 않습니다. 머리를 쥐어뜯고 몸부림쳐도 안 써집니다. 조급증만 더해갑니다. 작업방에서 뒹굴뒹굴하는 저를 시간이 파먹으며 말려가기를 두 달째입니다.

그 와중에 도둑까지 들었습니다. 도둑질당한 사람을 보거나, 도둑질하는 모습을 본 적은 있어도, 제가 직접 도둑맞긴 처음이어서 저는 무척 놀랐습니다. 등단 십 년이 넘도록 창작집 하나 묶지 못한 무명 소설가라는 딱지를 떼보려고 작업방을 구했잖습니까. 그런데 이상한 주인집 사람 때문에 집필에 집중할 수 없어 다시 방을 알아봤습니다.

이번에는 아내가 찾아낸 곳입니다. 석사동 연립주택에 딸린 지하 창고였습니다. 보증금 없는 사글셋방, 그 작업방에 도둑이 들었던 것입니다. 예상했던 일이었습니다. 연립주택의 지하방은 늘 컴컴해서 누가 세 들어 있고, 무엇을 하는지 전혀 알 수 없는 곳입니다. 마치 비밀 결사들의 은밀한 모임 장소와 같습니다.

지상에서 사는 주인은 물론, 나란히 맞붙어 살아가고 있는 다른 세입자들도 서로의 생활에 관심을 두지 않았습니다. 무관심이 편리할 듯싶어 선뜻 응낙했던 계약이었는데, 그 무관심이 도둑을 불러들인 모양입니다. 서른 개도 넘는 방에, 드나드는 사람이 마흔 명도 넘어 보이는데, 누가 방의 주인이고, 누가 도둑인지, 어느 누가 관심을 가지고 알려 하겠습니까.

하지만 무관심이 아니었습니다. 그들 중 제게 지대한 관심을 둔 누군가가 있음이 틀림없었습니다. 도둑은 제가 언제 이 지하방을 이용하고, 언제 비우는지, 그동안 유심히 관찰하고 있었던 것입니다. 놈은 제가 방에 없는 시간에 맞춰 드나들기 시작했습니다.

입주하고 한 달이 지난날 저녁, 아르바이트로 나가고 있는 글쓰기 학원 수업을 마치고 작업방으로 돌아와 보니, 책상 위 메모철이 뒤죽박죽이었습니다. 누군가 들춰보았던 흔적이 뚜렷했습니다. 볼펜과 연필 자루가 엉클어져 있었고, 서랍 속 잡물에도 손을 댄 흔적이 확실했습니다.

누구지? 열쇠를 가진 사람은 나뿐인데…, 하지만, 옷핀만으로도 간단히 열 수 있는 구식 자물통이니 누구든 마음만 먹으면 들어오지 못할 것도 없겠지. 그런데, 도둑은 어째서 아무것도 가져가지 않았을까, 현금은 없어도 신용카드와 컴퓨터, 그리고 고급 만년필, 미니 캠코더도 있는데….

물건은 가져가지 않았지만, 자물통까지 얌전히 잠그고 나갔으니 언제든 또 들어오겠다는 뜻으로 보였습니다. 저는 방바닥에 앉아 고민하고 고민했습니다. 이 상황을 어떻게 모면하고, 도둑이 들지 못하게 할까, 저는 머리를 쥐어짰습니다.

그 일은 소설 집필보다 어려웠습니다. 묘책이 떠오르지 않았습니다. 지하 세입자들을 일일이 방문해서, "도둑이 들었는데 안녕하신지요", 하면서 도둑처럼 보이는 사람을 찾아낼 수도 없었고, 주인에게 올라가 절도 사건을 해결해 달라고 요구할 수도 없는 일이었습니다. 아무리 공손하게 말해도 그들을 의심하는 꼴이 될 것입니다. 자물쇠를 튼튼한 것으로 바꾼다 해도, 허술한 나무 문짝을 안심하고 잠글 자물쇠는 없을 것이고, 또 어떤 자물쇠도 열지 못한다면 그는 도둑이 아닐 것입니다.

고민의 끝에 다다라도 해결할 방법이 없어 저는, 도둑아 올 테면 오너라, 하는 자포자기 상태로 컴퓨터에 달라붙어 원고를 써나갔습니다. 마치 유령과 함께 작업하는 기분이었 습니다.

단편 한 편 쓰기가 이렇게 힘들지 상상도 못 했습니다. 두 더지처럼 코와 귀에 달라붙는 감각만 예민해져서 옆방에서 음식을 만드는 냄새를 지우려고 담배를 줄곧 피웠고, 윗집 아주머니가 슬리퍼 끄는 소리를 밀쳐내겠다는 핑계로 온종 일 음악만 듣다가 집으로 돌아왔습니다.

그런데, 제가 하는 작업을 도둑에게 들켰다고 생각하니 언 짢은 감도 없지 않았지만, 오히려 의욕이 되살아나는 듯싶었 습니다. 나는 낮에 일없이 빈둥거리지만은 않는다, 나도 잘 알려진 소설가들처럼 원고를 열심히 쓰는 사람이다, 아니 그 들보다 더 치열하고 의미 있는 글을 쓰고 있다, 왜, 왜 나를 건드리는 거야! 하는 오기 말입니다. 다시 한번 도둑이 들면 그동안의 게으름을 그에게 덮어씌우기라도 하겠다는 심정으로 작업에 열을 올렸습니다.

일주일 뒤, 다시 도둑이 들었습니다. 없어진 물건은 없었지만, 또 저의 서랍을 들쑤셔놓았습니다. 외장하드를 컴퓨터에 연결한 흔적도 확실히 남아 있었습니다. 저는 작업을 중지하고 대책을 당장 세웠습니다.

마침 소설작업도 다시금 지리멸렬해지고 있던 터라, 저는 도둑에게 전하는 장문의 편지와 연립주택의 모든 세입자에게 보내는 도둑 조심 메시지를 작성해 나갔습니다.

[당신이 어젯밤에 또 다녀갔다는 사실을 저는 알고 있습니다. 당신도 알다시피, 저의 방에는 가져갈 물건이 없습니다. 사글세로 얻은 이 방에서 저는 다른 직장인들처럼 낮에 원고를 써서 밥을 먹는 사람입니다. 요즘은 수억을 벌어들이는 작가들도 많이 있지만 저는 그만한 능력이 없는 서푼짜리 작가입니다. 그러니 현명하게 판단하시어…]

[불행은 깨어 있지 않은 사람에게 닥칩니다]

[보이지 않는 검은 손, 반드시 드러나는 검은 양심]

[어리석은 호기심이 일생을 망칩니다]

도둑에게 보내는 편지는 큰 달력 뒷장에다 육필로 써서 방문 앞에 붙여놓았고, 지하방 세입자들에게 전할 메시지는 프린터로 여러 장 출력해 눈에 잘 띄는 곳곳에 붙여놓았습니다. 편지를 쓰는 하루가 걸렸고, 메시지 문구를 만들고 붙이는데 또 하루를 허비했습니다.

편지 내용을 잘못 썼나, 메시지가 너무 건방져 보였나….

서신을 붙이고 난 뒤, 도둑은 오히려 죽 끓듯이 들락거렸습니다. 게다가 본격적으로 도둑질하고 있었습니다. 책과 필기도구, 화분과 커피잔, 하다못해 먹다 남은 소주까지 가져갔습니다. 하지만 저는 새로이 소설작업에 불이 붙기 시작해 편지를 다시 쓸 도리밖에 없었습니다.

[좋습니다. 가져가십시오. 단, 작업에 필요한 것은 제발 그냥 두십시오.]

저는 초조했지만 여유로웠습니다. 소설이 끝나가고 있었기 때문이었습니다. 마지막 마침표를 찍지 못할지도 모른다는 절박함만 머릿속에 가득해, 다른 생각들은 비집고 들어올 틈이 없었습니다. 아니, 도둑이 제 작업을 지켜보고 있다는 응시의 기분이 저를 더욱 작업으로 내몰고 있는지도 몰랐습니다.

도둑은 정말 제 작업에 필요한 것들은 손대지 않고, 다른 물건들을 하나씩, 하나씩 훔쳐 가고 있었습니다. 어느 날엔 이불이 없어졌고, 다음 날엔 외투가 사라졌으며, 그 이튿날엔 거울이 떨어져 나가서 없었습니다. 물건들은 줄어들기 시작했지만, 소설은 불어나 마무리만 남게 되었습니다.

지난 주초, 컴퓨터 없이 수기 작업하며 앉아 있는 작업방에서 저는 소설 결말 쓰기에 여념 없었습니다. 마지막 문장을 고르느라 온 신경을 쏟아붓는 중이었습니다. 그때였습니다. 누군가 작업방 문고리를 쇠막대 같은 것으로 긁는 소리가 들려왔습니다.

도둑이구나, 하는 생각이 번쩍, 들어 손목시계를 보니 자정이 막 지나고 있었습니다. 저는 시간의 흐름을 몰랐고, 도둑은 저의 존재를 몰랐던 것입니다. 저는 황급히 책상 등을 껐습니다. 그리고는 문 뒤에서 덜덜 떨며 도둑을 기다렸습니다. 도둑과 맞닥뜨리면 어찌하겠다는 생각도 없었습니다. 그저 문 뒤에 숨어 있기만 했습니다.

도둑은 능숙한 솜씨로 두 개의 열쇠를 따고 들어와 태연하게 형광등을 켜고 제 의자에 앉아 기지개를 켰습니다. 저는 도둑을 보고 깜짝 놀랐습니다. 도둑이 여자여서, 가 아니라, 주인아주머니였기 때문이었습니다.

─아, 아주머니?

제가 문 뒤에서 나와 우물거리자 주인아주머니가 벌떡 일어났습니다.

─아이고 깜짝이야!

주인아주머니는 저보다 더 놀라는 표정이었습니다. 그녀는 오히려 제게 큰소리를 쳤습니다.

─오해 말아요, 이거 모두 새댁이 부탁했단 말이에요.

─우리 집사람요?

─그래요. 무슨 이유인지 모르겠지만, 나도 우리 애들한테 변명하랴, 이웃 사람들 눈치 보랴, 잠도 제대로 못 자고…. 아이고 별난 세입자들이야.

아주머니는 눈을 비비며 일어섰습니다.

저는 툴툴거리며 돌아 나서는 그녀를 따라 나와 당장 집으로 달려갔습니다.

—왜 그런 짓을 한 거야?

제가 다그치자 아내는 활짝 웃어 보이기까지 하더군요.

—당신, 원고 모두 끝냈죠? 그럼 됐어요. 당신 작업에 보탬 주려고 그랬어요. 당신 글쓰기 습관 잘 알아요. 어떤 식으로든 다그치지 않으면 일 년이 가도 십 년이 가도 그 원고 끝내지 못했을 거예요.

그랬습니다. 작업하는 사람마다 제각각 어떤 자극을 받으면 일이 순조롭게 진행되기도 하듯, 제게는 그런 불안이 창작의 충동이 되기도 합니다.

우리라는 울타리

아들, 엊그제 엄마로부터 이야기 들었다. 너 다녀갔다고. 살아가기 어렵다고 말이야. 그러겠지. 회사 그만두고 정기 수입 없으니 불안하겠지. 며느리는 잠도 잘 못 잘 거야. 눈칫밥 먹는 네 생각을 하면 나도 잠 안 온다. 너희 부부, 예민해져서 언성 높이는 모습이 훤하다.

사랑하는 사람은 서로 미안하니까 미워하기 쉬워. 그래도 서로 보듬어야 해. 네가 흔들림 없이 노력하는 모습을 보여 주거라. 일에 매진하다 보면 볕들 날 있을 거야.

아들, 우리 아파트에 화가가 산다. 설치미술로도 알려졌나 봐. 그 친구가 나를 잘 따라. 그에게 우리 아들이 글 쓰는 사람이라고 했더니, 언젠가 자기 글을 보내왔어. 읽어 달라고 하더구나. 나도 글을 쓰는 사람이라고 생각하는지, 아니면 아들에게 보여주라는 건지 모르겠지만, 읽어볼 만해서 보낸다. 아들, 지금 상황에 조금이라도 도움이 되면 좋겠다. 나는 너희가 조금씩 양보하며 살기를 바라.

아내와 다퉜다고? 성격이 맞지 않아 도저히 견뎌낼 수 없다고? 아, 아 그런 생각하지 마. 자기 것 내던지고 상대 것 감싸안지 않으면 부부란 성립되지 않아. 결혼이란 나만의 울타리에서 벗어나 우리라는 둥우리로 들어서는 통과의례야. 울타리를 떠난다는 것은 자기 배반이지.

자기의 것, 자기의 세계, 자기의 관념, 자기의 체험…. '자기의 것'을 다른 누가 파먹어 들어가는데, 좋아할 사람 어디 있겠어? 특히 창작품을 만들어내는 부류는 유달리 '자기 것'을 고집하잖아.

나도 결혼 뒤 몇 년간 일주일에 사나흘은 피투성이 되도록 아내와 싸웠지. '나의 것'에 침범하고 간섭하는 아내가 예쁘게 보이지 않더군. 어린 시절부터 길들여온 나의 버릇, 내가 쓰던 말투, 나의 생활 리듬……, 특히 내 작품에 대해 아내가 툭 던지는 몇 마디조차 나는 듣기 싫었어.

열 평도 안 되는 신혼 방 한구석에 킨믹이를 두르고 작업실을 꾸며놓았지만 어디 그게 작업실이겠어? 따로 작업실을 마련할 돈이 없어 나는 우선 그렇게라도 만들어놓고, 그 안에 내가 작업할 때 쓰던 이젤이며, 끌, 망치 같은 도구를 쌓아두고, 탁상시계, 메모판, 액자 따위, 내가 총각 때 사용하던 물건들을 진열해놓았지.

심지어는 꼬질꼬질 손때가 묻은 주전자며 소형 가스레인지, 물컵과 손거울까지 그 안에 넣고 혼자만 사용했어. 작업하는 사람 특유의 자기 영역 침해에 대한 경계심에서라기보다, 신혼부터 마누라를 확실히 길들여야 한다는 가부장적인 이기심에서라기보다, 조금이라도 아내의 간섭에 신경 덜 쓰며 작업해나가겠다는 보호 심리가 많이 작용한 탓이야.

아내와의 마찰은 당연했어. 아내는, 자기와 한솥밥 먹고, 한 이불 덮고 자며, 한 화장실을 같이 이용하면서 어쩜 그렇게 자기중심적이냐고 악다구니 쓰더군. 툭하면 울고, 팽하고 토라지고, 욱해서 외면하는, 그녀와 마주치며 작업한다는 것은 무리라고 생각하던 중이었어.

마침 목돈이 생기게 됐어. 국내 굴지의 금융회사에서 새봄을 맞아 본점 로비에 전시해놓을 설치 미술품을 제작해 달라는 의뢰가 들어온 거야. 스승에게 떨어진 청탁이었는데, 스승이 제자 몇을 끼워 넣자고 제의하신 모양이야. 나는 스승에게 참여케 해달라고 달라붙었어.

선금받고, 그 돈으로 작업실을 구해놓았지. 그리곤 아내에게 작품이 완성될 때까지 집에 들어오지 못한다고, 참아달라고 일방적으로 통보했어. 아내는 화가 치미는지 내 연장이며 물건들을 마구 던지며 다시는 돌아오지 말라고 울부짖더군. 그동안 내가 생활비를 제대로 주지 못했거든. 아내는, 작업실 얻을 돈으로 신혼 초부터 야금야금 전당포에 맡겨왔던 자신의 패물이며 가재도구를 몇 개라도 찾아왔으면 하는 눈치였어.

나는 아내의 울음을 뒤로하고 그 길로 작업실에 틀어박혔어. 나만의 공간에서, 나만의 물건을 가지고, 나만의 음악을 들으며, 나만의 작업을 하면서 지내고 싶은 생각뿐이었어. 그곳에서 나는 정말 새로운 것을 만나고 싶었어. 과거의 것은 모두 벗어 던지고, 새롭게 나의 것을 만들어내고 싶었어. 작품 하는 모든 다른 이들처럼 새로운 환경에서 새로운 것을 제작하는 기쁨을 누리고 싶었단 말이야.

그래서 나는 일부러 내가 오래전부터 쓰던 연장이며 나의 물건들을 집에서 가져오지 않았어. 모든 것을 전부 새롭게 시작해야 하니까.

하지만 당장 음식 끓일 냄비와 가스레인지, 수저, 그리고 눈곱이라도 떼어낼 세면도구가 필요해서 고물상을 찾았지. 우리 동네에 재활용품거리가 있지. 질 좋은 물건을 헐값으로 살 수 있는 곳이야. 운이 좋으면 고급 제품을 새것으로 얻기도 해.

난 작품재료를 구입하기 위해 고물들로 가득한 그 거리를 천천히 기웃거렸어. 그 동네를 구경하며 걸으면 작품 구상이 잘 되거든. 그곳에선 대중 소비사회를 사는 지금 우리 모습을 들여다볼 수 있어.

현대는 고급스러운 것, 저급한 것, 반영구적인 것, 일회적인 것, 강한 것, 유연한 것 등에 대한 구분이 없어. 모든 제품의 질은 다양하게 덧붙여진 기능과 화려한 디자인으로 나뉘지. 현대인의 생활방식도 필요 이상으로 바쁘고 겉으로만 번지르르해지고 있잖아.

실속 없고 덧없는 현대의 모습을 풍자해보겠다는 의도가 작품에 충분히 반영되도록 나는 고물상에 널려 있는 물건들을 재료로 쓸 작정이었지.

재활용품거리에서 생필품으로 쓸 물건과 작품재료를 이것

저것 사들이고 작업에 몰두했어. 일주일에 한 번 아내에게 전화 넣는 일 빼곤 석 달 동안 작업실에 틀어박혀 제작에만 신경을 쏟았어.

　작품이 거지반 완성되었을 즈음, 나는 놀라운 사실을 발견하게 되었어. 사포로 작품을 마무리하던 중, 작품 안에 쓰인 재료가 대부분 내가 쓰던 물건임을 알아차린 거야. 아니, 아내 것이 더 많았지. 구둣솔, 머리빗, 화장품 병, 옷걸이, 촛대, 쟁반…. 어쩐지, 고물상에서 물건을 고를 때 유독 눈에 들어오더라니.

　그 많은 고물 사이에서 친근한 물건에 손이 가는 건 당연하지 않겠어? 혹시나 해서 작업실을 둘러보니 작업실에 놓여 있는 생필품도 마찬가지였어. 휴지통, 라디오, 비눗갑, 전화기 등 아내와 내가 함께 쓰던 물건들이었단 말이야. 아내가 재활용 비닐에 쑤셔 넣어 버렸을 게 분명했어. 어처구니없다는 생각보다 화가 치밀어 나는 집으로 전화를 걸었지.

　아무도 받지 않아 집에 가보니 아내는 없었어. 며칠 동안 비워두었던지 집안은 썰렁하니 온기가 없었어. 화가 슬그머니 걱정으로 변해 나는 아내를 찾아 온종일 헤맸어. 친정에도, 친구 집에도, 결혼 전 자주 들르던 카페와 공원에도 아내는 없었어. 허탈해서 기운 빠진 걸음으로 작업실로 돌아올 수밖에 없었지.

하지만 아내가 있었어. 작업실에 말이야. 언제 왔는지 엉망진창으로 어질러진 부엌과 뒤죽박죽이던 작업실을 말끔히 정리해놓고 아내는 차를 마시며 내 작품을 바라보고 있었어.

아내는 봄을 맞아 대청소하다가 문득 어머니 생각이 나서 우리 시골집에 다녀왔다더군. 그동안 생활비 모자라 고물상에게 팔았던 물건을 다시 찾게 되어 기쁘다며 연신 싱글거리는 아내의 모습이 밉지 않았어. 내 작품 중에서 이번 것이 가장 훌륭하다고, 수고했다며 내게 보내오는 아내의 눈빛 또한 고왔지.

아내에게 전에 없던 칭찬을 받아서가 아니라 나도 그 작품에는 대단히 만족하고 있어. '나의 것'이 아닌, '우리의 것'으로 완성된 작품이 얼마나 훌륭한가를 알게 된 흡족함이었지. 자네도 너무 자기 것만 고집하지 말고, 아내와 함께 우리의 것을 만들어 나가 봐.

새로운 '그것'이 보일 거야. '그것'이 무엇인지는 물론 알고 있겠지.

물에 녹은 생각

아버지, 오늘 저녁, 비가 옵니다. 물이 쏟아지듯 비가 옵니다.

어제는 세월호 10주기 되던 날. 여기저기 돌아다녔습니다. 결혼식장, 출판기념장, 대형서점, 벼룩시장….

여러 사람과 이야기를 나누었는데, 집으로 돌아오는 길에 제가 무슨 이야기를 했는지 도통 기억이 나지 않습니다. 술은 소주 딱 반병 마셨습니다. 끊었던 담배 생각만 간절했습니다. 오른손 검지가 뜨겁습니다.

어머니, 머리카락이 희면서 건망증이 심해지셨더랍니다. 〈옛날 생각〉이라는 시를 읽으며 건져 올려지는 선율, 부유하는 소리가 제자리를 찾기를 간절히 빕니다. 어머니의 '옛날 생각'을 생각해 봅니다.

〈韻〉

옛날 생각

〈散〉

그녀는 요즘 자주 잊는다. 무엇을 하려고 했는지,

어떤 일이 먼저인지, 가물가물하다가 한두 시간 뒤에야

알아차린다. 알아차림도 잠시. 또 깜빡 잊는다.

주파수 못 찾은 라디오처럼, 반짝 내리던 소나기처럼

해변에 썼던 맹세처럼, 해가 들고 파도가 밀려오면,

누가 그녀를 부르면

또 잊는다.

설거지하면서 남편의 꾸지람을 떠올린다.

시어머니 제삿날이 언제인지 몰랐던 이유

동그라미 쳐놓았던 달력을 떼어낸 게 화근이었다.

잊는 것은 날짜뿐이 아니었다.

아이들이 부탁했던 학교 준비물, 운동 시간, 지갑, 휴대폰, 현관

키 번호

그녀는 잊지 않으려 옛날을 생각한다.

- 나는 옛날 노래를 들어. 이마를 짚고 뒤를 봐.

어제보다 그제, 그제보다 이십 년, 삼십 년 전이 먼저 떠오른다.

싱크대 개숫물 속으로 들어가는 옛날 생각.

연분홍 치마가 봄바람에 흩날리더라,

헤일 수 없이 수많은 밤을,

부두의 새악씨 아롱 젖은 옷자락

여러 옛날 노래가 섞여 밀려온다.

휘-휘-휘 동굴 바람 소리가 되고

개숫물에 녹아 한강으로 흐른다.

한강에서 만났던 남편,

소나기 맞다가 업혀서 남한강 건너고,

충주호에서 민물고기 매운탕 가게 열던 시어머니 돌아가시고,

낙동강으로 내려갔다, 거제 그리고 남해까지

태평양을 건너 미국 샌프란시스코에서도 살았던 일과

라스베가스 불빛에 번들거리는 이마를 짚던 기억도 난다.

옛날 생각하는 그녀는 지금을 생각 중이다.

부흥 부동산

　아버지, 집으로 오르는 길목에 부동산이 있습니다. 저는 그 부동산 주인하고 친하게 지내고 있습니다. 이재복 씨. 숙부님처럼 생겼죠. 머리가 벗겨진 모양도 똑같습니다.

　이재복 씨가 '부흥사'를 지키고 있지만, 진짜 주인은 아주머니라고 합니다. 공인중개사 자격증엔 아주머니 이름이 새겨 있거든요. 아주머니는 보이지 않고 재복 씨가 동네 어르신들하고 바둑판에다 시간을 늘어놓고 있습니다.

　요즘은 좀 바빠진 모양입니다. 재개발이 본격화됐거든요. 효자동 쪽이 아파트 단지로 변신 중입니다. 부흥사에 바둑판이 없어졌습니다. 재복 씨는 손님들에게 아파트 단지에 관해 설명하느라 바쁩니다. 그가 동 지도와 아파트 평면도를 손가락으로 눌러가며 열변을 토하는 모습을 자주 볼 수 있습니다. 아파트 곁에 전원주택 단지도 조성돼 있는데, 평수가 넓습니다. 돈 좀 있는 사람에겐 투자 가치가 있어 보입니다.

재복 씨는 요즘 차림이 화려해졌습니다. 옷이나 구두는 물론이고, 안경테나 시계 같은 장신구도 자주 바뀝니다. 복덕방도 화사한 벽지로 도배 새로 해놓고, 보기 힘든 화초도 갖다 놓았습니다.

재복 씨의 요모조모를 자세히 지켜보는 것만으로도 한 계절 멋지게 나는 셈입니다. 저는 원고 쓰기에 진척이 없으면 '부흥사'를 들여다보며 가을을 보내고 있습니다. 이 씨는 요즘 마음이 무척 들썽들썽 합니다. 복덕방 창으로 바라보이는 가을 하늘은, 이 씨의 온몸을 금방이라도 물들일 듯 시푸르고, 그 하늘 안에 늘, 늘, 느리게 흐르는 실구름이 재복 씨의 가슴을 슬슬 어루만집니다.

계절 탓만 아닙니다. 요즘 들어 손님이 부쩍 늘었기 때문입니다. 그동안 인터넷 포털사이트에서 운영하는 부동산 정보 페이지나 은행에서 제공하는 부동산 앱으로 복덕방엔 손님 대신 바둑 멤버들만 불어나 고민이었는데, 이 씨도 시대의 변화에 맞추어 개혁하고, 혁신한 보람이 있었던 것입니다.

이 씨의 변화는 건너편, 'MZ 복덕방'의 영향이 크게 작용했습니다. 재복 씨에게서 들은 'MZ 복덕방' 이야기가 재미있습니다. 'MZ 복덕방'은 젊은 중개사가 운영하고 있었는데, 그는 인터넷의 은근한 도전에도 아랑곳하지 않고 이 근방의 덩치 큰 아파트나 빌라, 토지 등의 매매 계약서에 도맡아 도장을 찍고 있었습니다.

상호에 걸맞게 젊은 중개사의 엉뚱한 상술이 비결이었습니다. 그의 스마트폰에는 복부인들의 전화번호가 넘쳐났고, 어디서 명단을 입수했는지 의사, 변호사, 연예인, 약사, 졸부, 정년 퇴직자, 맞벌이 신혼부부까지 다양한 손님들로 들끓고 있습니다. 'MZ 복덕방'은 그들의 가족 상황, 혈액형, 취미까지 파악해내 서비스하고 있답니다.

서비스라는 것이, 간단한 것은 좋은 글 담긴 영상 보내는 것에서부터 오늘의 운세, 노래방에서 백 점을 맞는 방법 등 유치한 것들뿐이었습니다. 얄팍한 장삿속이었지만, 손님들은 녀석에게만 찾아들었습니다. 그것도 시시콜콜 따지지 않는 졸부 3세나, 병아리 복부인들로만 말입니다.

이 씨도 변혁의 중요성을 통감, 모든 것을 과감히 바꿔나가기로 했던 것입니다. 재복 씨의 부동산소개소는 효자동에서 가장 새로운 인테리어였습니다. 아니 전국에서 제일 신선할 것입니다. 우선, 간판은 LED 네온으로 낮에도 번쩍거리게 켜놓고, 창문은 실내가 훤히 드러나 보이도록 전면 유리로 교체했으며, 실내도 낡은 가죽 소파와 철제책상을 치우고 심플한 원목 가구로 꾸몄습니다. 바닥엔 카펫을 깔고, 벽에도 낡은 지적도는 떼어내고, 막내아들 방에 걸려 있던 팝가수 '테일러'의 대형 브로마이드를 걸어놓았습니다.

그는 복덕방 외형뿐 아니라, 자기 외모도 변화해야 한다고 판단, 헐렁한 점퍼와 찢어진 청바지를 입어봤습니다. 가끔 군번 달린 목걸이와 팔찌를 차기도 했습니다. 여름이 오면 타투도 생각 중이랍니다. 그는 퇴근하고 집으로 돌아와 '방탄소년단'의 〈다이너마이트〉를 켜놓고 한 시간씩 춤 연습도 했습니다.

처음엔 추태가 아닌가 하고 남들 이목을 살폈지만, 막상 모든 것을 바꾸고 보니, 일과는 상관없이 이십 년은 젊어진 것 같았습니다. 이 씨도 한창때는 가수나 탤런트가 꿈이었던 시절이 있었으니까요.

혁신의 고통을 감수한 보람이 있었는지, 효과가 금방 나타났습니다. 일주일 전, 젊은 남녀 한 쌍이 찾아들었던 것입니다. 스물대여섯 됐을까. 그들은 춥지도 않은지 반바지와 레깅스 차림으로 복덕방에 들어왔습니다. 손목에는 하트 모양 커플 문신까지 했습니다. 젊은 남녀는 가게 분위기와 이 씨의 과감한 패션에 홀딱 반했다고 호들갑을 떨어댔습니다. 그러며 4,000평가량의 토지를 매입하려 하니 매물을 보여 달라고 했습니다.

요즘은 유치원생도 상가 주인이 되는 세상이어서 부모 잘 만난 그들에게도 그만한 돈이 있을 법했습니다. 양극화, 불평등, 이 씨는 그런 단어가 잠깐 떠올랐지만 아무려나, 속으로 쾌재를 부르며 땅을 보여주었습니다. 신촌리에 도로가 뚫리고 있거든요. 이번 계약에서 받는 구전으로 그동안의 허송세월과 개혁 투자 비용은 뽑고도 남을 것입니다.

오늘이 바로 땅을 보고 흔쾌히 돌아간 그들이 계약하기로 한 날입니다. 이 씨는 아침부터 〈다이너마이트〉를 틀어놓고 노래를 연습했습니다. 건너편 'MZ 복덕방' 녀석이 쓰는 상술처럼, 계약이 끝나면 그들을 고급 바에 데리고 가 한잔 톡톡히 사려고 말입니다. 노래주점도 좋고요. 이 씨는 졸부 3세들 줄줄이 엮을 자신이 생겼습니다.

약속 시간이 되자 그들은 정확한 시간에 맞춰 복덕방 문을 열었습니다. 다시 염색했는지 머리는 노란색과 붉은색으로 바뀌어 있었습니다. 땅 주인이 거동하기 불편해서 그의 집으로 가야 했습니다.

예약한 콜택시가 오는 동안 이 씨는 계약서를 챙기고, 노랑머리와 붉은 머리는 서로 쿡쿡 찌르고 껴안았습니다. 주변 시선 아랑곳하지 않는 그들의 애정 표현도 신선해 보였습니다. 젊은이들은 택시 안에서도 계속 쪽쪽거렸습니다.

땅 주인 노인이 마루에서 기다리고 있었습니다. 노인은 이 씨 일행을 아래위로 훑어보고는 눈살을 찌푸렸습니다. 요란한 차림새 때문이었습니다.

―아가야, 마실 것 좀 내와라.

노인이 그들에게 앉으라고 권하며 부엌에 대고 소리를 질렀습니다. 잠시 후, 며느리인 듯 보이는 여인이 식혜를 쟁반에 받쳐왔습니다.

―저, 혹시 시원한 맥주 없나요? 이런 건 시금털털해서….

노랑머리가 발가락을 촐랑거리며 말하자 며느리가 당장 달려 나갔습니다. 맥주를 사러 슈퍼마켓에 가는 모양입니다.

며느리가 맥주를 사러 가는 사이, 노인은 내놓은 땅에 대해 울적하게 말했습니다. 조상께서 물려준 땅이어서 조상님 뵐 면목이 없다, 하지만 아들 사업이 어려워져서 어쩔 수 없다는 내용이었습니다.

노인은 눈물을 글썽였지만, 노랑머리는 딴청을 피웠습니다. 이 씨도 노인이 내놓은 값을 젊은이들이 깎지 못하게 하려는 속셈이라는 생각이 들었지만, 노랑머리가 지나치게 거만해 보여 민망스러웠습니다.

―그래, 이 땅에서 뭣 할 작정이요? 우리는 대대로 농사를 지었소만….

―우리는 호텔을 지을 겁니다. 지하엔 나이트클럽하고, 가능하면 카지노도 만들 계획이에요.

노랑머리가 빠르게 말했습니다.

―나이트클럽하고 카지노라…. 그런데, 그 땅 한 자락에 우리 부모님을 모셨는데….

―아, 산소 말입니까? 뭐 이장하면 되지 않습니까.

노랑머리는 산소가 있다는 소리에 땅값을 다시 흥정하려는 속셈이었나 봅니다. 노랑머리가 과연 요새 젊은이답게 영악하다고 이 씨는 생각했습니다.

—올해 윤년 아닌가? 윤년에 이장하는 게 좋다던데요.

—허허, 참. 젊은 사람이 남의 장례를 쉽게 말하는구려.

분위기가 차가워졌음을 이 씨는 감지했습니다. 이 씨는 자칫 잘못, 매매가 깨질까 봐 서둘러 계약서를 꺼내 펼쳤습니다.

—화장해서 납골당에 놓으면 되겠네요.

—뭐라고? 선친의 묘를 함부로 이장하고 화장해? 납골당? 이 사람아! 당신은 조상도 없어? 후레자식 아닌가!

참다못한 노인이 소리를 버럭 지르며 이 씨가 내놓은 계약서를 들고 부르르 떨다가 와락, 구겼습니다.

—이 자식, 저 자식 하지 마쇼. 팔기 싫으면 관두라고요.

노인이 구겨놓은 계약서를 노랑머리가 집어 들어 팽개쳤습니다. 그 모습을 보고 있던 이 씨는 노인과 노랑머리 사이에서 갈팡질팡하다가 벌떡 일어나 중얼거렸습니다.

"Dynnnanana eh, Light it up like dynamite……. 예예 다이너마이트….."

가죽점퍼를 펄렁거리며 노랑머리에게 삿대질하는 이 씨의 동작은 어느새 디스코 리듬을 타고 있었습니다. 그의 '다이너마이트'는 누구에게랄 것 없는 외침과 삿대질이었습니다.

과민성 남자

아들, 오늘은 108동 1103호 예민 시인에 관해 이야기해 줄게. 푸른 숲 아파트 바깥에서 더 회자하는 인물이지. '예민'이라는 시인 너도 잘 알 거야. 하이쿠 같은 짧은 시로 알려졌잖아. 중등 교과서에도 실려 있다네. 알만한 사람은 다 알고 모르는 사람은 전혀 모르는…. 시인들이 하도 많아서 나도 긴가민가해.

아무튼, 필명 아닌 본명, '김예민' 시인이 우리 아파트에 살아. 나하고도 인사하고 지내지. 수더분하고, 털털해 보이는데, 모습과는 딴판이야. 이름처럼 근심 많은 스타일의 중년.

그는 마치 중국 '기'나라에 살던 '우'라는 사람처럼 걱정이 끊이질 않는대. 예민의 절친 주민한테서 자세히 들었지. 그는 과민하면서 극도로 근심 많은 사람이래. 늘 불안해하고,

지독하게 민감하고…. 우리 현대인의 상징과 같은 인물처럼 보여.

하늘이 무너지면 어쩌나 정도는 아니어도 중동 지역 분쟁, 북유럽 국지전, 아프리카 기근 등 해외 사건에서부터 북한 김정은의 통일관, 이산가족의 생사여부, 소녀상 훼손 등 국내 일에도 지극한 관심을 두고 근심해. 딱히 해결방안도 없으면서 말이야.

그리고 자기 주변 작은 일에도 집요하게 걱정해. 그는 문화센터나 글짓기 강의실에 나가는데, 외출 전에 마시는 우유가 혹시 공정 과정 실수로 자기에게만 잘못된 제품이 전달되지 않았을까, 은 숟가락으로 우유를 한 방울 떠서 반응을 보고 마셔. 엊저녁에 분명히 확인했는데도 와이셔츠 단추가 떨어지지 않을까, 나일론 실로 꽁꽁 꿰맨 단추를 일일이 확인하고 나서지.

그는 여전히 잠에 곯아떨어져 있는 아내를 보며 혹시 갑자기 단수되어 아내가 세수할 물이 없으면 어쩌지? 정전되어 냉장고가 꺼지면 음식이 상할 텐데, 하고 걱정을 짊어지고 집을 나서. 도시가스 차단했는지, 현관문 잠갔는지 다섯 번 정도 확인해. 강의 시간 놓치지 않는 한도에서 집에 다시 가는 경우도 숱하게 많아.

강의실에서도 예민 씨는 교탁이 제대로 자리 잡고 있는지, 빔프로젝터가 잘 돌아가는지, 만지고 조정하고 또 누르고 찔러봐. 강의 마치고 퇴근하는 길에서도 강의 내용을 여러 번 복기하면서 틀린 부분 있으면 '아이쿠!', '에구!' 하면서 자기도 모르게 큰소리 내며 자기 뺨을 쳐. 자책하는 거지.

예민 씨는 피곤해.

온갖 것이 불안 요소여서 제대로 쉴 수가 없어. 잠도 못 자. 밤이면 더 과민해지는 감각 때문이야. 머리카락이 자라는 소리에도 잠이 오질 않는대. 살비듬이 바스락거리는 소리에도 놀라서 그는 잠을 깨곤 해. 잠을 청하려 바깥으로 나가서 가벼운 운동이라도 할라치면, 별이 반짝거리는 소리에 소스라쳐 서둘러 들어와.

그래서인지, 예민 씨는 아무리 먹어도 체중이 불어나지 않아. 눈은 항상 붉게 충혈돼 있고, 몸은 늘 무거워. 잔병치레도 많아 일주일에 한두 번은 꼭 병원에 가고 하루에 먹는 약도 스무 가지 정도야.

반대로 그의 아내는 무척 건강해. 체격도 그보다 훨씬 크고, 체중도 많이 나가 보여. 예민 씨 아내는 건강만큼 일도 잘 풀어나간대. 하긴 결혼 전부터 아내는 활동가였대. 지금도 커피 전문점과 레스토랑을 혼자 운영해. 최근 새로 낸 커피 전문점에 정성을 쏟고 있어. 아내는 예민 씨 월급의 열 배 넘는 수입을 벌어들이지. 서울 강남에 아내 명의로 된 건물도 두 채 있어.

예민 씨는 아내가 좀 수상해. 자기보다 걱정도 훨씬 덜하고, 세상 돌아가는 일에는 무신경인데, 어쩌면 그렇게 일을 잘 풀어나가는지 그저 신기할 뿐이야. 혹시 그 첫사랑인가 뭔가 하는 녀석이 도와주는 게 아닐까.

예민 씨의 아내는 첫사랑을 못 잊는 모양이야. 친구로 지낸다던데, 예민 시인과는 다른 부류의 남자인 게 분명해. 가끔 예민 씨에게, 남자면 남자답게 대범하게 지내라고, 비범은 바라지도 않고 평범해지라고 주문한대.

예민 씨는 자신과 비교하는 비범한 사람이 아내 첫사랑이라고 생각하는 중이야. 아니면 아내가 자기에게보다 더 사랑을 주는 강아지, '토토'라고도 생각하지. 토토는 시추 종이야. 온순하고 낯선 사람 잘 따르는 녀석조차도 예민 씨에게 좀 남자답게 굴라고 하는 것 같아. 토토도 그를 무시하고 외면해.

자신을 좀팽이라는 아내에게 서운해서 그는 모든 일에 무신경하기로 했어. 잦은 말다툼 끝에 나오는 이혼이라는 단어가 세상에서 가장 견디기 어려운, 걱정스러운 말이기 때문이야.

그래서 그는 웬만한 것에는 신경 끄기로 했어. 페이스북을 탈퇴했고, 카톡도 삭제했어. 인터넷도 안 봐. 일주일 동안 세수도 안 하고, 면도도 안 했어. 강의할 때도 힘주어 말하지도 않아. 수강생들에게 교재 읽기만 시키지.

그러자 주위 사람들이 예민 씨를 보고 오히려 얼굴이 말끔해졌다느니, 너무 열강하지 말라고 해. 그는 아내 말마따나 대범하게 지내리라 거듭 다짐하며 매일 대충 살아가기로 하고, 하루하루 그렇게 해나갔어. 그러니까 체중도 늘어나고 잠도 잘 왔어. 컨디션이 언제나 최상이었어.

그런데, 어느 날이었어. 예민 씨는 오랜만에 몸을 씻기 위해 목욕탕에 들어갔어. 근육질 문신 남자처럼 사우나실에서 땀을 빼고 냉탕에 들어갔다 나오기를 서너 차례 반복했어. 평소와는 다른 목욕 순서였지.

사우나실에서 문신남보다 더 오래 버틴 게 화근이었어. 예민 씨는 냉탕에 들어가려다가 쓰러져 응급실로 옮겨졌지. 목욕탕 세신사가 아니었다면 그는 벌써 저세상 사람이 됐을 거야. 마침 세신사 눈에 예민 씨가 쓰러지는 모습이 들어와서 곧장 세신사의 심폐소생술로 응급처치 되고 119차로 실려 갔지.

병원에선 뇌출혈이래. 혈압이 높아져서 뇌 안 출혈이 있었대. 몸무게가 그나마 가벼워서 넘어지면서도 큰 외상 없어 다행이라네. 그는 곧장 외상 출혈 치료하고 CT와 MRI 검사해서 입원했지. 말이 어눌해지거나 한쪽 마비가 오리라 예상했지만, 그렇지 않았어. 어지럼증이 있을 뿐, 여전히 발성이 똑바르고 팔다리가 멀쩡했어. 우울성 공황장애 증상이 있어 한 달 동안 입원 치료했대.

예민 씨는 의사 지시대로 아무 생각 안 하고, 먹고 자며 병실에 거의 누워 있다시피 했어. 하루에 한 번 병문안 오던 아내가 일주일에 한 번꼴로 오기 시작할 무렵, 예민 씨는 대범하지는 않지만, 평범한 일상인으로 돌아왔어.

신경을 너무 혹사하지 말라는 의사의 권유를 들으며 퇴원한 예민 시인은 곧장 아내에게 달려갔어.

집에 돌아와 보니 아내는 없었어. 오랫동안 비워두었던 모양인지, 집안은 엉망진창이 돼 먼지만 뽀얗게 쌓여 있었어. 장롱도 열린 채 아내의 옷이 뭉텅 빠져 있었어. 강아지도 없었어. 강아지 장난감도 없었지. 집에 없다면 아내는 새로 차린 커피 전문점에 가 있을 게 분명했어. 커피에 열과 성을 다해왔으니까.

예민 씨가 커피점에 가보니, 아내는 없고 강아지만 있어. 토토는 예민을 보고 으르렁거려. 새 아르바이트 여학생도 그를 낯설어해서 예민은 자신의 신분을 밝히지 않고 아내의 행방을 물었어.

아르바이트 점원은 아내가 주인아저씨와 호주로 여행을 떠났다고, 일주일 뒤에나 돌아온다고 했어. 누구라고 전해주면 되겠냐는 점원 질문에 예민 씨는 답을 못하고 아찔, 옆으로 쓰러지듯 의자에 주저앉았어.

토토가 맹렬하게 짖어대고 점원이 강아지를 어르는 사이에 예민 씨는 벌떡 일어나 커피점을 나갔어.

그는 정말 대범해진 듯싶었어. 걱정과 불안에서 벗어난 것일까. 마음이 가라앉고 숨이 크게 쉬어졌어. 예민 씨는 근심의 원인이 욕심 때문이라는 생각이 퍼뜩 들었대. 곁에 달라붙는 모든 것들을 자기가 그동안 괴롭혀와서 미안했대.

신경 쓰이는 모든 것을 놓아주기.

예민 씨는 그렇게 해서 괴로웠던 자신을 놓을 수 있었대.
진정한 평화를 얻었다나.

어머니를 위하여

아버지, 보내 주신 메일 읽고 어머니가 떠올랐습니다. 왜 어머니가 생각났는지 몇 날 며칠을 고민해 보니, 과민이었습니다. '예민' 시인 정도는 아니어도 저도 한 번 걱정에 빠지면 헤어나지 못하다 어머니의 벼락같은 호통에 정신이 퍼뜩 들거든요. 어머니는 아버지 안 계신 종가 맏며느리 역할에, 경제활동과 살림에, 오 남매 보육과 교육에, 억척같은 세월을 악다구니 같은 큰 소리로 스트레스를 견뎌내셨습니다.

어머니는 꽃이면서 대지입니다. 희생으로 열매 맺고 땅에서 다시 꽃을 피워내시는 분입니다. 어머니를 자주 그리는 시인이 있습니다. 박형준 시인인데, 그는 우리의 정서 담긴 이야기에서 어머니를 찾습니다.

저는 시인의 〈어머니〉라는 시에 곡을 붙였습니다. '낮에 나온 반달'은 어머니를 은유합니다. 태양 빛으로 환한 하늘 구석에 낮달이 떠 있습니다. 그 낮달은 초라하게 쪼그라져 있습니다. 밤에 나오면 밝아 보일 것을, 왜 낮에 나와서 부끄러워하는지…. 한 번쯤 낮에 나와 밝은 바깥세상을 구경하고 싶었을지도 모르겠지요.

어머니를 은유하고 있는 그의 시 중에 〈해당화〉도 있습니다. '어머니는 겨울밤이면 무덤 같은 / 밥그릇을 아랫목에 파묻어두었습니다… 늙은 어머니의 손에서 떠난 그 작은 무덤들이 / 붉디붉은 꽃으로 / 환하게 피어나고 있었던 것입니다'

땅에서 나와 꽃피우다 열매로 스러져 다시 땅으로 가는 회귀가 어머니로 이어갑니다. 아버지, 〈어머니〉가 생명입니다. 음악처럼 말입니다.

〈韻〉

〈散〉

수업 중, 주머니 안에서 속울음 울던 스마트폰
어머니 위급 알리는 부재중 전화에는
십 년 전 돌아가신 이비지가 새중, 學生府君 金長烈
– 어서 병원 가 봐라

요양원에서 또다시 중환자실, 어르신 李孝女
한 움큼 홑이불만 한 어머니,
이렇게 작은 사람이 산을 깎고 집을 지었는가

어긔야 어강됴리

이제는 희생이란 말, 위대하다는 말
아무 의미 없네.
자식들에게 모두 진을 빼 허물만 남은 어머니,
시간 있을 때 유람선 태워드리고 싶네.

칠순 맞은 어머니 모시고 한강유람선 탔어요.

63빌딩 전망대에서 망원경으로 서울 내려다보고
압구정 현대백화점에 갔지요.
화려한 옥빛, 하늘거리는 한복 곱게 차려입고
활짝 웃으며 집에서 나선 식구들
은빛 찬란한 백화점 조명 아래에서 금세 입 다물고
서로 안 보려고 주변 물건에 눈을 얹더군요.

마네킹이 입은 옥빛 원피스에 빠르게 밀려난 어머니,
소녀들 웃음 난만한 롯데월드 속에서 더 빨리 호호할머니 되던,
태양 빛살 부끄러워하던 낮달, 어머니.

아으 아롱디리

뇌출혈 뒤 힘 빠져 누웠어도 아는 얼굴 보면 눈 맞추려,
손끝에 조금 남아 있는 힘마저 전하려,
홑이불 밖으로 삐져나온 발톱 세워 일어서려
안간힘 쓰는,

어머니 발톱에 걸린 중환자실이 병원을 걸고,

병원은 지구를 걸고,

지구는 해와 달을 걸고,

발톱 걸어 우주를 돌리는 어머니

입술 깨물며 이머니 발톱을 깎아드리네

째깍째깍 흘러나가 버려 껍데기만 남아도

뭉툭하고 둥근 낮달은

영원히 튕겨 오르리

어긔야 어강됴리

3장
사막을 건너는 방법

어서 불러주세요. 노을이 지기 시작했어요. 해는 곧 떨어져요.

중절모에 나비가 앉았네요.

붉은 나비. 저 나비 사람 볼 줄 아네. 열심히 살아오셨나 봐요.

나비가 모자를 쓰다듬어요. 황혼 물든 나비. 붉음을 풀어내요.

중절모가 불타올라요.

불탄 모자 바다에 던져버려요.

바다까지 불이 옮겨붙었어.

둘만 있는 사진

아버지, 지난번 보내 주신 예민 시인 이야기 읽고 아이디어를 얻었습니다. 그동안 막혀 있던 소설 구상이 술술 풀려 나갔습니다.

강아지 이야기를 써야겠습니다. 강아지가 화자입니다. 요즘 반려동물을 가족처럼 여기잖아요. 말 잘 듣고 외로움 달래주고 반겨주니 가족보다 더 소중하다는 사람 많습니다. 이름은 예민 씨네 강아지처럼 '토토'라고 지어야겠습니다. 토토 시점으로 소설을 지어나가렵니다.

아버지께 보내 드려요. 조언 부탁드립니다.

나는 개입니다. 주인 여자가 친구들에게 나를 소개할 때, 한국 토산종이라고 하지만, 솔직히 나는 진돗개나, 삽사리는 아니고 황구입니다. 믹스견이죠. 내 이름은 주인 여자가 지어준 '토토'. 새해가 밝았으니 올해로 다섯 살이 됩니다. 우리 수명으로 치면 청년에 속합니다. 한창때죠.

인간들은 올해를 무술년, 황금 개의 해라고 새해 벽두부터 내게 관심을 둡니다. 제게 딱 맞는다고, 난데없이 추켜세우고 좋아하는 모양새입니다. 그래요. 나는 황구여서 황금기를 맞았습니다. 이 기쁨을 함께 나눌 부모 형제가 내겐 없습니다. 눈이 뜨이자마자 어머니의 젖에서 떼어져 이곳 구봉산, 전원주택으로 옮긴 뒤 지금까지 혼자이기 때문이죠.

이 저택의 주인은 나이를 알아볼 수 없을 만큼 젊고 아름다운 여자입니다. 그녀에게는 초등학생 아들이 있는데, 녀석은 언제나 나를 태권도 자유대련 상대로, 새총의 표적쯤으로 삼아 못살게 굴었습니다.

바깥주인도 있는데, 그는 이 저택에서 살고 있지는 않습니다. 그는 기껏해야 석 달에 한 번씩, 자신이 타고 다니는 테슬라만큼 번들번들한 대머리를 들이밀곤 하지요.

이 지상에서 나만큼 학대받는 동물은 눈 씻고 보아도 찾아보기 힘들 것입니다. 황금 개해라더니 며칠 동안만 기억해줄 뿐 다시 못살게 굽니다. 주인 여자는 재취라느니 세컨드라느니, 동네에서 수군거리는 소리에도 아랑곳없이 비삐 돌아다녔고, 겨울방학 맞은 아들 녀석 옆차기는 더 묵직해졌습니다.

아이고 허리야, 내 다리…. 나는 밥을 제때 얻어먹을 수 없고, 온몸이 욱신거려 잠도 제대로 이룰 수 없습니다.

굶주림과 매질을 줄 뿐인 인간을 나는 증오하지만, 한 사람, 하우스 노총각만은 예외입니다. 그는, 이 저택의 한 귀퉁이, 온실을 개조해 만든 방에 혼자 사는 남자입니다. 노총각인지 홀아비인지 모르지만, 가까이 있는 구봉산 카페 거리에서 이집 저집 청소하며 먹고산답니다.

이따금 그가 내 밥그릇을 채워주어서라기보다, 나를 하나의 생명체로 존중해 주어서, 나는 그를 존경합니다. 두꺼운 안경을 쓰고 언제나 허허, 미소를 짓는 그를, 주인 여자는 멍청이, 혹은 푼수라며 흘깁니다. 그가 히물쩍 웃으며 인사를 해도 그녀는 본체만체합니다. 그래서 아들 녀석도 그를 업신여깁니다. 자기 엄마처럼 그 앞에서 주먹을 쥐어흔들기도 합니다. 그래도 그는 화를 내지 않고 언제나 허허, 웃기만 합니다.

내가 그를 인간 중에서 가장 인간다운 인간이라고 평가하는 이유가 있습니다. 그와 나는 자주 산책하러 나가는데, 그는 거리의 불쌍한 사람들을 보면 절대로 그냥 지나치지 않습니다. 공원에 누워 있는 노숙자를 보면 가까운 편의점에 들어가 우유와 빵을 사서 건네줍니다. 우유 살 돈이 없으면 입고 있던 점퍼를 벗어주기도 합니다. 노인들을 보면 깍듯이 인사하고 지팡이처럼 자기를 의지하게 돕습니다.

게다가 그는 평범한 사람들과는 다른 일을 하고 있습니다. 그는 시인입니다. 그는 가끔 나를 데리고 카페 거리로 가서 방금 지어낸 시라며 읽어 주기도 했습니다. 그가 지은 시를 나는 전부 기억하지는 못하지만, 최근 시 중에서 가장 인상 깊은 게 있어 소개합니다. 제목은 〈둘만 있는 사진〉입니다.

둘만 있는 사진을 종일 바라봅니다
사랑이 시작되어 다시 돌아오는 오솔길
그대가 닿는 손길마다 꽃은 봉오리 맺습니다
노을도 흐뭇하게 깔린 금잔디에서
언제나 서로에게 열려 있는 귀를 후벼주다가
서로의 잔등도 긁어 주는 그대와 나
둘만 있는 사진은 영원한 현재입니다

아마도 그는 사랑에 빠진 모양입니다. 늘 어지러운 자기 마음을 깊이 숨긴 채로 늘어놓던 그의 시였습니다. 이렇게 간지러운 문장으로 쓰인 그의 시는 처음이었습니다. 그 상대가 누구일까, 나는 질투와 의심의 마음으로 따라다녔지만, 좀체 알 수 없었습니다.

그러던 어느 날 새벽, 그 대상의 정체가 드러났습니다. 그의 상대는 다름 아닌, 이 전원주택의 주인 여자였습니다. 새벽에 깨어 오줌을 누러 그의 방 바람벽으로 가서 다리를 올리려는데, 창문 틈새로 주인 여자의 음성이 새어 나왔습니다.

─이제 그만 떠나셔도 되잖아요. 어디 가서 좋은 여자 만나요.

─평생 지켜주기로 했잖아. 난 혼자여도 좋아.

그의 음성도 낮게 들려왔습니다.

아아, 인간들은 개만도 못했습니다. 자기들은 밤마다 더러운 관계를 서슴지 않으면서 우리에게는 흉물스럽다며 물을 끼얹고, 돌팔매질해대지 않습니까. 주인 여자는 소문처럼 헤픈 여자라지만, 셋방 노총각만큼은 맑은 심성을 지닌 인간이라고 여겼던 내가 한심스러웠습니다. 시인이라고 홀로 지순한 척하면서, 유부녀를 꾀어대다니, 그는 가증스러운 위선자였습니다.

그제야 나는 가끔 그의 몸에서 주인 여자 냄새가 풍기던 이유를 알 것 같았습니다. 나는 그가 내게 준 배반과 실망만큼 언젠가는 대가를 치르게 되리라, 코를 벌름거렸습니다.

마침 오늘 오후에 예고도 없이 주인아저씨가 대머리를 번쩍이며 대문을 불쑥 들어섰습니다. 꼬리가 길면 잡힌다고, 무슨 정보가 흘러들었던 모양입니다. 나는 고소했습니다. 시인이 여지없이 걸려든 것이었습니다.

대머리가 씩씩거리며 현관을 박차고 들어오는가 싶더니, 그릇이 깨지는 소리가 들리고 창문 밖으로 온갖 살림 도구가 날아갔습니다. 마당에 떨궈져 부서진 잡물 속에는 셋방 노총각의 시집도 있었습니다.

곧이어 주인 여자가 멱살을 붙잡힌 채 마당으로 끌려 나왔습니다. 대머리는 아들 보기 민망스럽다고, 조용한 곳으로 가자며, 주인 여자를 움켜잡고 대문을 나섰습니다.

그때, 주인 여자는 대머리에게 끌려가며 내 집 안으로 무언가를 던져 넣었습니다. 주인 여자가 떨군 것은 몇 장의 인화 사진이었습니다. 너무 낡아 귀퉁이가 닳아 있었습니다.

사진 안엔 노총각과 주인 여자가 지금보다 앳된 얼굴로 활짝 웃고 있었습니다. 학교 교정에서 같은 졸업복과 학사모를 쓰고, 혹은 교회당 안에서 찬양대 가운을 입고, 때론 세월호 침몰 노란 리본 물결 속에서, 또는, 용산 참사 5주기 시위에 참여해 어깨동무 모습으로…, 둘만 있는 사진이었습니다.

사랑의 슬픔

아들, 메일 잘 받았다. '토토' 이야기, 재미있게 읽었어. 계속 써나가 보렴.

사람은 기억 때문에 슬프지. 부모나 친구, 연인, 종교, 좋아하던 장소, 하던 일… 그 모든 것으로부터 떠난다는 생각이 슬프겠지. 사랑 기억이 제일 슬퍼. 하지만 그 기억이 있으니까 슬프지만은 않지. 기억이 없어지는 게 슬픈 일이야.

아들, 너도 잘 알 거야. '푸른 숲 부동산' 임 씨 형님. 임 씨 형님이 요즘 얼마나 자주 후문 초소에 오는지, 솔직히 좀 귀찮기도 하단다. 요즘 부동산 매기가 전혀 없어서 그런다 쳐도 나도 내 일이 밀려 있는데, 형님 이야기 들어주기 힘들어.

그 말씀씨가 아니었다면 당장 피해 다녔을 거야. 임 씨, 입

담 하나는 끝내줘. 서사와 묘사, 설명과 논증, 문장 하나하나가 정말 생생해. 디테일이 엄청나. 아직도 부동산 임 씨가 떠들어댄 이야기가 후문 초소에 맴돌고 있단다.

매력 있는 여자로부터 기억의 대상이 된다는 일이 얼마나 즐거운가. 남자들은 그 가능성에 손을 마구 뻗지.

겨우내 그 사람만을 생각했어요, 라고 그녀가 구겨진 복사용지처럼 조금씩 꿈적거리며 현규에게 다가와 말했어. 모두 점심을 먹으러 나가 텅 빈 사무실 안엔 그녀와 현규뿐이었어. 그녀가 또 예의 병적인 욕구불만을 터뜨리는 게 아닌가 싶어 현규는 들여다보던 신문을 재빨리 접고 그녀에게 몸을 돌렸어.

—그 사람이라니, 누구?

—아녜요, 아무것도.

그녀는 소금에 절인 배추처럼 축 늘어져 제자리로 돌아가 컴퓨터에 전원을 넣었어. 예전엔 전혀 볼 수 없었던 가라앉은 모습이었어.

이지연. 그녀가 아무리 남자관계가 어수선하고 천방지축 사무실 안을 휘젓는다고 해도, 컴퓨터 그래픽 디자이너로서

능력은 '자인 편집회사'의 운명과 맞먹지. 뛰어난 영업 수완으로 동종업계에서 인정하는 사장도 그녀 앞에선 한없이 순박한 소년이야.

그녀는 입사한 지 3년이 지난 지금도 직급을 주겠다는 사장의 권유를 만류하고 한사코 처음 들어올 때의 임시계약직으로 남겠다는 서른세 살의 노처녀야. 그렇다고 수틀리면 뛰쳐나가겠다는 나름의 속셈이 따로 있는 것도 아니었어. 3년 동안 자신이 만들어놓은 프로그램이 지금에 와서야 현규네 사무실 분위기에, 자신의 책상에 익숙해져 최상의 컨디션을 발휘하고 있대. 좋은 습관을 오래 지속하면 어떤 경지에 오르듯 말이야.

—퇴근 뒤 저하고 영화 보지 않을래요?

경쾌한 왈츠 리듬처럼 사무실을 공명시키던 키보드 소리가 끊어지고, 그녀가 모니터에서 눈을 떼지 않은 채 현규에게 물었어.

아내를 소개해준 김 선배와 약속이 있었지만, 사적인 만남을 청해온 지연과 함께 저녁을 보내면 스트레스가 없어질지 모른다고 현규는 생각했어. 그는 아내와 별거 뒤 피폐해진 생활을 전환해보려 노력 중이지.

─그래, 별 약속도 없으니까.

현규는 흔쾌히 대답하고 오후 업무를 시작했어. 점심을 마친 직원이 하나둘 자리를 채우기 시작하자, 그녀는 다시금 일에 몰두했어. 그녀의 오른손에 잡힌 마우스는 좁은 책상을 종횡무진 누비며 명령을 내리기에 바쁘고, 키보드를 두드리는 그녀의 왼손에선 광채가 번뜩였어. 컴퓨터 앞에 한 번 앉으면 대여섯 시간 자리를 비울 줄 모르는 그녀의 몰입은 과연 다른 광고사에서 서로 끌어갈 만한 열정이었고, 그것은 곧 재능이었어. 곁에서 말을 붙이기라도 하면 뺨을 올려붙일 기세로 일에 눌어붙는 그녀는 마치 내림굿을 정식으로 받은 무당이었지.

쏟아져나오는 매체가 요량 없이 덤벙이고 있음에도 영화관에서조차 같은 광고를 보게 하는 경제 현실이 답답했는지 그녀는 팝콘을 욱여넣으며 씨부렁거렸어.

─지겨워.

자기가 만든 광고야. 세 편의 예고 프로가 끝날 무렵, 팝콘을 모두 털어 넣고 그녀는 자세를 바로잡았어. 본 영화 시작.

인간의 육체가 음식으로, 의복으로도 사용될 수 있다는 극단의 폭력 영화였어. 웬만한 충격엔 무감동하는 현대인들, 누군가를 해치고 싶다는 폭력 충동을 대리 체험케 해 주는 경찰물이었어.

－자식, 그런대로 멋진데. 개성 있어, 공처가 역할이 더 잘 어울리겠어.

그녀는 무릎을 올려붙이고 앉아 스크린을 보며 계속 지껄였어.

－저 장면은 개 같군. 유치해. 시간에 쫓겼어.

빠르게 스쳐 가는 시퀀스에 몰두해 있다가 흠잡을 구석이 나오면 여지없이 한마디씩 던지는 그녀를 보고 현규는 왠지 심란해졌어. 아내와 연애하면서 즐겨보던 영화는 이런 스릴러가 아니었지.

스크린 보랴, 그녀 말에 귀 기울이랴, 현규는 영화를 본 건지 만 건지 기억이 불분명했어. 영화 본 뒤 사물과 사람이 지나치게 작아 보이는 비현실감을 떨치려 고개를 돌리니 그녀가 말끔하게 웃고 있었어.

－우리, 호프 한잔해요.

관람을 마치고 영화관을 나오자 그녀가 바싹 붙어왔어. 잠깐 아내의 얼굴이 희미하게 나타났다 사라졌어.

-경찰 계집애가 나중에 사라져 버렸어야 했는데…, 인 그래요?

-그런 것도 같고.

그녀와 현규는 관람평을 안주 삼아 술잔을 비웠어. 급하게 술잔을 비우는 그녀의 주법에 맞추니 현규는 금세 취했어. 빈속이어서인지도 몰랐지.

-더는 안 되겠어…. 어릴 적엔 야금야금 즐기기도 했는데, 이제는 두려워요. 슬픔 말이에요. 마를 줄 모르고 솟아올라요. 그 슬픔이 나를 젖은 샌드위치 빵처럼 흐물흐물 만들어 놓아. 미치겠어요.

그녀는 충혈된 눈으로 현규를 바라보았어. 노처녀의 히스테리라 하기엔 어딘가 절박함도 배어 있었지. 현규는 그녀의 슬픔이 큰 우물로 생각됐어. 그녀와 술을 마시면 늘 우물이 어른거렸어.

-겨우내 그 사람 생각만 했어요. 그 사람이 슬픔에서 구제해 줄 수 있어요. 지난 연말, 우리 팀 회식 기억나죠? 노래방에서 정전됐을 때…. 화장실에서 누군가에게 맞았어요.

주정이 또 시작되는가….

-둘둘 만 전단이었어요. 툭툭 제 어깨를 건드리다가 머리

196

며 팔이며 허리를 때리는 거예요. 장난인 줄 알았는데, 분노의 감정이 얹혀 있었어요. 퍼붓던 그 매질이 아직도 생생해요. 아주 잠깐이었는데, 그 순간 슬픔이 사라지는 거였어요. 스마트폰 액정 닫히듯 말이에요.

현규는 오후 내 꿈질거리던 아내 얼굴이 또렷이 생각났어.

―그는 나보다 더 슬픈 사람일 거예요.

충혈된 그녀 눈이 촉촉했어. 아내와의 연애 시절이 흑백 스크린처럼 후르르 지나갔어. 중산층 가정에서 자라나 인형을 사 주지 않으면 며칠이고 전화를 걸어오지 않던 아내와의 연애 시절. 앉은뱅이책상도 놓을 자리 없는 단칸방에 침대를 들이겠다며 밥도 먹지 않고 떼를 쓰던 신혼 초. 아내를 만나고부터 결혼 2년 만에 별거하기까지 3년의 세월이 아득하게 느껴졌어. 아내는 지금 무얼 하고 있을까.

―내일, 월차휴가 가능해요? 저도 휴가 낼게요. 우리, 등산해요.

키를 잘못 눌러 프로그램이 갑자기 바뀌어 버린 컴퓨터 화면처럼 그녀는 활짝 갠 얼굴로 산행을 졸랐어.

다음 날, 그녀와 현규는 아침 일찍 남춘천역에서 만나 차례로 회사에 결근을 알리고 ITX에 올랐어.

청평호반으로 거슬러 오르는 등산로는 처음인데도 전혀 낯설지 않았어. 분명히 한번은 온 적 있는 길이라고 생각하며 현규는 그녀 뒤를 묵묵히 따랐어.

봄날의 등산은 사람을 놀라게 해. 모든 게 경이로워. 바위 틈을 비집고 올라오는 연초록 새순도, 고목을 어루만지는 따스한 바람도 모두가 신비였지. 현규가 그녀를 따라 야트막한 봉우리를 하나 넘자, 널따란 물줄기가 그의 눈앞에 펼쳐졌어.

북한강 줄기였어. 공들여 손질해 놓은 제방이 물줄기를 따라 둘러서 있었고, 곳곳에 분홍 물감을 뭉텅뭉텅 쏟아부은 것 같은 진달래가 무리 지어 피어 있었어. 진달래 동산이었어.

─오늘이 아버지 기일이에요.

제방을 내려와 유독 만개한 진달래가 몰려 있는 강변까지 걸어가니, 그녀가 힘없이 말했어. 찰랑찰랑, 강물이 발치를 간지럽혔어. 어느새 준비했는지 그녀는 가방을 열고 제수를 끄집어냈어. 사과, 배, 과자, 소주까지, 강물이 넘실, 넘보는 것처럼 보였어. 그녀는 절을 올리고 주저앉았다 다시 절을 올렸어. 현규는 어정쩡 서서 그녀가 하는 품새만 바라보았어.

─새천년 시작되던 해였어요. 중학교 이학년 때인가? 아버

지, 대구 지하철 공사장에서 일하셨는데, 일 그만두시고 매일 술만 드셨어요. 당신 때문에 친구가 죽었다고, 친구가 자기 일 맡다가 그렇게 됐다고요. 빈 소주병이 방 가득 들어차던 정월 보름, 아버지도 쓰러지셨어요.

소주를 강물에 뿌리고 담배에 불을 붙여 빈 컵 위에 얹은 다음, 그녀는 가방에서 또 소주를 꺼내 자신도 마시기 시작했어. 그녀가 건네주는 소주를 받아 현규도 나발 불었어.

─아버지는 시름시름 앓으시다가 날이 풀리자 여기 와서 진달래를 물고 쓰러지셨어요. 친구 고향이 여기랬어요.

이제는 그녀도 소주를 병째 마셔. 그녀의 옆구리를 쿡쿡 찌르던 진달래를 꺾어 한입 가득 물었지.

─겨우내 그 사람 생각만 했어요. 그가 보고 싶어요. 슬플 거예요, 그 사람.

그녀가 비칠거리며 일어서려 하자, 현규는 그녀를 눌러 앉히고 모자를 벗어들어 내리치기 시작했어. 왼, 오른, 툭툭, 그녀의 어깨에 부딪는 모자 소리가 점차 선명해지고 현규 손도 무거워졌어. 그녀는 우는지, 웃는지 머리를 감싸 쥐고 쿡쿡거렸어.

어느새 현규의 눈에도 눈물이 고였어. 모자를 흔드는 통에 쥐고 있던 스마트폰이 바닥에 뒹굴었어. 현규 스마트폰 배경 화면에서 아내가 미소하고 있어.

그린 콘서트, 사랑의 열매

아들, 신문 기자이면서 시인인 친구가 시집을 보내왔어. 오랜만에 시를 묶었는데, 그중에서 〈사랑이란 이름으로〉라는 시가 재미있어서 곡을 만들어보았다.

그 친구, '그린 콘서트'를 20년 동안 기획하고 진행해 왔어. 무척 끈기 있지. 어릴 때부터 그 친구는 음악에 관심 많았어. 시화전, 시낭송회에서 언더 가수들을 초청해 노래를 곁들이곤 했지. 나도 그 친구 시낭송회에 출연한 적 많아.

〈사랑이란 이름으로〉라는 시는 스팸메일 'LOVE'를 클릭하면서 바이러스에 걸린다는 내용이더구나. 지금 우리의 사랑 모습이 이런지도 모르겠어.

〈韻〉

사랑이란

이종헌 시
김기우 곡

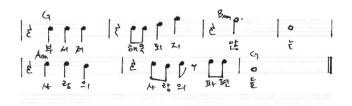

〈散〉

언제부턴가 털끝 하나 움직일 수 없게 됐어.

온몸이 수백 톤 쇳덩이에 눌린 듯

꼼짝달싹할 수 없어.

정신도 희미해졌지.

식물인간이 바로 이런 경우일 거야.

나는 사랑 속에 갇혀 버렸어.

그때가 맞아.

내게 날아온 'LOVE'란 이름의 메일을

열어보고 나서일 거야.

악성코드 'LOVE'를 스팸 처리 안 한 게 잘못이었어.

컴퓨터에 버그가 걸렸어. 사랑의 버그,

버그의 사랑인가.

기다리지 않는데도, 그리운 'LOVE'.

나는 덜컥 그대의 달콤한 키스를 받아들였지.

그 후로 내 본체는 바이러스에 오염돼 못쓰게 됐어.

호흡이 끝나는가 싶을 정도로 깊은

입맞춤의 황홀,

의식이 돌아왔을 때는 이미 늦었어.

눈만 깜빡일 수밖에 없는, 나의 망가진 육체.

모니터에는 사랑의 흔적만 남아 있을 뿐.

온통 검은 바다.

병원에서도 손 쓸 수 없대.

후회하는가.

사랑이란 이름으로 뜨겁게 날아드는 접속을 받아들이고

이렇게 온몸을 썩혀 버렸는데도

나 후회 없어.

시인이어서가 아냐. 사랑의 화신,

사랑의 메신저여서가 아냐.

사랑 앞에서는 누구나 죽음을 떠올리지.

'LOVE' 바이러스가 다시 날아온다 해도

나는 또 클릭할 것 같아.

사약인 줄 알면서도,

죽음에 이를 줄 알면서도

나는 사랑이란 독 음료를 마시지 않을 수 없어.

시간을 멈추게 하던 그 환희를 어떻게 외면할 수 있겠는가.

그 영원의 순간을 어찌 잊을 수 있겠냔 말이야.

어쩌면 좋아.

나 이제 그대를 떠날 수 없네.

나 차라리 전염돼 버려.

이제 사랑이란 이름은 나의 이름

사랑으로 살아가는 나는

사랑의 좀비.

사랑의 버그.

소양동 금줄

아버지, 곧 설 연휴네요. 할아버지 할머니 돌아가시고 숙부도 서울 올라가셔서 이제 고향 갈 일이 없습니다. 우리도 강원도에 살아간 지 오래됩니다. 아버지 모셔야 하는데, 작은 임대아파트에서 따로 사시는 게 좋다시니 어쩔 수 없지요. 명절 때 찾아뵙겠습니다. '토토' 이야기 또 보냅니다.

나는 개여서 인간처럼 명절이 되면 찾아갈 고향이 없습니다. 소가 함박웃음을 웃는 고향, 온돌방 위에서 담요가 잠자는 고향, 군고구마 까먹으며 친척들 안부 나누는 고향…. 사람들이 고향을 그리워하듯, 나도 설날이 가까워져 오자 고향을 찾아보겠다는 생각이 간절했습니다. 아무 일 없이 밥 먹고 잠자는 생활이 지루해진 탓도 있지만, 나를 줄에 묶어두고 가끔 발길질하는 주인 아들에게서 벗어나고 싶었습니다.

나도 이제 성견이 됐습니다. 짝짓기할 나이가 됐단 말입니다. 이야기가 통하는 처녀를 만나 끓어 넘치는 청년의 힘을 나는 과시하고 싶었습니다.

부신스러운 설날 연휴를 틈타, 나는 주인의 울타리를 과감히 박차고 나갔습니다. 아무리 멀리 흘러나갔어도 성장하면 기를 쓰고 고향 찾는 연어처럼, 나도 내가 태어난 곳으로 가보고 싶었습니다. 연어가 물 냄새를 기억해 태어난 장소를 찾듯이, 나도 내가 출생한 곳 냄새를 되살리며 뛰어나갔습니다.

동면 만천리에서 근화동을 거쳐 소양강 변으로 나는 단숨에 달렸습니다. 소양강 변에 오니 코가 차츰 확실한 반응을 보이기 시작했습니다. 출생의 비릿한 냄새, 엄마 품에 고여 있던 탄생의 냄새, 호수가 찰랑이며 코를 간지럽혀왔습니다. 가까이 다가갈수록 냄새가 확실해졌습니다.

나는 한달음에 냄새의 진원지로 달려갔습니다. 그런데, 실망스럽게도 그곳은 개 사육장이었습니다. 제방 구석, 불법으로 개를 키워 사고파는 곳이었습니다. 그토록 그리워하던 고향이 고작 사육장이라니….

나는 낙심하여 고개를 떨구었습니다. 나를 보고 짖어대는 개들로 사람이 나타나는 듯싶어 나는 다시 달렸습니다. 개장수 냄새, 어디에선가 공포의 피비린내가 났습니다. 죽음의 냄새입니다. 잡히면 끝입니다.

뒤도 돌아보지 않고 뛰니 공터가 나왔습니다. '운전자 쉼터' 옆, 오래전에 짓다 그만둔 건물로 들어섰습니다. 난생처음 와 보는 곳이었습니다. 담벼락이 금방이라도 쓰러질 것 같아 나가려는데, 어떤 강아지가 나를 불러세웠습니다.

스피츠였습니다. 사근사근하고 눈치 빨라 보여, 주인한테 귀염깨나 받을 듯한 계집이었습니다.

─너, 어디서 왔니?

스피츠 강아지는 담벼락 아래에서 소변을 보고 내게 물었습니다.

─나 구봉산에서 왔다.

나는 무뚝뚝하게, 그러나 계집이 좋아할 만하게 음성을 내리깔고는 어깨에 잔뜩 힘을 넣은 채 스피츠에게 다가갔습니다.

─어쩐지⋯. 이 동네선 처음 보는 얼굴이라서.

─이름이 뭐지?

─이브.

스피츠 계집은 이름에 걸맞게 수입 목걸이에 수입 발찌,

고급 조끼, 온통 명품 액세서리로 치장하고 있었습니다. 방금 마친 듯한 치장을 은근히 내게 뽐내고 싶은 모양인지, 이브는 신경질적으로 바닥을 긁다가 하늘을 쳐다보기도 했습니다. 내게 관심을 끌려는 수작이, 수캐 여럿과 상대해본 솜씨였습니다.

허영스러웠만 나도 이브에게 왠지 끌렸습니다. 이브에게 튼튼한 다리와 떡 벌어진 가슴을 과시했습니다. 잘 다스리면 이브를 나만의 여자로 만들 수 있다고 나는 생각했습니다.

─여기 어디냐?

─장미촌.

─장미촌?

─캠프페이지 미군 애인들 있던 곳.

스피츠는 아는 체, 잘난 척 무척 으스댑니다.

─지금은 옛날 물건 발굴 중이야.

그러고 보니, 뒤쪽으로 접근 금지 팻말이 붙어 있는 가드라인이 쳐 있습니다. 일찍 죽은 아기들 매장했던 장소라고 스피츠가 설명해 주었습니다. 주인아줌마한테 들은 이야기랍니다. 여기 자주 온다네요.

─우리 주인아줌마 곧 올 거야. 주인은 산부인과 의사야.

잠시 뒤, 이브의 주인 여자가 나타났습니다. 이브가 그녀를 따라갑니다. 나도 그들의 뒤를 졸졸 따랐습니다. 밍크코트를 두른 주인 여자도 이브처럼 신경질적으로 보였습니다.

밍크코트는 길 건너 근화동 주택가로 들어섰습니다. 그녀와 스피츠는 골목을 요리조리 빠르게 걸어갔습니다. 그러다 막다른 길목에서 자기 키보다 낮은 지붕 안으로 쏙 들어갔습니다. 대문 위에 깃발이 꽂혀 있습니다. 밍크코트가 신수점이라도 보려는 모양입니다. 새해를 맞아《토정비결》이니, 신수점이니, 앞날을 알아보려고 사람들은 이런 곳 많이 드나들지요.

한참을 기다리니, 이브가 밍크코트를 끌고 나왔습니다. 밍크코트는 점쟁이에게 좋지 않은 말이라도 들었는지, 정신이 없어 보였습니다. 눈에 핏발이 섰고, 걸음이 빨라졌습니다. 무언가를 급히 찾는 모양새입니다.

서두르던 밍크코트가 걸음을 멈춘 곳은 철물점 앞이었습니다. 철물점을 들어갔다 나온 밍크코트는 환해졌습니다. 철물점에서 원하는 물건을 얻은 것 같았습니다.

어느새 날이 어둑해졌습니다. 밍크코트가 가방에서 잠깐 꺼내 보인 것은 가위였습니다. 밍크코트의 눈이 가윗날 빛을 받아 반짝였습니다.

밍크코트가 이브를 앞세우고 간 곳은 다시 옛 장미촌 옆 매장지였습니다.

—조용히 해. 우리 주인이 지금 비방을 쓰는 중이야.

매장지 밖에서 보조를 서던 이브가 나를 막아 세웠습니다. 나는 냄새 맡는 척 킁킁거리며 그들을 쳐다보았습니다. 이브의 말대로 밍크코트는 흙더미 구석에 쭈그려 앉아 은밀하게 손을 놀리고 있었습니다.

좀 더 가까이 가서 보니 그녀는 철물점에서 구했던 가위를 들고 가방에서 무언가를 꺼내 싹둑싹둑 자르고 있었습니다.

—아이를 낳지 못해서 저래. 미친 듯이 점집에 들락거려서 저렇게 비방을 써.

이브가 어느새 내 곁에 와서 밍크코트의 빠른 손놀림을 지켜보았습니다.

—여자들 중절 수술을 많이 해서 그렇다나? …액땜이래.

밍크코트는 자기 일에 도취하여 알아들을 수 없는 주문까지 읊었습니다. 밍크코트는 그렇게 한참을 중얼거리고는 가위를 자루 위에 내던지고 서둘러 매장지를 빠져나갔습니다.

나는 그녀가 두고 간 자루를 들춰보았습니다. 그것은 새끼줄이었습니다. 금줄이라고 하나요? 인간들이 아이 낳으면 문에 걸어두는 새끼줄 말입니다.

그뿐이 아니었습니다. 아마도 병원에서 가져온 듯한, 인간의 아기 탯줄도 들어 있었습니다. 비릿한 내음과 밍크코트의 향수 냄새가 엉켜 소양강 바람을 타고 허공에 흘렀습니다. 나는 토악질이 나와 춘천역 쪽으로 달려갔습니다.

손 없는 날

아들, 오늘 이삿날이네. 손 없는 날. 이삿짐센터 탑차가 벌써 세 대째야. 101동 작은 평수에 살던 새댁 네가 이사하고, 다른 젊은 부부가 이사 오네. 후문 초소 뒤, 빌라 단지에도 이삿짐이 부려져 있어.

젊은 사람들 이사 다니는 모습을 보니, 옛 생각이 난다. 빌라라고 하지만, 오래된 연립주택이지. 푸른 숲 아파트 단지하고 비교되는 주택이야. 작고 허름해서 그쪽 사람들은 오가는 모습 잘 안 보여. 자동차도 그쪽은 한산한데 여기 지하 주차장 입구는 붐비지.

101동 새댁네 착했어. 신랑도 회사에 충실해 보였고. 신랑이 늦게까지 회사에서 일하다 오는 모습 선하네. 건설회사라 했어. 걸음 무거워 보여도 어깨는 활짝 펴져 있었지. 고구마며 마늘빵이며 초소에 넣어주던 사람이었어. 아기 이름이 지영이라 했나? 지영이가 유치원 마칠 때가 되니 다른 사업장으로 발령 난 것 같더라. 울산으로 간다고 했던가. 빌라 단지 앞에 부려진 이삿짐을 보니, 지영이 장난감 같은 물건이 많네.

이삿짐은 아무리 고급살림이어도 거리에 놓으면 초라해 보여. 지영 엄마 마음이 얼마나 복잡할까. 지영이 학교가 제일 걱정일 텐데.

지영 엄마 입장이 쉽게 이해가 되네.

지영 엄마는 고추장 단지를 베란다에 내려놓으며 새로 이사 온 집을 둘러보았어. 멀리서 바라보면 새롭게 칠한 연두색이 금방이라도 푸른 하늘로 스며드는 듯싶었어. 그런데 막상 안으로 들어가 보니 그렇게 허술할 수가 없었어. 대부분 연립주택이 그렇겠지만 이 연립은 관리에 더 무심했어.

복도는 오랫동안 청소하지 않아 이끼가 붙어 있었고, 칠이 벗겨진 현관문엔 낙서가 가득했어. 내부도 17평이라기엔 지나치게 좁았어. 아무 고민 없이 만든 구조야. 방 둘에 욕실 하나, 거실 겸 주방. 그래도 여기는 전셋값이 서울의 절반도 안 돼. 옴짝달싹 못 하던 부엌 달린 방 하나짜리 서울 생활에서 벗어났다는 기쁨도 주인과 전세 계약서를 나눠 가실 때만 잠시뿐, 고칠 곳이 태반이었어. 양주 옥정에 분양받은 아파트 중도금 때문이라지만, 너무 소박하지 않나… 남편이 다시 서울권에 올라갈 예상으로 절약하는 줄 알지만 좀 서운해.

지영 엄마는 인부들이 떨군 이삿짐을 망연히 바라보며 한동안 우두커니 서 있었어. 낯선 곳에서 또다시 정붙이고 살아가야 할 일이 아득하기만 했어.

－사업장이 엎어지면 코 닿을 데라면서 잠깐 들여다보면 안 되나?

삐걱거리는 마루를 거쳐 안방으로 들어서며 지영 엄마는 중얼거렸어. 손에 든 결혼식 사진 액자가 너무 무거웠어. 결혼하고 2년 동안 다섯 차례나 이삿짐을 싸고 풀었는데 조금도 도와주지 않는 남편이 야속했어. 식구들 한 곳에 놓아두고 주말부부 생활해도 될 텐데, 남편은 꼭 지영 엄마에게 이삿짐을 싸게 했어.

남편은 회사 일로 늘 바쁜 사람이야. 배가 불러 있는 서류봉투를 들고 늦게 퇴근하고 돌아와서도 새벽까지 책상에 붙어 있는 일벌레.

중매쟁이 소개로 맞선을 보고 난 뒤, 일 년 동안 탐색 끝에 결혼을 결정할 땐, 출세에 대한 욕심이 없어 밋밋해 보이던 모습이 좋았던 사람이었어. 그런데 결혼 뒤 과장으로 진급하면서 재개발 사업부로 자리를 옮기고부터는 지방 출장이 잦아지더니 곧장 부장으로 승진한 것이었어. 재건축 요인이 있는 지방으로 돌면서 남편은 더욱 회사 일에 미쳐 있었어. 월급은 올라서 좋지만, 이사를 자주 다녀야 했어.

지영 엄마는 장롱에 이불을 넣으려 문을 열었어. 장롱문이 뻑뻑거리며 잘 열리지 않았어. 잦은 이사로 아귀가 맞지 않은 탓이지. 그녀는 누군가 이삿짐을 같이 정리할 사람이 있다면 좋겠다고 생각했어.

아버지 모습이 떠올랐어. 아버지는 신혼 초, 그녀가 이사할 땐 아무리 바쁜 일이 있더라도 제쳐두고 달려오셨어. 이삿짐을 풀어 지영 엄마보다 꼼꼼히 정리하고 전기도 안전하게 배선해 주시곤 했어. 그러나 지금은 누워 계셔서 오실 수 없어.

아버지는 우리나라가 1970년대 후반에 중동 건설 붐이 일때, 목수로 참여하셨어. 사우디 사람들 집 지어줬고, 도로 깔아주었어. 월급이 꼬박꼬박 한국으로 들어왔지. 아버지 고생으로 집 사고 언니 오빠 공부했어. 물론 지영 엄마도 아무 걱정 없이 대학 마칠 수 있었고.

지영 엄마는 요즘 아버지가 더 보고 싶어. 아버지는 현장에서 고관절 부서져서 누워 계셔. 아버지 여생이 허무하리라 생각하니 그녀는 은근히 짜증이 치밀어. 아버지한테 제대로 가보지 않는 남편에 대한 원망이야. 남편은 신혼 초부터 아버지가 의심 많고 소심하다며 불만이었어.

지영 엄마는 황량한 느낌을 지우려고 손을 빨리 놀려 이삿짐을 풀었어. 힘이 들어간 손놀림으로 물건을 정리해나갔어.

나머지 큰 것들은 남편을 부추겨 자리 잡기로 하고 그녀는 집과 시장 걸음도 가능할 겸, 손을 털고 집을 나섰어.

─혹시, 동성여고 28회 졸업하지 않았어요?

길 건너편 눈에 띄는 슈퍼마켓으로 향하고 있는데 누군가 알은체를 해왔어. 자세히 보니 고등학교 1학년 때 같은 반이던 애였어. 김정순이라 했던가. 가무잡잡한 피부에 유난히 눈이 커서, '인도징'이라고 불리던 친구였어.

─아담한 모습 여전하구나. 사람 홀리는 눈웃음도…. 변한 게 하나도 없어. 그런데 여기까지 웬일이니?

비음 섞인 정순의 목소리를 들으니, 지금이라도 자주색 교복을 입으면 학창 시절로 돌아갈 것만 같았어. 깔깔거리는 웃음소리가 정순과 지영 엄마 주변에 계속 울려.

- 이사 왔어. 남편이 이곳으로 발령받았어.

- 그럼 자주 만날 수 있겠네. 나도 결혼하면서 우리 아저씨 따라왔어. 한 달밖에 안 돼서 어리벙벙해.

- 방금 이사 와서 나도 마찬가지야.

- 그런데, 너희 남편 뭐 하는 사람이니?

정순 특유의 입술 달싹이는 버릇은 여전했어.

- 노가다. 현대건설에서 근무해.

- 그래? 우리 아저씨도 그 회사 다녀. 어쩌면 네 남편하고도 알겠네. 우리 아저씨는 조합장들하고 술만 마셔. 술 상무래. 언변 좋고 얼마나 재밌는지 매일 배꼽이 빠질 지경이야.

지영 엄마는 정순의 남편이 '상무'라는 소리에 주눅이 들었어. 상무라면 남편보다 훨씬 윗분이었지.

- 남편 성함을 알 수 있을까?

- 응, 김찬규. 이삿짐 정리되면 연락해. 우리 아저씨하고 시내에서 갈비 뜯기로 했어.

전화번호 찍고 훌쩍 길을 건너가 버린 정순의 뒷모습에서 상큼한 오렌지 향이 풍겼어. 그에 비해 자신은 초라하게 생각

돼 지영 엄마는 슈퍼마켓을 지나쳐 한동안 거리를 떠돌았어.

―고등학교 동창을 만났어요.

여느 때처럼 불룩한 서류 봉투를 들고 지친 모습으로 퇴근한 남편 뒤에서 지영 엄마가 낮게 말했어.

―그래? 반가웠겠네, 그런데 떨떠름한 표정이야? 안 좋은 기억이라도 있어?

―그게 아니고요….

구차한 설명으로 오히려 비참해지기 싫어 지영 엄마는 입을 다물었어.

저녁을 먹는 둥 마는 둥, 남편은 서둘러 식사를 마친 뒤 식탁 한쪽에 서류를 쏟아냈어. 지영 엄마는 드디어 화가 치밀어 올라 남편을 닦아세우기 시작했어.

―당신 도대체 집에 관심 있어요, 없어요? 그렇게 이사를 많이 다녔는데 한 번이라도 이삿짐을 싸 준 적이 있어요, 밥그릇 하나 날라준 적이 있어요? 힘들어서 더는 못하겠어요!

가슴이 벌벌거리며 왈칵 쏟아질 것 같은 눈물을 참으려 지영 엄마는 입술을 물었어. 하지만 남편은 지영 엄마를 아랑곳하지 않고 서류에서 눈을 떼지 않았어.

－김찬규라는 사원을 찾아야 해. 인사기록부에는 2년 동안 실적이 좋게 나왔어. 조합원과 교류도 원만했고. 하지만 기록보다 능력이 떨어지는 사람이라고 소문이 안 좋아.

지영 엄마는 남편의 입에서 정순네 아저씨 이름이 나와 놀랐어. 더군다나 정순이 한 말과는 완전히 다른 상황이어서 더 놀랐어.

－혹시 그 사람에게 무슨 일이라도…?

－비리가 있어. 조합장에게 뇌물 받아 챙긴 게 한두 건이 아니야. 회사에서 더 두고 볼 수 없는 상태야.

남편은 회사 일에 충실히 하는 자신에게 이삿짐 운운하지 말라는 식으로 힘주어서 일 얘기를 덧붙였어.

－그 친구, 게다가 한 달 전에 결혼했다는데 요즘 출근을 안 한대. 재혼이라는데, 결혼 준비금이 모자랐던지 여기 재개발 조합장한테서 돈을 꾸고 감감무소식이래. 그를 만나봐야 해.

지영 엄마는 정순의 큰 눈에 눈물이 그렁그렁한 모습이 어른거렸어. 그 사람이 정순 남편이 맞는지 아닌지 내일 전화 넣어 확인해 보기로 하고 방으로 들어갔어.

그녀는 한결 가라앉은 마음으로 다시금 이삿짐을 정리하기 시작했어. 남편의 책장에 들어갈 책 상자를 풀었어. 상자를 열어보니 노트와 메모꽂이 곁에 나무 상자가 단단히 자리 잡고 있었어. 앙증맞게 작은 자물쇠도 채워진 상자였어.

그 상자는 언제나 남편의 책상 서랍 깊숙한 곳에 숨어 있다가 이사할 때마다 나타나 의아심을 자아내게 하던 물건이야.

지영 엄마는 이번에는 상자를 열어보리라는 호기심으로 자물쇠를 슬며시 잡아당겼어. 의외로 쉽게 열린 상자 안엔 나무 액자가 오도카니 누워 있었어. 액자를 조심스레 끄집어 내 보니 지영 엄마가 어릴 적 친정아버지와 찍은 사진이 들어 있어. 상고머리를 하고 새까맣게 그을린 지영 엄마와 건설 작업복 입고 작업모를 쓴 아버지가 하얀 이를 드러내며 활짝 웃고 있어.

사막에 남다

아들, 바퀴를 보면 굴리고 싶다는 시가 있어.

바퀴 굴려서 어디론가 떠나고픈 마음으로 썼을 거야.

아무리 굴려도 고독은 떨궈지지 않음을 잘 알지. 차라리 바퀴가 돼서 고독을 뭉개는 방법도 있어.

조현석 시인, 사춘기 때 진한 고독이 와서 고독 이기는 기술을 가진 스승을 만났대. 스승은 보드카를 즐겼어. 얼음 가득 채워 블랙 러시안 만들기만 수십 년, 그는 고독의 주인이 됐어. 시인이 된 거지. 얼음 같은 시인.

그는 뭉크처럼 절규하는, 혹은 절규를 듣는 시를 썼지. 그림 〈절규〉에서 어떤 아이가 노을의 붉은 절규를 견디지 못해 절규하잖아. 보드카 취기가 제대로 돌기 시작한 거지.

어이, 친구 여기 얼음 좀 더 가져오게.

224

〈散〉

지친 그림자 밟고 늦은 밤에 왔던 그대.

– 이번 달은 한 대도 못 팔았어

승용차 카탈로그를 들고 도시를 떠돌았지만

도장 찍힌 계약서는 한 장도 없어.

올해의 판매왕 일곱 차례 수상해서

살아 있는 전설이라 불렸던

그대에게 남은

종이는 구겨진 카탈로그뿐.

아이와 찍은 사진 현수막에 넣어 걸고 영업할 때,

제일 잘 나가 수십억 대 연봉을 자랑하던 그대.

– 사람들은 이제 차를 타지 않아

정말 그렇게 됐네.

할아버지는 종로에서 말을 타고,

청년은 압구정에서 낙타를 타네.

거북이를 타는 아이와 곰 어깨에 올라선 아줌마가

목포와 여수, 그리고 장흥에서 보였네.

뭉크의 절규가 들리는 남도대교에서는

세퍼드에 올라탄 소녀도 있었네.

그 탈것으로 사막을 건너네.

촘촘한 체에 걸러지지 않는

뜨겁고 건조한 바람 속에서

그들은 모래를 퍼내고 있었네.

모래를 퍼내다 보면 바다가 나올 줄 알았지만

땀으로 모래를 적실 뿐 카탈로그에서 반짝이던

신형 소나타가 흐려질 뿐 맑은 물 한 방울 없네.

그들의 발밑 그림자를 누르는 낙타와 말, 곰과 세퍼드가

사막의 일몰에 서 있는 풍경.

고독의 주인.

창살 안 원숭이

아버지, 보내 주신 글 잘 읽었습니다. 살아가면서 제일 긴장하는 날이 있다면 이삿날일 겁니다. 삶 공간이 바뀌고 삶의 민낯이 고스란히 드러나기 때문이겠죠. 새로운 토포필리아(Topophilia)에 적응하려 애쓰는 시간입니다. 시공간에 적응 못 하면 이상하게 되잖아요.

강아지 '토토'가 바라보는 사람 사는 모습 또 썼습니다. '토토'를 화자로 내세우는 방법이 괜찮은지 확신이 서질 않습니다. 그런 권위 갖게 하는 화자에게 의심 드는 요즘입니다. 세상일에 의미 부여하는 화자의 태도가 얼마나 신빙성이 있어 보이는지…, 글쓰기 핵심이 거기 있잖습니까. 결국 진실은 화자의 태도에서 결정되는 것인데, 가식과 거짓을 두고 보기가 참 어렵습니다.

그런 생각이 오히려 글쓰기를 주저하게 하고, 힘 빠지게 합니다. 그래도 밀어붙여 봅니다.

지상의 어떤 생명체든 자신의 울타리를 벗어나면 맥을 못 추듯, 한 마리의 개인 나도 집을 나오니 기를 펴지 못했습니다. 집을 나온 지 한 달을 넘어서자, 처음 대문을 박차고 나올 때 활짝 펴져 있던 나의 어깨는 몇 차례 돌팔매를 맞고 잔뜩 움츠러들었습니다. 하늘로 솟구쳐 올랐던 꼬리도 가랑이를 가려야 했습니다. 잠을 제대로 자지 못한 눈은 언제나 눈곱이 끼어 있습니다.

돌팔매와 추위는 견딜 수 있지만, 참을 수 없는 것은 배고픔입니다. 음식점을 기웃거려도 쓰레기통을 아무리 뒤져도, 분리수거 때문인지 먹을 게 없습니다. 음식 투정으로 밥그릇에 쌓아놓던 집 음식이 어른거립니다.

곯는 배보다 더 서러운 것은 외로움입니다. 허기는 때만 넘기면 잊을 수 있지만, 외로움은 그림자처럼, 발톱에 박힌 돌멩이처럼 떨어지지 않습니다.

나는 친구가 될 만한 개를 찾아 어슬렁거렸습니다. 하지만 만나면 그때만 잠시뿐, 모두 집으로 뿔뿔뿔 돌아갔습니다. 돌아갈 울타리가 있는 개들의 의연함, 특히 주인과 함께 있을 때 으스대는 꼴이 내 쓸쓸함을 더하게 했습니다. 가끔 도사견이나 포인터 같은 덩치 큰 녀석을 끌고 나온 사내가 나와 싸움을 시키기도 했습니다. 사람들이 받는 집 없는 설움이 이런 기분 아닐까 싶습니다. 하지만 외로움을 이겨내야 진실을 깨닫듯, 나는 헛헛함을 견디며 계속 걸었습니다.

그러다가 나는 마침내 나의 외로움을 감싸주며, 깨우침을 줄 스승을 만나게 됐습니다. 그를 만난 것은 석사동에서였습니다. 공지천에서 육림공원으로 이어진 산책로는 시민들로 붐비는 곳이었습니다.

개구리가 겨울잠에서 깨어난다는 경칩을 지나 새싹이 움트기 시작하는 초봄 오후. 나는 허기진 뱃가죽을 육림랜드 잔디밭에 끌며 허천허천 산책길을 걷고 있었습니다. 공원은 아이들 데리고 봄맞이 나들이 나온 사람들이 많았습니다. 나는 애들이 먹다 버린 과자부스러기라도 얻을 수 있을까, 킁킁거리며 기어 다녔습니다.

그때, 어디에선가 남자의 우렁찬 음성이 들려왔습니다. 고개를 들어보니 말쑥한 정장 차림의 남자가 동물 우리 옆에서 연설하고 있었습니다.

―여러분! 지금 자연의 경고를 겸허하게 받아들여야 할 때입니다. 사상 유례없는 이상기온, 계속되는 지진, 느닷없는 폭실과 홍수…. 이 모든 것은 우리 잘못 때문입니다.

허공을 바라보며 구름에 대고 하는 그의 연설을 듣는 사람은 없었습니다.

―여러분! 회개하십시오! 내 말을 믿어 구원을 얻으십시오!

사람들은 잠깐 호기심을 보이다가 모두 외면했습니다. 하지만 나는 그 앞에 가까이 가서 그의 말에 귀 기울였습니다. 맞았습니다. 그는 진실을 말하고 있었습니다. 물은 썩어서 마실 수 없고, 먹을 것은 찾아볼 수 없습니다. 감염 바이러스가 창궐하고 가뭄과 홍수가 반복됩니다. 테러와 전쟁도 곳곳에서 터지고 있잖습니까.

사람들은 모두 자리를 떴지만, 나처럼 남아 그의 말을 듣는 여인이 있었습니다. 그녀는 그의 연설이 끝나자 감동했다는 듯이 손뼉까지 요란하게 쳤습니다. 아마도 그와 친한 사이인 듯 보였습니다. 나도 그 앞으로 더 바싹 다가가 꼬리를 흔들었습니다.

─오. 오. 과연 너는 영물스런 우리의 친구. 네가 나를 알아보는구나.

그는 나를 반겼습니다. 그녀도 미소를 지으며 들고 있던 빵을 봉지째 내게 맡겼습니다. 우리는 곧 한 팀이 되어 공원 안을 천천히 걸었습니다. 나는 아저씨가 주는 과자를 날름날름 받아먹으며 그들 뒤를 졸졸 따랐습니다.

─우리는 지금 환난의 세계에 살고 있소. 내가 스탠퍼드대학에서 써낸 박사 논문도 세계를 구하자는 것이오.

─구구절절 당신 말 맞아요. 하지만 당신은 좀 쉬셔야 해요.

─쉴 틈 없소. 모두가 세상을 외면한 채, 자기들 먹을 것만 찾고 있소. 내가 구해야 하오.

─저부터 구해 주세요.

─그래서 당신에게 청혼하지 않았소?

─먼저 자신을 추스르셔야 해요.

그들의 대화를 들어보니, 둘은 서로 결혼을 약속한 사이인 듯싶었습니다. 내가 보기에 그녀는, 그에 비하면 수준도 모자라고, 얼굴도 그에게 미치지 못했습니다. 그런데도 그를 손 위에 올려놓고 쥐락펴락하고 있습니다. 여자들이란 참 묘해요.

이런저런 이야기를 나누며 그들은 동물원, 원숭이 우리까지 왔습니다. 원숭이가 졸고 있는 우리 앞에 서서 그는, 한참 동안 철망을 바라보았습니다. 그러다가 갑자기 철망을 흔들었습니다. 그는 또다시 연설을 시작했습니다.

―우리는 서 천진무구한 원숭이를 내보내야 합니다.

그는 철망을 찢을 듯 쥐고 흔들어댔습니다. 원숭이가 놀라 길길이 날뛰었습니다. 그녀가 곁에서 말리지 않았다면 원숭이와 한판 떴을지도 모릅니다.

―우리의 조상인 원숭이를 내보내고, 쓰레기인 우리가 대신 들어가 반성해야 합니다. 사기꾼과 놈팡이와 사이비 교주, 테러범과 유괴범….

재미있어하며 지켜보던 사람들도 차츰 원숭이 우리에서 떨어져 나갔습니다. 한 사람도 곁에 없자, 그는 벤치에 털썩 앉았습니다. 피곤해 보였습니다.

―당신은 사람을 놀라게 해요.

그녀는 그의 곁에 앉아 가방에서 종이와 연필을 꺼내 끼적거렸습니다.

―오늘 당신이 한 이야기를 모두 적어서 나도 공부해야겠어요. 당신 반려자 되려면 공부 많이 해야죠.

그녀의 아양에 그는 고개를 깊이 주억였습니다.

－피곤하신 것 같은데, 이것 좀 마셔보세요. 시원하게.

그녀는 가방에서 물통을 꺼내 그에게 내밀었습니다. 그는
마시지 않으려 떼를 쓰고, 그녀는 그의 손을 잡고 억지로라
도 마시게 하려 아우성이었습니다.

－누가 보면 어쩌려고? 남세스럽게….

－그러니까 어서 마셔요. 좀 가라앉을 거예요. 남들이 보면
또 어때요?

요즘은 여자들이 더 과감하다던가요. 좋은 신랑감을 놓치
지 않으려는 안간힘이겠지요. 그녀는 그의 겨드랑이를 잡고
물을 마시게 했습니다.

땅거미가 발목에 감겨오기 시작하자, 그들은 공원을 빠져
나갔습니다.

－우리 집까지 바래다주시겠어요?

－물론.

그녀의 집으로 가는 모양입니다. 나는 그들의 뒤를 따랐습
니다. 무엇이든 얻어먹어야 했습니다.

육림랜드를 나와 큰길로 걸어갔습니다. 인형 극장이 보입

니다. 마침 탈 만들기 행사를 진행 중이었습니다. 인형의 가면이라도 만들어보려는가요? '퍼소나'라고, 우리 모두 가면을 쓰고 있지 않나요?

아니, 그만이 가면을 쓰지 않아도 되는 정직한 사람입니다. 요즘 세상에 어울리게 그는 탈을 만들어 써야 한다고 나는 생각했습니다. 하지만 인형 극장으로 향하는 그를 여자가 끌어내 다시 거리로 나갔습니다.

얼마 걷지 않아 그녀의 집이 나타났습니다. 커다란 철 대문에 높은 담, 널따란 정원…. 그녀의 집은 저택이었습니다.

－다 왔군. 어서 들어가시오.

－우리 집에서 커피 한잔, 어때요?

돌아서려는 그를 그녀가 와락 붙잡았습니다. 역시 그녀는 그를 놓치지 않으려고 마지막까지 교태를 부렸습니다.

그는 그녀의 손을 뿌리치고 대문에서 등을 돌렸습니다. 그녀가 재빨리 그를 가로막고 입을 맞추려는 듯 그의 얼굴에 바싹 다가갔습니다. 그는 그녀를 외면하고 못 이기는 척, 대문 안으로 들어갔습니다.

그러나 나는 안으로 들어갈 수 없었습니다. 그가 발을 안으로 들여놓기 무섭게 대문이 철컥, 잠겼기 때문입니다. 아쉬운 마음으로 대문 위를 올려다보니, 그녀의 높다란 집은 방마다 모두 쇠문으로 닫혀 있었습니다. 쇠문 머리에 '정신병원'이란 모자가 쓰여 있었고요.

－오늘 산책에서 했던 이야기를 모두 주치의 선생님께 보고하겠어요.

그녀의 낭랑한 음성이 철 대문 안에서 윙윙거렸습니다.

봄맞이 대청소

아들, 이번 토토 이야기 흥미로웠다. 정상인과 비정상인이 뒤바뀌어가는 세상을 보여주고 있더구나. 우리는 정상이라면서 계속 자연환경을 바꿔가고 있지. 자기들 편하기 위한 자연훼손 아니냐. 결국 망가져서 돌이킬 수 없잖아.

오늘은 108호 사는 양희네 이야기 전할게. 양희는 초등학교 4학년짜리 남자아이야. 양희, 이쁘고 똘똘하단다. 요즘 애들 같지 않아. 예의 바르고 착해. 우리 아파트에서 분리수거 제일 야무지게 하는 아이야. 나는, 페트병도 상표 떼고 투명으로 해서 버려야 한다는 걸 양희한테서 배웠어.

양희네가 봄맞이 대청소를 하는가, 어제부터 양희 엄마가 부산스럽게 움직이더라. 나무 가다듬다가 보았어. 1층이어서 그 집안이 잘 보이거든. 108호는 모델하우스 전시관처럼 내부를 훤히 보이게 했어. 커튼이나 블라인드도 없어. 나는 양희를 보려고 108호 앞 정원을 자주 손질하지. 양희네 베란다 곁에 감나무가 서 있는데, 그 나무, 내가 특별히 신경 써. 그래야 가을에 맛있는 감 먹을 수 있으니까.

양희가 바라보는 감나무, 그 감나무가 108호를 바라보았다가 내게 들려준 이야기를 아들에게 쓴다. 읽어보렴.

새봄을 시샘하다 지쳤는지 겨울은 이제 잠을 자려는가 봅니다. 새싹이 빛을 내며 환하게 웃습니다. 양희도 미소합니다. 양희네는 봄맞이 대청소를 하려는 모양입니다.

어제 아침부터 오늘 저녁까지, 엄마는 밥 먹는 시간을 빼고는 쓸고, 닦고, 훔치고, 문지르고, 광을 냅니다. 가구를 들어내고, 침대를 옮기고, 액자를 바꾸고, 전자제품을 새로 세팅하고…. 엄마는 계절이 바뀔 때마다, 아니, 요즘에는 한 달에 한 번씩 가구 위치를 바꿉니다. 그리고 가구들이 제자리에서 빛이 날 때까지 매일매일 닦고 문지릅니다.

엄마는 새로운 가전제품이 나오면 성능을 확인해 보고 싶어 합니다. 홈쇼핑 채널을 켜놓고 마음에 드는 전자제품이 나오면 전화번호를 누릅니다.

덕분에 양희네 집은 언제나 반짝거리지만 늘 조심해야 합니다. 엄마는 자신이 꾸며놓은 물건이 다른 곳으로 옮겨졌거나, 조금이라도 삐딱하게 놓여 있으면 마구 화를 냅니다.

"이거 누가 만졌어!"

한 번은, 할머니가 알로에 선인장이 따갑다며 약간 비껴놓았는데, 엄마가 어떻게 알고 버럭 소리를 지르기도 했습니다. 양희는 깔끔한 엄마한테 익숙해져서 엄마가 신경질을 내도 이상하지 않았지만, 작년에 남해에서 올라오신 할머니는 그런 엄마가 못마땅하다고 생각하시는 모양이었습니다. 할머니는 엄마가 전자제품을 세팅할 때 돕거나 청소할 때 걸레도 빨아주더니 요즘은 아예 바깥으로 나가버리십니다.

이번 청소는 더 오래 걸렸습니다. 엄마가 친구들과 야유회를 가기 때문입니다. 하룻밤, 이틀 낮에 걸쳐 집을 비우니, 엄마는 그동안 집 안에 쌓일 먼지를 걱정하시는 것이겠지요.

다음 날 점심. 엄마는 친구의 전화를 받고 제주도로 야유회를 떠났습니다. 아빠도 지방 출장 중이어서 집안에 양희와 할머니만 남게 되자, 양희는 배가 고파왔습니다.

―할머니, 배고파요.

―그래, 나도 배고프구나.

할머니는 엄마가 만들어놓은 토스트와 우유를 냉장고에서 꺼냈습니다. 엄마가 일러준 대로 전자레인지에 토스트를 넣으려는 순간, 전자레인지에서 펑 하고 소리가 납니다. 레인지 문을 닫고 아무리 단추를 꾹꾹 누르고, 꼭지를 돌려도 레인지에는 불이 들어오지 않습니다.

―망가진 모양이구나. 매일 딱딱한 빵 쪼가리만 처넣으니 망가질밖에.

할머니는 툴툴거리며 밥을 지으려고 쌀을 씻었습니다. 전기밥솥에 쌀을 안치고 코드를 꽂자, 콘센트에서 불이 번쩍 튀어 오르더니 연기가 모락모락 피어올랐습니다. 밥솥도 고장 난 모양입니다.

밥솥에 전기가 들어가지 않아 하는 수 없이 할머니는 냄비에 밥을 지었습니다. 그리고는 재래시장에서 사 오신 수제 된장으로 된장찌개를 끓였습니다.

된장찌개는 냄새가 고약하다고 엄마가 아주 싫어하는 음식입니다. 양희도 쿰쿰한 냄새와 씁쓰름한 맛이 싫었지만, 할머니가 손수 만든 음식이어서 어쩔 수 없이 조금 먹는 시

늉을 해 보였습니다.

- 아이고, 오랜만에 입맛 도네, 살맛 난다.

할머니는 냄비 밥에 된장찌개를 넣고 비벼 모두 드셨습니다.

양희와 할머니는 저녁때가 다 되어서야 점심 식사를 마칠 수 있었습니다. 식사를 끝내고 양희는 텔레비전을 보았습니다. 양희가 가장 좋아하는 걸그룹이 발을 하늘로 차올리며 노래를 부르고 있었습니다.

- 거지처럼 벗고 설치는 게 뭐가 좋으냐? 책을 봐야지.

설거지를 마치고 거실로 돌아온 할머니는 텔레비전을 손가락으로 툭 건드렸습니다. 그러자 화면이 뚝 꺼지며, 깜깜해졌습니다. 양희가 리모컨을 눌러 다시 걸그룹을 불러내려고 했지만, 브라운관으로 들어간 가수들은 다시 나오지 않았습니다.

- 망가진 걸 알면 에미가 길길이 날뛸 텐데….

할머니는 은근히 걱정스러운지, 텔레비전 리모컨을 만지작거리며 양희를 멍하니 바라보았습니다.

- 걱정하지 마세요. 서비스센터에 전화 걸면 돼요.

양희는 안방에서 전자제품 사용설명서 함을 가져와 할머니께 드렸습니다.

할머니는 수화기를 들고 전화통을 꾹꾹 눌렀습니다. 그런데, 통화가 되지 않는 모양입니다. 몇 차례나 누르고 또 누르다가 할머니는 양희에게 수화기를 건네주었습니다. 양희가 수화기를 귀에 대고 들어보니 먹먹할 뿐, 아무 소리도 들려오지 않았습니다. 전화도 고장이었습니다. 전자레인지, 전기밥솥, 텔레비전, 이제는 전화기까지, 할머니가 손을 댄 물건은 모두 망가진 것입니다.

양희 핸드폰으로 텔레비전 서비스센터에 전화를 넣으니 접수하고 내일모레 올 수 있다고 했습니다.

─무슨 서비스가 이따위야? 안 되겠어. 내가 직접 손봐야지.

할머니는 투덜거리고는 아빠 공구 통에서 드라이버를 찾아 텔레비전으로 달려들었습니다.

어디서 그런 기술을 배웠는지, 할머니는 텔레비전 껍데기를 벗기고, 속에 들어 있는 부속을 전부 분해해서 바닥에 널어놓고 차례차례 다시 맞춰나가기 시작했습니다.

조립한 텔레비전이 전보다 훨씬 선명하게 나왔습니다. 전기밥솥도 밑동을 연 다음, 물기를 닦아내고, 전기선을 새로 연결해 조였습니다. 전자레인지와 전화기는 관리소 전기 아저씨 도움을 받았습니다. 할머니는 전기 기사님의 조수가 되어 전자제품을 모두 고쳤습니다.

할머니는 닦고, 조이고, 기름치는 일에 신명 난 모양입니다. 전자제품을 고치고 나더니 방안을 휘, 둘러보고는 이번에는 가구들을 옮기기 시작합니다. 거실에 있는 소파를 베란다로 치우고, 옛날 돗자리에 문갑을 앉혔습니다. 지난번 분리수거장에서 가져다 방에 숨겨놓은 물건이었습니다. 엄마가 알면 당장 버리라고 할 옛날 가구들이 할머니 방에 숨어 있었거든요. 할머니는 안방에도 커튼을 뜯어내고 대나무 발을 쳤고, 벽에는 네온 벽시계 대신 할아버지랑 함께 찍은 가족사진을 걸어놓았습니다.

고물상 아저씨도 가져가지 않는 오래된 가구들이 집 안에 들어차기 시작했습니다. 유리알처럼 깨끗한 엄마에게 화풀이하는 것일까요? 양희는 밤늦도록 가구들을 바꾸고, 이리저리 옮기는 할머니가 지쳐 쓰러지실까 걱정됐습니다. 아니, 엄마에게 혼이 날까 봐 더 걱정스러웠습니다. 하긴 할머니는 병원에 한 번도 가지 않는 건강하신 분이셨습니다. 오히려 엄마가 병원을 순례하는 편입니다. 내과, 이비인후과, 안과, 정형외과, 신경정신과 등 엄마는 병원의 거의 모든 진료과를 다녀서 먹는 약도 열 가지가 넘습니다.

다음 날, 엄마가 왔습니다. 현관문 열리는 소리에 달려가 보니, 엄마는 친구도 데려왔습니다. 엄마 친구는 양희 머리를 쓰다듬으며 활짝 웃어 보였습니다. 엄마가 자주 얘기하던, 〈아름다운 집〉이라는 잡지사 편집장으로 있다는 대학 동창인 모양입니다. 누런 이빨, 새까만 손톱, 퀴퀴한 담배 냄새…. 엄마 친구의 모습을 보고 양희는 놀랐습니다. 그토록 깔끔하던 엄마가 어떻게 저런 친구와 어울릴까, 엄마도 놀라웠습니다.

그런데 더 놀라운 것은 편집장이 거실에 들어서고부터입니다. 편집장 친구는 집 안을 보고는 카메라를 꺼내 플래시를 연방 터뜨렸습니다.

―과연, 너는 감각이 있어. 어떻게 이런 생각을 했니? 사라져 가는 우리 옛것을 살리자는 거지?

―….

엄마는 눈을 동그랗게 뜨고 완전히 달라진 집을 둘러보았습니다. 양희는 엄마의 눈치만 살폈습니다.

―아파트도 자연 친화적으로 리모델링 할 수 있다, 이거지? 이번 호 특집으로 너희 집을 싣겠어.

호들갑을 떠는 친구 곁에서 엄마는 어물쩍 웃기만 했습니다.

기찻길에 뒹구는 못

아들, 오늘은 초소에서 벗어나 어디 먼 데 가고 싶은 생각이 굴뚝 같다. 마침 〈장도열차〉라는 시를 읽으니 여행 충동이 더 든다. 황사 바람이 불어 멀리 있는 사람 문득 떠오른다. 유랑하던 때 잠깐 만났던, 그 사람 잘 지내고 있는지….

〈장도열차〉를 두 번 읽다 보니 시구절에 멜로디가 엿처럼 달라붙어 입안에서 떨어지지 않는다. 들어보렴.

플랫폼에서 만날 줄 알았던 그 사람은 플랫폼에 오지 않고, 인적 끊긴 역사에 홀로 남아 바닥에 글자 쓰는 내 모습이 떠오른다.

여행이 끝났음을 알려주는 그 사람의 시 편지처럼 들려오는 노래다.

<h2>〈韻〉</h2>

대륙에 사는 사람들은 긴 시간 동안 열차를 타야 한다.

그래서 그들은 만나고 싶은 사람이나 친척들을 아주 잠깐이나마

열차가 쉬어가는 역에서 만난다.

그리고 그렇게 만나면서 사람들이 우는 모습을

나는 여러 번 목격했다.

〈散〉

요일을 잘못 알았을까.

그 나라의 시차를 잘못 알았던 탓인가.

그 사람은 역에 나오지 않았다.

편지를 쓰지 말았어야 했다.

편지지에다 내 시간,

내 입장만 적어놓았다.

글 속, 꿈속에서 헤매는 동안은

어차피 놓치고 말 시간인데.

글은 꿈으로 곧장 빠져들어 갔다.

꿈속에서 그 사람은 역을

맨발로 뛰어다녔다.

아이를 잃었던 것이다,

그 사람을 바라보는

안타까움이 철로를 녹였다.

아이는 대못을 철로에 놓고 놀았다.

아무리 철로에 올려도 대못은

지남철이 되지 못했다.

아이의 이름이 뭐였는지

아무리 애를 써도 떠오르지 않는다.

나는 철로에 귀를 대고 시간을 보낸다.

그 사람의 머리카락 위로 단풍이 수차례 지나

하얀 서리가 내렸는데도

아이는 역으로 돌아오지 않았다.

나는 꿈에서 깨어 편지를 썼다.

5시 59분에 도착했다가

6시 14분에 발차합니다

더 이상 흔들리지 않기를,

이제는 열차를 타고 어디론가 가게 되지 않기를,

그런 시간이 내 남은 시간에 더 없기를,

소망하며 나는 다시 잠에 들었다.

장도열차를 탔다.

역에서 내려 플랫폼을 둘러보았다.

그 사람은 없었고 15분 사이,

가을이 가고 겨울이 지나갔다.

봄이 오면 반드시 그 사람 오리라,

나는 흔적을 남기려 손톱을 세워

역사 창문에 글을 썼다.

한 글자도 떠오르지 않았다.

창에 입김을 부니 오래전에

창문에 쓰여졌던 글이 서서히 떠올랐다.

아이 이름이었다.

눌린 가위는 좀처럼 풀어지지 않았다.

나는 잠에서 깨어 비로소 몸을 움직였다.

생각도 다시 현실에 맞춰졌다.

나는 잠들기 전의 나임을 알아차려 안심했고

역사 창문에 새겨진 아이 이름이

내 것이었음도 알았다.

바다를 바라보는 의자

아버지, 커피 물이 끓는 동안, 지난가을이 그리워 만든 노래를 듣습니다. 〈정동진역〉. 희열이나 침잠은 없어도 잔잔한 파도가 너울대는 모습이 떠오릅니다.

노래가 끝나 커피를 마시며 시를 읽어봅니다. 기타를 들고 노래합니다. 커피 맛을 모르겠습니다. 마시다 만 커피가 마르는 동안. 소리는 점점 애끓고, 기타는 애탑니다.

저도 여행 가고 싶습니다. 정동진 바다에 가고 싶습니다.

정동진 역

김영남 詩
김기우 曲

〈散〉

어서 오세요. 정동진역입니다.

잘 오셨어요. 여기는 겨울이 일찍 도착해요.

햇살이 쥐 눈물만큼 남아 있네요. 이리 오세요.

역사 옆에서 쓰러져가는 벤치가 나입니다. 나, 나무 벤치.

〈모래시계〉 드라마 하고부터 사람들 많이 와요.

엉덩이에, 다리에, 종아리와 허벅지, 등허리에다가 머리까지 수많은 사람 몸뚱이 쉬게 해 주었어요. 지칠 만도 해요. 그만두고 싶어요.

당신도 내게 기대려 하는군요.

중절모 밖으로 삐져나온 흰 머리칼 몇 올 남아 있지 않은 것 같은데,

숟가락 들 힘조차 없어 보이는데,

조심하세요. 자칫 나와 같이 허물어질 수 있어요.

내가 이렇게 반세기 버틴 건 기적이에요.

한 사람, 그리움 자체인 그이가 이런 힘을 주고 있네요.

그이, 정동진역에 오십 년 전 왔죠.

내 앞에서 기타를 쳤어요. 노래도 불러주었죠.

〈당신의 마음〉.

그 노래 아시죠.

'바닷가 모래밭에 손가락으로 그림을 그립니다. 당신을 그립니다…. 지금도 알 수 없는 당신의 마음.'

나는 이 노래 수백만 번 불렀어요.

아직도 그이 얼굴을 온전히 그릴 수 있어요.

턱밑뿐 아니라 볼 옆의 점, 윗입술 작은 상처까지…. 생생해요.

노랫말 마따나 마음은 그릴 수 없죠. 당연하죠. 어떻게 마음을 그릴 수 있나요.

하지만 오십 년을 그리워하니 그릴 수 있겠어요.

저 파도 밑바닥 깊은 바다의 마음을 그리면 돼요.

바다의 마음이 어떻게 생겼냐 하면요,

그리움이에요. 그냥 그리움. 바다 자체예요.

특히 노을 지는 바다.

당신도 그 사람처럼 기타 메고 오셨네요. 한 곡 뽑아주세요.

해안선을 잡아넣고 끓인 라면에 파도와는 나중에 소주 한잔하시고

어서 불러주세요. 노을이 지기 시작했어요. 해는 곧 떨어져요.

중절모에 나비가 앉았네요. 붉은 나비. 저 나비 사람 볼 줄 아네.

열심히 살아오셨나 봐요. 나비가 모자를 쓰다듬어요.

황혼 물든 나비. 붉음을 풀어내요. 중절모가 불타올라요.

불탄 모자 바다에 던져버려요. 바다까지 불이 옮겨붙었어.

걱정 말아요. 곧 스러져요. 노을일 뿐이에요. 다시 밤이 되고

검은 바다 뚫고 해는 솟아올라요. 거봐요. 이제 꺼졌어요.

노래, 노래 불러주세요.

당신도 그 노래 아시는군요. 〈당신의 마음〉.

아,

아, 당신이

당신이 바로

바로 그이였군요.

난 왜 몰라봤을까요.

당신 이렇게 변했을 줄, 이렇게 늙었을 줄 정말 몰랐어요.

됐어요. 소원 이뤄졌어요. 오십 년만의 만남.

나비가 파도 끝에 서 있다가 사라졌어요.

바다에 나비 무늬 점점 찍혀 있네요.

나도 이제 허물어져요. 조개껍질이 돼 가고 파도에 쓸리다

검푸른 물속으로 스며들어요.

뉴욕뉴욕

아버지, 지난번에 보내 주신 양희네 이야기 잘 받아 읽었습니다. 첨단 기계문명도 좋지만, 우리 옛 풍습도 기억해야 한다는 메시지, 지당하십니다. 과거가 있었기에 우리도 지금 여기에 존재하니까요.

하지만 고유문화라 해도 문제가 있으면 바꾸는 것도 좋지 않을까요. 개 식용 같은 문화 말입니다. 요즘 육견협회에서 생존권 보장하라며 시위가 대단합니다. 항암치료에 효과 좋다고, 아직도 먹는 사람 많다네요. 우리 할머니 할아버지, 부모님들도 여름 보양식으로 즐기셨답니다. 북한에서는 단고기라고 없어서 못 먹고, 동남아시아나 중국에서도 명절 때 한 그릇 하던데요.

그런데, '반려'라면 동반자인데, 동반자를 식사한다니요,

지독한 모순 아닌가요. 오랫동안 개를 식용했던 대만도 법으로 금지하고 있잖아요. 우리도 당연히 그래야죠.

토토가 고민합니다.

우리 같은 떠돌이 개에겐 날씨가 따뜻해지기 시작하는 늦봄이 가장 고통스럽습니다. 지옥이 따로 없습니다. 시간이 도끼처럼 날카로워지고 공간이 쇠죽가마처럼 뜨거워져 우리를 쥐고 흔듭니다.

보신탕.

먹을 것이 많아지고, 'K-Food'라며 세계 미식가들에게 음식을 자랑하는 한국에서는 아직도 우리를 식용하는 사람이 많답니다. 다른 고기는 되면서 왜 개는 안되는가, 식주권을 보장하라는 육견협회와, 가족과 같은 존재인 개를 잡아먹는 것은 미개 사회에서나 가능하다는 동물자유연대 주장이 팽팽하게 대립하고 있습니다. 우리가 가축이냐 아니냐의 문제도 답을 못 내리고 있답니다.

우리로서는 여름나기가 털 조끼 입은 채 바늘구멍 통과하기보다 어렵습니다. 집을 뛰쳐나온 뒤, 거죽밖에 남지 않은 나도 아스팔트가 차츰 뜨끈해지자 저절로 꼬리를 내리게 됩니다. 이리저리 눈치 살피며 사람들과 마주치지 않으려고 어두운 골목만 찾아듭니다.

최근, 나처럼 집을 나와 다리 밑에서 동거 동숙하던 친구들이 눈 깜짝할 새 사라지는 모습도 자주 봤습니다. 뜬장에서 살다가 개장수에게 끌려가며 울부짖는 친구들도 있습니다.

여름 위기를 모면하기 위해 나는 여기저기 물색하다가 안전한 곳을 찾았습니다. 춘천 명동이었습니다. 특히 카페 골목, 명동에서 가장 많은 카페와 음식점이 모인 그곳은, 오전에는 찬물을 끼얹은 듯 조용해서 아침잠 많은 내게는 최적의 요람이었습니다. 밤에는 많은 사람이 오가지만 개에게는 관심도 두지 않습니다. 내겐 더할 나위 없는 산책로였습니다. 게다가 새벽이면 과일이며, 닭갈비 같은 음식이 거리에 쏟아져 나왔습니다.

며칠 전, 나는 행운을 잡게 되었습니다. 명동에서 가장 깨끗하고, 좋은 음식이 많이 나오는 '섬' 카페에 들어가서 살게 된 것이었습니다. 내게는 고급 맨션아파트에 입주하게 된 셈이었지요.

입주는, 여름날 우리의 죽음 냄새가 입에서 풍기는 한국 사람 도움이 아니었습니다. 보름 전, 카페 '섬'을 드나들던 외국인이 가져다준 행운이었습니다.

그날도 나는 저녁 산책을 나와 쓰레기통을 뒤지던 중이었습니다. 닭갈비 조각에 몰두해 있는데, 느닷없이 나의 목덜미를 잡아 올리는 억센 힘을 느꼈습니다. 너무도 완강한 힘이어서 나는 어쩔 도리 없이 이제 발가벗기겠구나, 하는 체념과 함께, 떠나온 집을 떠올렸습니다. 주인집 아주머니와 아들 녀석이 그리웠습니다.

덥석 잡힌 고개를 간신히 돌려 누구인가 쳐다보니, 그는 한국 사람이 아니었습니다. 금발 머리에 파란 눈, 분홍빛 얼굴에 커다란 코가 붙어 있는 백인이었습니다. 나를 잡은 그의 손은 온통 털로 덮여 있어, 나는 그가 정말 사람인가, 의심스러웠습니다.

– 코리아 싸람들이, 이 도그 잡아서 매운탕하면 불쌍해요. 바크바크.

그가 내 뒷덜미를 놓아준 곳은 '섬'의 여자 주인 품이었습니다. 그는 주인에게 나를 넘겨주며 잘 보살펴 달라고 당부했습니다. 한국말과 영어를 어눌하게 섞는 그들의 대화를 들어보니, 그는 교환교수였습니다. 춘천 캠프페이지 문화원장이기도 하고요. 턱 밑에 점이 있는 주인 여자는 그를 한창 좋아하는 눈치였습니다. 그녀가 털북숭이를 대하는 태도는 여느 손님과는 달랐습니다. 심신을 평안케 해 주는 보호자와 마주하면 누워서 애교 부리는 우리처럼 말입니다. 그녀는 털북숭이에게 갖은 성성을 다해 충절을 표합니다.

털북숭이는 내가 궁금해서인지, 아니면 그녀와의 사랑이 더 뜨거워졌는지, 하루에도 몇 번씩 '섬'을 찾았습니다. 덕분에 나는 매일 고급 샴푸로 목욕하고, 그녀의 향수 내음을 지닌 채 훈제족발을 뜯었습니다. 더워지는 날씨 때문에 불안에 떨고 있을 동족을 생각하면 미안했습니다.

'섬' 주인은 털북숭이와 미래를 약속한 모양입니다. 그녀는 근래 들어 가게는 비워두고 그와 함께 자주 외출했습니다. 나갔다 오면, 여기저기 전화를 걸어 비자가 곧 나올 것이다, 뉴욕에 간다. 뉴욕 가면 한국에 돌아오지 못할 것 같다, 할리우드 진출이 목표다….

그녀는 금방이라도 미국으로 날아갈 사람처럼 들떠 있습니다. 며칠 전부터 가게 안에는 일상 영어와 스크린 영어 회화 소리만 반복됐습니다.

우리나라의 여성들은 모두 그런가요? 그녀가 털북숭이에

게 꼬리 흔드는 모습은 나보다 더해서 민망할 정도인데, 그녀의 어머니도 그에 못지않았습니다. 어머니는 가끔 털북숭이가 좋아하는 음식을 손수 만들어 '섬'으로 가져오기도 했습니다. 그는 테이블 하나를 차지하고 앉아, 펄펄 살아 있는 산낙지와 소고기 육회를 게걸스럽게 먹어 치웁니다. 그가 같은 동물인 나도 먹거리로 볼 수 있지 않은지 의심스러웠습니다. 어쨌든 나도 개들의 천국인 뉴욕에 갈 수 있을지 모르니까, 그를 헐뜯지 말아야죠.

오늘은 털북숭이가 '섬' 주인과 내게 영화를 보여주겠다며 초대한 날입니다. 카페 주인은 한껏 화려하게 차려입고, 내게도 조끼와 리본까지 입혀, 그가 근무하는 캠프페이지문화원을 찾아갔습니다.

털북숭이는 감독판 영화를 보여주겠다며 문화원 영사실에 우리를 앉히고 영화를 돌렸습니다. 수천만 달러 출연료를 받는 여배우가 헌책방 사장과 사랑에 빠져 결혼에 골인한다는 로맨스 코미디입니다.

─나도 저 영화처럼 뉴욕 가면 헌책방에 들를 테야.

─저긴 영국 노팅힐이야.

털북숭이와 그녀밖에 없는 영사실에서 그녀는 영화를 보며 계속 주절거렸고, 그는 그녀의 손을 쉬지 않고 조몰락거렸습니다.

영화가 끝나자 털북숭이는 자기 집무실로 우리를 안내하곤 손수 커피를 끓여내었습니다. 그들은 커피를 마시는 둥 마는 둥, 방금 본 영화처럼 갑자기 얼싸안고 입을 맞췄습니다.

하지만, 낯 뜨거운 장면은 누군가의 노크 때문에 금방 커트 당해야 했습니다.

털북숭이가 황급히 매무새를 가다듬고 들어오라고 하자, 백인 여자가 문을 열고 들어서며 환호를 질렀습니다. 털북숭이도 활짝 미소를 지었습니다. 하지만 달려드는 백인 여자만큼은 자연스럽지 않은 환대였습니다.

─허니, 아이 미스드 유 소 머치. 알러뷰. 달링.

─….

털북숭이는 카페 주인 쪽을 흘끔거리고 안절부절 못해 했습니다. 알고 보니 그녀는 털북숭이의 부인이었습니다. 게다가 그녀는 미국의 유명한 행위예술가였습니다. 나도 언젠가 텔레비전에서 그녀의 퍼포먼스를 본 적이 있습니다. 내가 그녀를 기억하는 것은 그녀가 유기견 보호 활동하면서, 유기견

안락사로 시끄러웠기 때문입니다.

그녀는 온몸에 물감을 칠해 개처럼 기어 다니며 그림을 그리는 해프닝으로 유명합니다. 유기견을 보호하자는 퍼포먼스입니다. 하지만 사람들은 그녀가 유기견으로 지원금을 받고 안락사시켜 버린 이중인격자라고 비난하기도 합니다. 보신탕을 몰래 즐긴다는 소문도 있고요. 아무튼, 그녀의 출현으로 문화원은 얼어붙었습니다.

─뭐라고? 총각? 마누라가 있으면서…. 어쩐지 뭔가 숨기는 듯싶더라니!

'섬' 카페 주인은 행위예술가를 얼싸안은 털북숭이를 쏘아보곤 문밖으로 뛰쳐나갔습니다. 나도 그가 이상하다 싶었습니다. 그에게서는 한국에서는 맡아볼 수 없는 특별한 향수, 여인의 향수 냄새가 났습니다. 지금 행위예술가에게서 나는 그 냄새입니다.

나도 섬 카페 주인을 따라 뛰어나갔습니다. 그러나 그녀는 어느새 사라지고 없었습니다. 뉴요커의 꿈도 사라지고, 그녀가 다시 섬으로 돌아가 버려 나는 거리로 떠돌 수밖에 없는 신세가 되고 말았습니다. 뉴욕 문화원을 들어설 때 저절로 살랑거려지던 내 꼬리가 다시 무거웠습니다.

내 생활은 무계획적이었지만, 내 곡은 계획적으로 서정적이야.

몇몇 곡은 황홀하게 아름답다는 평도 받았네.

나는 속으로 웃었네.

아름다움이란 진실하고 선함을 전하는 것일 뿐. 황홀하진 않아.

아름다움 앞에서는 오히려 무덤덤해진다네.

4장

꿈속에서 거울 보기

진실의 행방

아들, 오늘은 실재와 허구 사이를 오락가락하는 지인 이야기를 전해 줄게. 우리 아파트 관리소 전기 기사. 올해 서른다섯, 그 친구 참 성실해. 관리소 직원들이 모두 그의 근면함을 인정하지.

아파트 주민들도 그를 늘 칭송해. 전기뿐 아니라 아이들 수학 공부도 도와준대. 수능 미적분 문제는 전기회로 식 풀기가 제일 쉽고 정확하다나. 그가 공과대학원 박사과정에 있다는 소문은 실제인지 모르겠어.

그가 나를 잘 따라. 나도 그를 적극적으로 응원하지. 아주 견실한 사람이야. 하지만 술을 마시면 주사가 좀 있더라고. 말이 많아지고 자기중심적으로 돼. 자의식이 강한 사람인 줄 알고 있었지만, 좀 심해. 게다가 어떤 이야기는 꾸미는 것 같기도 해. 피해의식이 커 보여.

아무튼, 그가 최근에 후문 초소에 와서 내게 전해 준 이야기를 그대로 전할게. 전기 기사가 하는 말은 〈새와 길〉 시인의 창작론처럼 들려왔어. 사실 그대로를 진실하게, 의미부여하지 않으려 애쓰는 그의 어조가 아직도 귀를 서늘하게 해.

말을 잘 들어주고 추임새를 넣으려면 나도 한잔 걸쳐야 하는데…, 그가 사 주는 안주가 제법 맛있어. 그는 여기저기 맛집을 잘 알고 있더라.

경비 아저씨, 저는 아저씨를 좋아합니다. 존경하고요. 저는 아저씨한테 뭐든 털어놓고 싶습니다.

전기 기사, 그날은 좀 빨리 취하는 것 같았어.

아저씨 혹시 401호 친구 아십니까? 커다란 덩치에 얼굴 까무잡잡하고 뱁새눈을 한…. 그 친구와 저는 중학교 동창입니다. 거짓말 잘하고 허세 크던 정광호.

저는 401호 친구가 우리 아파트 주민인 줄도 몰랐습니다.

관리소에 들어와 전동드릴 빌려 달라는 그의 모습은 중학교 때와 똑같았습니다. 이마 찡그리며 짝다리 짚고 선 광호는 옛 모습 그대로였죠.

나도 알아. 401호 청년은 한 달에 한두 번 집에 올까 말까 하지. 주민회의 결정 사항 동의받으러 가면 401호는 항상 없어. 소독은 전혀 못 하고 있고.

광호에게 전동드릴을 건네고 돌아서려는데, 저녁에 한잔 마시자고 하더군요. 그는 이미 저를 알고 있었던 것이었습니다. 저는 왠지 께름칙했습니다. 너무 오랜만이기도 했지만, 학창 시절, 그다지 좋지 않은 기억 때문이기도 했습니다.

아이들은 광호의 거짓말 때문에 광호하고는 잘 어울리려 하지 않았습니다. 그래도 저는 그 친구가 어쩐지 마음에 들었습니다. 뭔가 통하는 점도 많았고요. 물론 제 가방을 잘 들어주고, 제 말을 잘 따라서였을 것입니다. 아니, 광호가 점점 외톨이가 돼 가는 모습이 안타까웠을지도 몰랐습니다.

그는 매일, 수업 마치면 제 가방을 들고 우리 집까지 와서 저와 같이 밥을 먹었습니다. 할머니께서는 광호가 밥을 많이 축낸다고 투덜거리셨지만, 어머니께서는 그를 좋아하셨습니다. 어른만 한 덩치인 그가, 선병질인 저를 잘 보호해 주리라 여기셨던 모양이지요.

어릴 때는 전기 기사가 401호보다 잘 살았던 모양이야.

광호와 간식까지 함께 먹고 숙제를 끝내고 나면, 저는 그를 끌고 동네 골목골목을 뛰어다녔습니다. 구멍가게를 털기 위해서였습니다. 우리는 그 좀도둑질을, '뿌리 까자!'라는 은 어로 부르고 한동안 날마다 그 짓을 계속했습니다. 물론 저는 순전히 재미 때문이었지만, 그 친구는 재미 이상인 듯싶었습니다.

그 친구는 골목을 나서는 순간부터 입술을 단단히 오므리고 눈살에 힘을 줍니다. 구멍가게가 눈에 띄면 우리는 불쑥 들어가 아무 말 없이 서로 눈을 끔뻑하고 일을 시작합니다.

제가, 주인이 보는 앞에서, 라면 과자나 눈깔사탕 따위를 고르고 있으면, 그는, 반대편에서 아무거나 손에 닿는 물건을 집어 순식간에 주머니에 쑤셔 넣습니다. 그리고는 제가, 찾는 과자가 없네, 하고 툴툴대고 나오면, 그도 따라 슬그머니 가게를 나서지요.

그와 저는 너무 긴장해서 가게 모퉁이를 돌자마자 바지를 내리고 골목이 질펀해지도록 오랫동안 오줌을 누었습니다. 우리는 전쟁을 한바탕 치른 것이었습니다. 그의 주머니에서 쏟아져 나오는 껌이며, 사탕 등은 전리품이었고 말입니다.

중학교 이학년 즈음, 대부분 아이들이 사춘기가 되잖아. '그분'이 오시면 아이들은 기성 질서가 도대체 싫고, 과대망상에 걸리는 모양이야. 아이들 입에서 나오는 모든 말은 거칠고, 헛말에다가 빈말뿐이고.

광호는 뿌리 만큼이나 거짓말에도 어찌나 진지한지, 저는 어지러울 정도였습니다. 가끔 지각해서 선생님께서 부르시면 신문 배달도 하지 않으면서 배달이 늦게 끝났다고 둘러대고, 청소 당번하기 싫어 아프지도 않은 어머니 병문안하러 간다며 조퇴하고…. 하지만 저를 정말 놀라게 한 것은 자기 아버지에 대한 거짓말이었습니다.

그가 어디서 살고 있는지 궁금하여 몰래 뒤를 밟은 적이 있었습니다. 광호는 학교에서 한 시간 정도를 걸어 올라가야

하는 달동네에 살고 있더군요. 조금 힘주어 밀면 폭삭 주저
앉을 것 같은 판잣집이었습니다. 그가 들어가자 누군가 그를
야단치는 고함이 들려왔습니다. "잘못했어요, 아버지." 하면
서 그가 울먹이더군요. 네 살 때 돌아가셨다던 아버지가 멀
쩡히 살아 계셨던 것입니다.

졸업을 한 달 앞두고였습니다. 광호가 느닷없이 전학을 가
버렸습니다. 전학을 가게 되었다지만, 우리는 모두 그가 전
학이 아니라 자퇴라고 알고 있었습니다. 전학이건, 자퇴건,
저는 광호를 다시 볼 수 없게 된다는 사실이 무척 아쉬웠습
니다. 그래서 그를 우리 집으로 데려가 간식을 듬뿍 먹이고,
그와 함께 마지막으로 구멍가게에서 좀도둑질했습니다.

광호와 슈퍼마켓에서 뽀리질을 하고 집으로 돌아와 보니
아버지께서 장식장 앞에서 발을 동동 구르고 계셨습니다. 장
식장 안에 놓여 있던 불상이 없어진 것이었습니다. 증조할아
버지께서 구한말에 고승한테서 선물로 받았다던 청동 미륵상
이었습니다. 손바닥만 했지만, 아버지께서는 우리 집 보물이
라고 얼마나 소중히 여기셨는지 모릅니다. 하지만 저는 정광
호가 가져갔으리란 생각은 손톱만큼도 하지 않았습니다….

막힘 없던 전기 기사의 말이 갑자기 끊어졌어. 그는 한참을 침묵해. 단어를 고르는가, 문장이 꼬였나…. 기사의 침묵이 길어졌어. 눈빛은 빛나더군. 내가 그를 빤히 바라보자 그가 술 한잔 마시고 톤을 바꿔서 말을 이어가.

퇴근하고 약속 장소로 가니 그가 손을 번쩍 들더군요. 큰 덩치, 뱁새눈, 거무스레한 얼굴, 20년이 흘렀어도 겉모습은 변함없습니다. 하지만, 어조는 달라져 있었습니다. 뭐랄까, 단어에 전문성은 없어도 정확하고 빠른 어투가 빨려들게 하는 힘을 가졌습니다. 어느 주제든 거침없는 달변이었습니다.

사업해서 돈을 많이 벌어들이는 눈치였습니다. 집도 여러 채라고 합니다. 우리 아파트 401호는 세컨드하우스라고, 잠시 쉴 때 들르는 곳이랍니다. 관리소 직원인 저는 은근히 주눅이 들어, 그가 왠지 빚쟁이처럼 거북하더군요.

그날, 그와 함께 주행(酒行)한 곳은 후평동에서부터 가평, 남양주, 서울 강남까지, 무려 여섯 군데의 고급 술집들이었습니다. 기사가 딸린 포르쉐를 몰면서 말입니다. 저의 석 달치 월급과 맞먹는 술값은, 물론 그의 지갑에서 나왔지요. 그 친구, 강남에서 마시고 계산할 때 지갑을 떨어뜨렸는데, 그

지갑을 보니 술기운이 싹 가셨습니다. 지갑이 바닥에 떨어지면서 뱉어놓은 오만원권이 수십 장이었습니다. 그중에는 백만 원짜리 수표도 간간이 섞여 있었습니다.

그건 놀랄 일도 아니었습니다. 그가 마지막으로 저를 데려간, 본가라고 안내한 곳은 저를 완전히 납작하게 만들어놓았습니다. 평창동이었는데, 그곳은 집이 아니라 궁궐이었습니다.

그런데, 그는 저를 잘못 데려온 것이었습니다. 그 친구, 제게 과시하듯 거실 한쪽 벽을 차지한 장식장을 보여주었습니다. 장식장 안에는 고려청자며, 조선백자, 그리고 마야문명 때의 유물까지 잔뜩 진열돼 있었습니다.

그 번쩍거리는 골동품 한 귀퉁이에 청동 미륵상도 끼어 있지 뭡니까? 아버지께서 지금까지도 애타게 찾는 우리 집 보물이 틀림없었지요. 그 청동 불상, 우리 집에서 훔쳐낸 물건이라는 걸 그는 기억 못 하는 듯싶었습니다.

청동 미륵상이 보이자 저는 그의 멱살을 쥐고 두드려 패고 싶었습니다. 하지만 꾹 참았지요. 대신, 저는 그의 돈을 훔치기로 마음먹었습니다. 사람들 대개 그렇지만 저도 술 먹으면 과장하고 거짓말하는 버릇이 있습니다. 그런데, 저는 술을 많이 마시면 남의 물건을 슬쩍, 하는 도벽도 있단 말입니다. 노래방에 설치된 마이크를 뽑기도 하고, 컴퓨터 그래픽카드를 빼내온 적도 있습니다. 취기가 머리끝으로 올라오면 과감해지면서도 예민해지는…, 기이한 느낌과 함께 도벽이 발동하지요.

저는 그가 벗어 아무렇게나 던져놓은 양복저고리에서 지갑을 몰래 빼냈습니다. 그리고는 그에게 집으로 가야겠다고 말하고 서둘러 궁궐에서 나왔습니다. 할 이야기가 있다며 그가 한사코 만류했지만, 저는 다음에 다시 오겠다고, 허둥거리며 골목을 빠져나왔습니다. 지갑을 열어보니 천만 원 정도 됐습니다.

집에 돌아와 곯아떨어져 있는데 지구대에서 연락이 왔습니다.

─혹시 정광호라는 사람을 아십니까?

저는 일이 잘못된 것 같아 얼결에 모른다고 했지만, 잠시 머뭇거리다가 아는 사람 같다고, 기억이 가물가물한 중학교 동창이라고 말했습니다.

－지구대로 와 주셔야겠습니다. 오늘 그 집에 같이 있지 않았나요?

저는 깜짝 놀라 무슨 일 때문이냐고 어물거렸습니다.

－그 집에 도둑이 들었습니다. 정광호 씨가 지금 출두해 있으니 어서 와 주십시오.

저는 훔친 지갑을 비닐봉지에 넣어 된장독 안에 박아 넣고 지구대로 갔습니다.

지구대에 들어서자 그가 수갑 찬 손을 들고 제게 달려들었습니다.

－저 형사님들께 말해 줘. 그 집 물건, 아무것도 건드리지 않고 너하고 얌전히 있다가 나왔다고 말이야.

그가 제 손을 잡고 아이처럼 눈물을 뚝뚝 떨구면서 울먹이더군요. 저는 훔친 지갑 때문이 아니라는 것을 알고, 졸였던 마음을 풀며 사실대로 얘기했습니다.

－맞습니다. 저 친구와 같이 있었습니다. 하지만 저는 일찍 집으로 돌아갔습니다. …그런데, 도둑이 들었다면서 저 사람 손은 왜 묶어놓습니까?

저는 광호와 형사를 번갈아 바라보았습니다. 광호가 울상으로 저를 올려다보며 털어놓더군요.

—그 집은 내 집이 아니야. 우리 회사, 회장님댁이야. 내가 너를 우리 회사에 입사시키려고 허세 좀 부렸어. …네가 집을 나갈 때 분명히 나도 나왔잖아.

—회사? 애먼 사람 끌어들여 되먹잖은 제품을 강매하는 그따위 피라미드 조직이 무슨 회사야? 네가 훔치는 걸 봤다는 목격자가 있어.

형사는 광호를 완전히 골동품 도둑으로 취급했습니다. 새벽에 몰래 들어와 골동품을 가방에 넣고 달아나는 정광호를, 회장 비서실장이 똑똑히 보았다는 것입니다. 비서실장이라는 사람은 광호와 제가 술 마실 때 포르쉐 안에서 기다렸던 운전사였습니다.

그 운전사는 우리를 평창동에 내려놓고 나갔었는데…, 퇴근하던 모양이었는데…, 같은 패거리였나 봅니다.

저는 그날 밤부터 다음 날 새벽까지 같은 사실을 수차례 반복해서 이야기하고, 진술서를 쓴 다음 지구대를 나왔습니다. 하지만 광호는 경찰서로 넘어간 듯싶었습니다.

전기 기사의 말이 갑자기 차분해졌어. 완전히 다른 사람이 돼서 말이야. 다른 사람처럼 말이야.

도벽과 거짓말은 정말 한번 시작하면 끝을 보기 어려운가 봅니다. 그 돈은 어떻게 됐냐고요? 청동 미륵상을 다시 사들이는 일에 모두 썼습니다. 알고 보니 비서실장, 그 녀석이 골동품을 훔친 거였더군요. 골동품은 실제로 광호 것이 많았답니다. 녀석도 정광호에게 속아 조직에 들어와서 가산을 날렸다나요? 보복 때문이라지만 그 말을 누가 믿습니까?

하지만 저는 비서실장을 어찌할 수 없었습니다. 그는 광호 지갑을 슬쩍, 하는 저를 숨어서 지켜보고 있었다지 뭡니까. 청동 미륵상은 어떻게 됐냐고요? 경비 아저씨한테만 진실을 말합니다. 제가 갖고 있습니다.

아들, 술 탓인지, 내게 미소 짓는 전기 기사하고 401호 정광호가 겹쳐 보이더라. 누가 누군지 잘 모르겠어.

당신 삶의 칸타빌레

그렇습니다. 아버지, 진실을 향하는 길은 현실 직시일 것입니다. 하지만 환상으로 두터워진 현실에서 진실은 멀기만 합니다. 사람들은 더 편하고 더 재미있으려 속고 속입니다. 그러면서 자연의 에너지를 낭비합니다.

오늘날, 예술의 표현으로 간신히 동원되는 진실은 어둡고 무겁기만 합니다. 모든 것들의 연관 속에서 비어져 나오는 새로움도 낯익은 것이 좋습니다. 편하게 부드러운, 거짓을 진실로 품어내는 아름다운 힘, 그것이 좋은 예술이 아닐까 합니다.

아버지, 토토 이야기 또 보냅니다.

나는 한 마리의 황구에 지나지 않지만, 인간들만큼이나 정서에 민감하고, 다양한 감정의 표현을 누구보다 갈구합니다. 내면의 강렬한 느낌을 주체못해 어떻게든 밖으로 표출해내는 뭇 예술가들을 존경합니다. 그들의 새로운 모습의 자연을 나는 사랑합니다.

유행에 몰려다니지 않고 자기 세계를 뚜렷이 지켜나가는 예술가들을 더욱 경외합니다. 그 고집이 개성 아니겠습니까? 개성 때문에 배고픈 무명 예술가들, 그들의 용기야말로 우주 자체가 아닌가요?

그런데, 이 바닥의 예술가들은 언제부턴가, 대중이니 본격이니, 엘리트니 민중이니 서로들 우선이라고 이를 갈아대더군요. 이빨 빠진 지금까지도 우물우물 쪼그라든 입으로 고함을 내지르고요. 한쪽은 예술이 인간을 조망하는 위치에 서야 한다고 우기고, 한쪽은 삶의 도구로 삼아야 한다고 목소리 높입니다.

예술도 사람의 정서를 풍요롭게 하려는, 사랑의 전문적인 일 아닌가요. 예술의 길을 몇 가지로 닦아세우면 가지각색 감정들은 모두 어디로 나아가야 하나요.

나는 새로운 길을 내려는 모험과 용기를 가진 예술가를 지난겨울에 만났습니다. 그는 자신을 '당신 삶의 칸타빌레'라고 칭하는 거리의 악사였습니다.

강원도청 앞 광장에서 그는 기타 하나 달랑 메고, 지치고 메말라 있는 현대인의 마음을 적셔 주고 있었습니다. 도청 광장에서는 주로 도민들의 시위나 고함이 있어 왔는데, 그는 궐기하러 나온 게 아니었습니다. 칸타빌레는 용기를 가진 예술가였습니다. 그의 용기는 거리에서 집회를 독려하는 기백이 아니었고, '심장병 어린이 돕기' 함을 앞에 두고 노랫값을 받겠다는 용기가 아니었습니다. 노래에 새로운 내용과 선율을 담으려는 용기였습니다.

나직나직 읊어대는 그의 가사는 남녀의 이별 타령이 아니었습니다. 아침에 늦잠 자서 지각한 일, 자동판매기가 돈을 떼먹어 기분 상한 일, 지하철에서 군대 동기를 만났지만 모른 척한 일 등, 사람들이 살아가면서 겪는 평범한 이야기들이었습니다. 리듬도 한창 유행하는 미국의 랩음악이나, 왜색 짙은 트로트가 아니었습니다. 그렇다고 판소리나 민요처럼 전통 박자는 아니고…. 뭐랄까, 이탈리아 가곡과 우리의 산조 가락을 절묘하게 비벼낸 것이었습니다.

저는 음악을 좋아하던 주인아주머니 덕에 어릴 때부터 세상의 모든 음악을 들으면서 자랐습니다. 예민한 코만큼 귀도 민감합니다. 인간들의 절대음감하고 우리 개들의 소리 감각은 차원이 다릅니다. 우리는 십 리 밖 사람들 속에서 주인의 발걸음 소리도 분별합니다.

아무튼, '당신 삶의 칸타빌레'의 음악은, 리듬도 이탈리아의 대중들이 즐기는 칸초네의 밝은 박자에 우리의 장단을 교묘히 얹힌 새로운 것이어서 익숙하고 편안했습니다. 그에게는 순수니 대중이니, 본격이니 통속이니 따위는 필요 없는 듯했습니다.

가사 자체가 현대를 살아가는 사람들의 자성을 일깨워 주는 민중시였고, 선율은 듣는 이의 가슴을 잔잔히 울리는 고전파음악이었습니다. 나는 우연히 발견한 보물을 오래도록 감상하고 싶어, 피폐해진 마음을 위로해 주는 그의 노래를 듣고 또 들었습니다.

그런데, 사람들은 그의 노래를 외면했습니다. 그의 노래가 랩음악이나, 트로트가 아니어서일까요. 아니면 '심장병 어린이 돕기' 함이 부담을 주기 때문일까요.

그의 연주 장비가 초라해서일지도 몰랐습니다. 그는 흔하디흔한 마이크도 없었고, 앰프도 없었습니다. 기타도 울림통이 여기저기 깨져 구멍이 뚫어졌고, 기타 줄도 녹이 잔뜩 올라 금방이라도 끊어질 것만 같았습니다. 그의 빛나는 노래에 비해 장비가 너무도 초라했습니다. 내가 얼마간 그의 노래를 받쳐 줄 수 있다면 좋겠다 싶어 나는 그를 돕기로 마음먹었습니다.

그의 노래를 듣기 시작한 지 사흘째입니다. 나는 목청껏 노래 부르는 그 앞으로 달려나가 노래에 맞춰 춤을 추기 시작했습니다. 춤이라야 앞다리를 세우고 깡충깡충 뛰는 것이었지만, 나는 장단에 따라 몸을 열심히 비틀었습니다.

─야, 저 똥개 봐라. 춤을 추나 봐.

─박자가 딱딱 맞아.

─엉덩이까지 아주 요염하게 흔들어대는군.

지나치던 사람들이 하나둘 몰려들기 시작합니다. 나는 좀 더 기운을 내서 노래까지 불렀습니다. 물론 인간의 언어로 부르는 것은 아니었고 멜로디에 따라 "까앙 ─, 까앙 ─." 하고 코러스를 넣는 정도였습니다.

사람들은 내가 노래도 잘 부른다고, 칸타빌레와 화음이 잘 맞는다고 즐거워했습니다. 어떤 사람은 내가 노래방에서 노래를 부른다면 80점 이상은 나올 거라고 우기기도 했습니다.

칸타빌레도 물론 나를 좋아했습니다. 내 목을 쓸어주고 코에 입을 맞췄습니다. 관심을 보이지 않던 사람들이 몰려들고, '심장병 어린이 돕기' 함에 돈이 쌓이기 시작했습니다.

칸타빌레와 나는 한 달 동안 활동해서 모은 돈을 대학병원에 기증했습니다. 심장병 어린이를 고쳐 달라고 말입니다. 그러자 그가 베푼 선행이 신문과 잡지에 실리게 되었습니다. 그는 일약 유명 인사가 되어 텔레비전 토크쇼에도 출연했습니다.

하지만 그도 다른 인간들처럼 자신의 재능을 확인하자, 더 많은 사람으로부터 인정받고 싶은 욕심이 발동한 모양입니다. 심장병 음반도 내고, 노래 부르는 장소를 거리에서 밤무대로 옮겼습니다. 그의 노래는 이곳저곳 스피커에서 울려 나왔고, 노래방의 선곡 목록에도 올랐습니다.

그는 인기 절정일 때 상품 광고와 영화에까지 출연하게 되었습니다. 나도 물론 그의 마스코트라며 몇 차례 방송국에 들락거렸지만, 그쪽은 시끄럽고 번잡스러워 나는 슬그머니 꽁무니를 뺐습니다. 혼자 유랑하는 생활이 더욱 어울릴 것 같았습니다. 열심히 여기저기 뛰어다니는 그에게 방해가 될 듯싶었고요.

나는 그를 떠났습니다. 그는 더는 거리의 악사가 아니었습니다. 심장병 어린이 돕기도 내세우지 않았습니다. 그에게는 그럴만한 여유가 없습니다. 매주 자신의 노래를 등수에 올리기 위해 투자를 많이 해야 했고, 콘서트에 뛰어다니랴, 매스컴에 얼굴 내밀랴, 시간이 없었기 때문입니다. 심장병 돕는 일은 아예 잊은 모양이더라고요.

하지만 내가 그를 떠난 가장 큰 이유는 그의 노래 때문이었습니다. 그는 자기 음악이 새로운 창법과 기발한 춤으로 유행을 일으키는 MZ 세대들에게 밀리는 듯싶어지자, 더 이상 우리의 작은 일상을 노래하지 않았습니다. 시류에 따른 사랑과 이별만 노래했습니다.

그는 배가 부르고 뚱뚱해져 목소리는 흔들리고 갈라져 버렸습니다. 그토록 낭랑하던 목청은 쇳소리를 간신히 쥐어짜는 탁성으로 바뀌었습니다.

그런데, 문제는 불안정한 음정이나 지저분한 음색이 아니었습니다. 그는 남의 노래를 베끼기 시작했습니다. 그의 표절 시비는 한 네티즌으로부터 시작됐습니다. 네티즌은 프랑스 샹송과 그의 신곡을 대비해서 인터넷에 올렸습니다.

똑같았습니다. 그는 악절 서너 마디가 아니라 아예 전곡을 복사했던 것입니다. 가사도 번역해 보니 뉘앙스가 비슷했습니다.

새로운 앨범에서 여섯 곡이 표절이었습니다. 그는 사람들로부터 비난받았습니다. 그는 한마디 변명도 못 하고 다시는 활동을 못 하게 됐습니다.

나는 이미 예감했습니다. 언제부턴가 그의 노래가 어디서 많이 들어본 것 같았습니다. 내 귀는 속이지 못합니다. 그의 곡은 이미 창작이 아니었습니다. 남의 것을 훔쳐 쉽게 살아가려 했지만, 괴롭고 어려운 시간을 보내게 된 것이죠.

몇 달 뒤, 나는 그가 노래 부르던 도청 앞으로 걸어갔습니다. 한 청년이 기다란 머리칼을 휘날리며 그의 자리에서 노래 부르고 있습니다. 그 청년은 칸타빌레가 불렀던 〈느린 삶〉을 흉내 냈지만, 사람들은 눈길 한 번 보내지 않았습니다.

새 아침 교습소

아들, 그럴 거야. 편해지려고 자기를 속이는 거지. 쉬운 길 택하기까지 망설였겠지만, 진정한 예술가는 일부러 어려운 길 가려는 사람이야. 그 행로가 그에게는 늘 모험이고 위험이겠지만, 그 시간은 지루하진 않을 거야.

낯설어도 익숙한, 새롭지만 어딘지 모르게 구닥다리 같은 것이어야 좋은 예술이라는 생각이야. 예술은 또 다른 자연이니까. 자연스러워야 한다는 거지. 이렇게 설명한다는 것도 모순이야. 말하고 나면 새어나가는, 말 이전의 느낌이 소중해. 자연은 말없이 그냥 있으니까.

아들, 양희 이야기 또 해 줄게. 양희가 백일장하고 사생대회 다녀온 이야기. 108호 양희네 베란다 앞 감나무가 전해 준 이야기.

　봄입니다. 따뜻한 땅에서 삐져나온 아지랑이가 차가운 하늘을 끙끙 밀어 올리는 봄입니다. 골목을 휘몰던 모래바람은 멀, 멀, 멀어져갔고, 담장에는 노란 색종이를 잘게 뿌려놓은 것처럼 개나리가 활짝 피어 있습니다.

　사생대회를 막 시작하려는 경복궁 안에도 봄기운으로 가득했습니다. 양희는 일요일인데도 맘껏 놀지 못하고, 아침 일찍부터 서둘러 사생대회에 참가했습니다. 같은 학교에 다니는 슬기도 엄마와 함께 참가했습니다.

　경복궁은 전국에서 모여든 어린이들로 왁자했습니다. 신문사에서 매년 주최하는 이 대회는 갈수록 사람들 관심이 높아져, 올해는 더욱 많은 어린이가 참여했습니다. 양희는 엄마 손에 끌려 1학년 때부터 5학년인 지금까지 이 대회에서 글을 쓰고 그림도 그렸지만, 매번 참가상만 타다가 지난해 가작을 받았습니다. 101호 슬기는 작년에 처음 참여했는데 우수상을 탔습니다.

　오늘 대회도 여느 해처럼 오전에는 글쓰기였고, 오후에는 그리기였습니다. 양희는 글쓰기와 그리기, 모두 출품해야 합니다. 글만 쓰고 빨리 집으로 돌아가 게임을 하고 싶은데, 엄마가 미리 신청해 놓아 어쩔 수가 없습니다.

'봄바람, 장래 희망'이라는 제목이 경회루에 내걸리면서 글쓰기 대회가 시작됐습니다. 줄글을 써도 되고, 동시를 써도 상관없습니다. 양희는 동시를 쓰겠다고 마음먹었습니다. 동시는 간단하고 몇 번 써보았기 때문입니다.

게다가 양희는 장래 희망을 선생님으로 이미 정해놓아서 쓰기 어렵지 않았습니다. 양희는 앞으로 커서 선생님이 되면, 공부 시간은 적게, 노는 시간은 많이, 학교 가는 날은 짧게, 방학은 길게, 한 달에 한 번씩 소풍 가고, 일주일에 하루는 자유시간을 갖게 할 생각입니다.

그렇게 가르치는 선생님이 계십니다. 양희네 아파트 지하상가에 있는 '새 아침 미술교습소' 선생님이 바로 그런 분입니다. 양희는 한 달 전부터 새 아침 교습소에 다니기 시작했는데, 한 번도 빠진 적이 없습니다. 미술 교습이 끝나면 곧장 컴퓨터 학원으로 가야 했지만, 새 아침 교습소 선생님 때문에 컴퓨터 학원을 빠트리기까지 했습니다.

선생님이 너무 좋았습니다. 화가이며 시인인 그 선생님은 얼굴이 온통 수염투성이여서 별명이 '털보 선생님'입니다. 털보 선생님은 양희와 아이들에게 그림 공부보다 노래를 많이 부르게 했고, 글쓰기보다 영화를 자주 보여주었습니다.

털보 선생님은 우리 마음을 잘 알았습니다. 태어날 때부터 말을 하지 못하는 아이가 있는데, 그 아이가 웅얼거리는 소리를 듣고도 잘 알아차리십니다.

그 아이가 "ㅇㅇㅇㅇㅇ' 하고 응응대면, "오호 간식 달라고?" 하시며 과자를 주십니다.

─ ㅇㅇㅇ, ㅇㅇㅇ ㅇㅇㅇㅇ

아이가 이렇게 중얼대도 금방 알아들으십니다.

─ 더워요, 에어컨 켜주세요.

라고 털보 선생님이 대신 말해 줍니다. 아이는 고개를 끄덕이고 활짝 웃습니다. 우리도 신기해서 웃습니다.

─ ㅇㅇㅇ, ㅇㅇㅇㅇ ㅇㅇ ㅇㅇㅇ!

한 아이가 장난스럽게 응응거려도 선생님은 화내지 않으시고 알아듣고, 그러자고 하십니다.

─ 선생님, 놀이터에 나가 놀아요!

아이의 말이었습니다.

털보 선생님은 우리의 얼굴, 몸짓만 보고도 뭘 하고 싶은지 알아내십니다. 표정만으로도 우리는 충분히 이야기를 나

눕니다. 말이 필요 없는 거지요.

　말이 필요할 때는 선생님께서 동화를 들려주실 때입니다. 아무 때나 아이들이 원하면 전래동화나 창작동화를 들려주셨고, 시시때때로 바깥으로 나가 축구공을 찼습니다.

　엄마는 그 선생님을 싫어하시는 눈치였지만, 이미 수강료를 냈으니 어쩔 수 없었습니다.

　양희는 털보 선생님을 떠올리며 동시를 써나갔습니다. 털보 선생님처럼 훌륭한 선생님이 되어 어린이의 초롱초롱한 꿈을 스케치북에 담아 보겠다는 내용의 동시를 쓰려고 했습니다. 하지만, 왠지 어색했습니다. 털보 선생님이라면 그렇게 쓰지 않으리라 생각했습니다. 양희는 그냥 짧게, 지금 느낌대로 썼습니다.

　점심시간이 되어 양희는 엄마가 준비해온 도시락을 먹었습니다. 슬기네도 같이 먹었습니다. 불고기와 김밥, 통닭에서 피자까지, 엄마와 슬기 엄마가 도시락을 펼쳐놓으니 진수성찬이었습니다.

　하지만 양희는 별로 먹고 싶은 마음이 생기지 않았습니다.

양희는 컵라면이 먹고 싶었습니다. 조금 전부터 곁에서 라면을 훌쩍거리는 아이가 있었습니다. 그 아이가 라면 먹는 모습이 그렇게 맛있어 보일 수가 없었습니다. 그렇다고 엄마가 애써 준비해온 도시락을 먹지 않을 수도 없었습니다.

먹는 둥 마는 둥, 도시락을 밀어놓으니 어느새 그림 대회가 시작되었습니다. 양희는 슬기를 따라 근정전 앞에 자리를 잡았습니다. 그림 구성에 가장 잘 어울리는지, 많은 아이가 근정전 앞으로 몰려들었습니다.

슬기는 도화지를 펼쳐놓고 근정전을 몇 번 올려다보더니 쓱쓱 그려 나갔습니다. 슬기의 도화지 안에는 근정전이 금세 자리를 잡았습니다.

슬기가 색을 채워나가는 동안, 양희의 도화지에는 밑그림도 그려져 있지 않았습니다. 시간은 자꾸 흘러가는데, 양희는 어떻게 도화지를 메워나가야 할지 막막했습니다.

그때, '본 대로, 생각나는 대로 그려라.'라고 하시던 털보 선생님의 말씀이 떠올랐습니다. 양희는 제출 시간이 다 되어서야 크레용을 집어 들었습니다. 그렇지만 그림은 슬기보다 빨리 끝냈습니다.

–아니, 양희야. 이게 뭐야? 왜 집이 온통 구부러져 있지?

경복궁을 돌며 다른 아이들 그림을 곁눈질하던 엄마가 부은 소리로 말했습니다. 완성된 양희의 그림은 정말 우스꽝스러웠습니다. 돌사자, 대들보, 처마, 기와가 온통 지렁이처럼 꾸불거렸습니다. 컵라면을 생각했기 때문일까요? 양희가 그린 근정전은 집이 아니라 라면 덩어리였습니다.

 ─저기, 슬기 그림 좀 봐라.

 슬기 쪽을 바라보니, 신문사에서 나온 기자가 그림을 들고 있는 슬기를 찍고 있었습니다. 슬기는 근정전을 도화지에 집어넣은 듯이, 똑같이 그려놓았습니다.

 ─내가 보기에 가장 잘 그렸어. 뽑히겠어.

 기자는 슬기 그림을 보면서 연방 고개를 끄덕였습니다. 곁에 있는 양희의 그림은 거들떠보지도 않고 말입니다.

 사생대회에서 돌아온 다음 날부터 양희는 '새 아침 교습소'에 들어가지 못했습니다. 대신 슬기가 배우는 미술학원에 다녔습니다. 양희가 미술학원을 옮긴 뒤, 일주일도 되지 않아 털보 교습소는 문을 닫았습니다. 수강생이 없는 모양이었습니다. 모두 엄마 때문이지요. 엄마가 아파트 친구들에게 엉터리라고 소문을 퍼뜨린 것을 양희도 잘 압니다.

그로부터 한 달 뒤, 신문사에서 양희네 집으로 전화가 왔습니다. 양희의 그림과 동시가 특선과 장원이랍니다. 동시는 최대한 짧게 쓰려 했는데, 그게 좋은 결과가 됐나 봅니다.

장래 희망은 뜨거운 라면
바람이 식혀줍니다
봄바람은 배가 고파요

그리고 그다음 날, 아침부터 서둘러 신문을 사보니, 양희의 동시와 그림이 심사평과 함께 실려 있습니다. 심사평에는 때 묻지 않은 자유로운 상상이, 격식에 매여 있는 어른을 감명시킨다고 쓰어 있습니다.

강의 꿈

〈韻〉

아버지, 오늘은 토토 이야기 쉽니다. 대신 지난번, '당신 삶의 칸타빌레' 버스킹 가수가 떠올라서 시에 붙인 곡과 산문을 보냅니다.

아버지 좋아하실 것 같은 곡조가 떠올라 만들어보았습니다. 아버지 닮은 제가 거리에 나가면 꼭 이럴 것 같아 집에서만 가끔 노래 불러 봅니다.

시인 김여정 선생님을 뵌 적 있어요. 교직 은퇴하시면서 기념 자리를 만드셨는데, 저를 초대하셨습니다. 초대 자리에서 이 시를 노래했습니다. 김여정 시인의 세월이 〈몽탄강(夢嘆江)으로 가서〉에 녹아 있음을 알게 됐습니다. 한탄강을 좋아하신 모양입니다.

몇 차례 노래해 보니 '민물장어'가 고달픈 현실을 이겨내는 꿈 자락이고, '눈'은 사랑을 의미하고 있음을 알게 됐습니다. 김여정 선생님 건강하시길 빕니다.

〈散〉

오늘도 시 읊으러 광장에 나왔다네.

내 직업은 음유시인, 내 밥벌이는 버스킹.

기차역 광장에서 기타 둘러메고 앰프 볼륨 올리면

사람들이 귀 열고 내 소리 본다네.

이 일을 하기 전에는 삼성전자 본사에서 근무했다네.

회사 내려치울 때, 모두 미친 짓이라 했지.

삼성을 그만두다니. 팔천 연봉을 포기하다니, 염병할.

맞아. 병에 걸렸지. 가정은 이미 파탄, 내 심신도 파탄.

시에 미쳐 있었고, 노래에 미쳐 있었네.

이 생활 20년째, 방 한 칸 없어도

나는 미친 시에 미치기 위해 미치도록 노래했네.

눈이 번쩍 띄는 시를 만나면 몇 날 며칠 밤을 새워 곡을 붙이지.

고시원에서 고요히 붙인 시를 광장에서 목 터지게 부르다 보니

어느새 몇 올 남지 않는 머리칼 희어버렸어.

요즘 돌아가신 아버지가 자주 보이네.

꿈인 듯 정말인 듯 아버지가 내 앞에서 대금을 연주하시네.

정말이 꿈이야. 세월이 꿈처럼 정말 빨리 흐르잖아.

집 팔고 땅 팔아 소요하시다가 삼십 년 만에 달랑

가방 하나 들고 현관문 여시던 그 모습 그대로야.

아버지 가방엔 대금 한 자루뿐, 나는 아버지 닮지 않으려 했어.

〈기생충〉의 지하방, 〈퐁네프의 연인들〉처럼 다리에 살아도

나는 시간 부자.

지구 중량 백배 큰 별에서 지낼 시간 벌어놓았지.

내 시 노래가 그렇게 시간을 늘려놓았잖아.

며칠 전부터 지구를 떠나 다른 별에서 내 시간 쓰리라는

예감이 부쩍 들어.

지난여름부터 시작된 가슴 통증은 겨울 들어 강도가 아주

많이 세졌고

십오 분 단위로 일어나.

내 생활은 무계획적이었지만, 내 곡은 계획적으로 서정적이야.

몇몇 곡은 황홀하게 아름답다는 평도 받았네.

나는 속으로 웃었네.

아름다움이란 진실하고 선함을 전하는 것일 뿐. 황홀하진 않아.

아름다움 앞에서는 오히려 무덤덤해진다네.

어두침침하더니 눈이 내리는군. 물기 많은 함박눈이야.

이런 눈은 따뜻해. 금세 세상을 이불처럼 덮어 버리지.

보도블록, 건물 지붕, 사람들 어깨 위로 눈이 쌓이네.

모두 공평하게 눈을 맞아 평화로워 보이네.

이런 날엔 사우나에 갔다가 몽탄강으로 흐르고 싶네.

강이 바라보이는 사우나에서 한잠.

물 새는 소리 들으며 한 꿈.

이마에 떨어진 이슬 한 방울.

식혜 한 모금, 이빨에 낀 쌀겨 조각.

나는 손이 곱아도 기타 줄 꼭꼭 누르고

목이 아파도 공기 반 노래 반 뽑아낸다네.

눈이 더 내리는군. 사람은 없고, 유기견 둘이서 경청하는군.

세 곡을 연이어 불렀으니 이제 좀 쉬어야겠어.

기차역 화장실에서 몸을 녹일까.

기타 멜빵을 벗어야겠는데,

어찔, 광장이 기울어지네.

가슴이 뻑뻑하고 숨이 쉬어지지 않아.

기타에 머리 베고 앰프에 다리 기대니 좀 편안해.

아까보다 눈망울 커졌네.

코피가 터졌나. 강아지가 내 곁에 다가와 코를 핥는군.

눈이 무겁네. 일어나야 하는 데 힘이 하나도 없어.

누군가 곁에 서 있는 느낌, 돌아가신 아버지는 왜 나타나시나,

아버지가 한 손 대금 짚고 한 손 내 어깨를 어르시네

아, 아버지…. 인사할 기운도 없어.

인제 그만, 몽탄강으로 가서 몽탄강으로 흐르고 싶네.

늦은 눈

아들, 나는 《광장》을 쓴 작가를 존경해. 예술을 그 선생만의 언어로 정의했지. '바다 같은 그림, 그림 같은 바다' 사이에 예술이 있다고 말이야. 나는 그 상태가 심금의 금슬이라고 봐.

오늘은 1401호 사는 예술가 이야기를 할까 해. 화단에서 기대 많았지만 결혼하면서 순수회화 포기했던 박승우 화가, 그가 언젠가 나를 모델로 내 초상화를 그려주었어. 너도 본 적 있잖아, 경비복 입고 빗자루 든 내 모습. 경비 모자를 삐뚜로 쓴 나를 아주 실감 나게 그려서 너도 훌륭하다고 했잖아. 그 사람 잘 되기를 바라.

승우 화가가 요즘 작업하는 중인가 본데, 진척이 잘 안되나 봐. 회사 퇴근하고 곧장 1401호로 가지 않고 아파트 옆 빌라 단지에 있는 카페에 자주 들락거려.

'늦은눈'이라고, 작은 커피숍. 커피도 팔고 위스키도 한 잔씩 만들어 주는 고전적인 다방 같은 카페. 나도 몇 번 가 봤어. 커피 맛있고, 위스키도 훌륭해.

지난주에 '늦은눈'을 다녀갔지. 다녀간 다음 날 카페에 불이 났어. 작은 불이어서 큰 사고로 이어지지는 않았지만, 소방차도 응급차도 와서 한바탕 소동을 치렀어.

아들, 승우 화가가 이야기한 '늦은눈' 카페의 베트남 여인에 대해 전해 줄게. 승우 이야기 적어가면서 초소 바깥을 보니, 눈발이 날리네. 겨울 다 지나갔는데, 웬 눈인지. 빗자루들 생각하니 벌써 찌뿌드드하네.

주말에 귀국하겠다는 혜진의 편지가 출렁거리는 도게츠다리(渡月橋) 그림엽서로 날아왔어. 교토로 디자인 공부를 위해 떠났던 아내의 편지였어. 혜진은 스마트폰보다 이렇게 옛날 방식으로 소통하기 좋아해.

내일이 주말이야. 예정된 귀국이어서인지, 혜진 특유의 둥그런 글씨체를 보고도 승우는 그다지 반가운 마음이 일지 않앉어. 일 년 만에 다시 보게 된다는 상봉의 기쁨보다 어서 작업을 마치고 직장 문제를 결론지어야 한다는 조바심이 먼저 다가왔어.

승우는 회사로 날아온 혜진의 엽서를 안주머니에 넣고, 퇴근 시간보다 삼십 분 일찍 회사 문을 나섰어. 밤을 새워서라도 오늘은 작업을 끝내야 한다는 절박감이 귀가하는 걸음을 빠르게 했어. 혜진에게 완성된 초상화를 보여주어야 했어.

사제 간에서 연인으로 발전한 승우와 혜진은 이번 작품의 완성으로 기획사 창립이 성취되리라 믿고 있어. 미술대 서양화과 강사였던 승우와 동양화 전공 혜진은 스승과 제자 관계였지. 미술대학 졸업 작품전시회 과정에서 두 사람은 만나 급속도로 친해졌어. 승우가 혜진의 작품을 지도하면서 동거로 들어갔지. 혜진이 일본 유학만 마치고 돌아오면 '혜우기획사' 창립을 지원하기로 말이야.

승우는 어서 혜진의 초상을 완성해야 했어. 일본 공부 마치면 선물하기로 스스로 약속했거든.

푸른 숲 아파트 정거장에서 버스를 내리려던 승우는 정차 버튼을 누르지 않고 빌라 단지까지 가기로 했어. '늦은눈'으로 가려는 거지. 오늘은 꼭 아파트 작업 방 이젤에 올려진 캔버스 앞에 그녀를 앉혀 놓으리라 마음먹었어. 그녀의 신비스러운 미소를 완성하려면 오늘 꼭 그녀가 필요해.

승우는 빌라 단지 버스 정류장에서 내려 언덕 위에 있는 '늦은눈' 카페 문을 슬그머니 열었어. '늦은눈'은 겉으로 보면 금세 쓰러질 것만 같은 폐선(廢船)의 모습을 하고 있지만, 실내는 안온하기 그지없는 카페였어. 이 카페를 처음 들어섰을 때가 석 달 전이던가. 새로 기획한 상품의 포장 컬러 문제로 승우가 실장과 언성을 높이며 한바탕 싸움을 치르고 난 뒤 찾았던 카페가 '늦은눈'이야.

카페 안엔 손님이 없었어. 승우는 여느 때와 다름없이 위스키를 주문하고 주변을 둘러보았어. '주엔'은 구석진 테이블에 앉아 담배를 피우고 있었어. 승우는 그녀가 자리하고 있는 주문 테이블로 옮길까 하다가 그만두었어. 조금 더 시간을 두고 마시다가 취기가 용기를 불러올 때까지 기다리기로 했어.

주엔이라는 베트남 여인을 처음 보고 난 뒤, 승우는 일주일에 서너 번 퇴근하기 바쁘게 '늦은눈'을 찾아와 위스키를 마셨어. 독한 알코올이 주는 이완감이 회사 생각을 떨쳐 버리게 했지. 그녀가 서빙 하는 모습을 훔쳐보며 변화가 심한 그녀의 표정을 머릿속에 새기고 있었어. 정기적인 수입을 위해 강사 생활 그만두고 식품회사 디자인실에 입사한 승우의 유일한 즐거움이었어.

그래, 승우는 주엔을 그리면서 순수회화를 다시 시작하고 있었던 거야. 그녀의 얼굴은 혜진과 거의 같았어. 오늘은 혜진에게 줄 초상화를 완성할 듯싶었어. 자신에게 짓궂게 굴던 손님이 나갈 때, "캐애 – 스키." 하고 새어 나오는 중얼거림이 얹힌 입술, 그 미소를 그리면 끝이야. 한국에 들어와 처음으로 배운 말이 분명 욕지거리였을, 그녀의 입술 색채만 뽑아 그리면 완성될 초상화야.

얼마 만이야, 아무거라도 만들지 않으면 금방이라도 터져 버릴 것 같은 가슴. 산, 바다, 동물, 집, 나무, 모든 사물을 끌어당겨 붓으로 자신의 것을 만들겠다던 열망 말이야. 주엔을 처음 보고 난 뒤부터 승우는 창작의 훈기가 주체못할 정도로 피어올랐어. 그녀의 초상을 완성함과 동시에 지긋지긋한 디자인실도 곧 떠나리라는 결정이 더 이상의 갈등 없이 굳어진 요즘이야.

–아녕하쎄요? 또 오셨쎄요.

그녀가 위스키 담긴 쟁반을 들고 승우 테이블로 다가왔어.

－드릴 말씀이 있습니다.

다시 와 얼음 잔을 놓고 돌아서려는 그녀를 승우는 힘주어 불렀어. 그녀가 눈을 크게 뜨고 어깨를 모으며 뒤로 흠칫 물러섰어.

－무쓴 말?

－잠깐 여기 앉아서 제 이야기를 들어주십시오.

승우는 머뭇거리는 그녀의 시선을 잡아끌어 그녀를 자기 앞에 앉혔어.

－시간이 많지 않아 본론부터 이야기하죠. 오늘 밤.

승우는 떠듬떠듬, 그녀의 마음을 가늠해보려 애썼어.

－무쓴 일?

－퇴근하시면 우리 집에 잠깐 와 주세요.

－….

승우의 말을 알아들었는지, 못 들었는지, 아니면 어처구니가 없는지 그녀는 고개를 갸우뚱거리곤 단숨에 잔을 비웠어. 아무런 덧붙임 없이 그녀에게 자기 집에 가자는 말만 내뱉은 승우 자신도 자기가 너무 성급하지 않았나, 한동안 입이 떨어지지 않았어.

―저는 그림 그리는 사람입니다. 당신의 얼굴을 그리고 있어요. 잠깐이면 됩니다. 오 분만.

―마이 페이스? 코리아 사람들 빨리빨리?

주엔은 놀란 빛을 보이다가 금세 피식 웃었어.

　그렇습니다. 지금 당신의 그 미소만 그리면 완성됩니다.

승우의 눈빛이 간절했어.

―좋아. 그려요. 어제 눈 봤어. 눈 예뻐.

의외다 싶을 정도로 흔쾌히 응하는 그녀를 보고 승우는 기뻤어. 가뭄 끝에 어젯밤 봄눈이 왔어. 가늘게 눈발이 날렸지. 베트남, 그녀 고향에서는 볼 수 없어 신선했을 거야.

　승우는 위스키를 더 주문하고 그녀에게 한국에 관한 인상을 물었어. 그녀는 조급한 성격을 가진 한국인이 모두 코미디언 같아 보이지만 나름대로 진지한 면도 없지 않아 좋다고 했어.

―베트남 사람들에 비하면 한국 사람들 성실하고 순수해요. 하지만 진득하지 않고 변덕 심해.

　고국에 있는 남편과 헤어지고 친구 따라 한국에 온 지 일 년밖에 되지 않았다는 그녀의 우리말 발음은 비교적 정확했어. 한국인 특성도 잘 파악하고 있었고.

여러 이야기가 오가고 취기가 웬만해지자 승우는 당장 그녀를 그려야겠다는 생각이 절실했어.

끌고 올라가다시피 그녀를 데리고 아파트 작업 방으로 들어선 승우는 대충 집기들을 정리하고 이젤의 균형을 잡았어. 그녀는 어떤 자세를 취해야 할지 몰라 멍하니 천장만 바라보았어.

승우는 식탁 의자를 가져와 그녀를 바로 앉히고 미소 짓게 했어. 결이 고운 찰흙에 노을빛을 섞어놓은 듯한 피부, 미끄러질 듯한 윤기로 오뚝 솟은 코, 완만하게 솟아오른 이마, 적당히 충혈된 눈동자, 부드럽게 튀어나온 광대뼈….

혜진과 똑 닮은 그녀였지만 그녀는 입술이 조금 얇았고 푸른 기가 돌았어. 승우는, '늦은눈'에서 훔쳐보던 기억과 혜진의 사진으로만 그렸던 그녀를 이렇게 마주하니 한층 조급해져 왔어.

막상 붓은 들었지만, 승우는 정신을 가다듬을 수가 없었어. 그녀의 입술 주위로 번지는 미소는 푸른색이 아니었어. 팔레트에 갖가지 물감을 짜 올려 섞어보았지만 제 색감이 안 나왔어. 하는 수 없이 비슷하다 싶은 색을 만들어 캔버스에 조심스레 칠하고 또 덧칠하여 나이프로 긁기도 해보았어. 제

색깔이 나올 때까지 계속해서 덧칠하고 긁어댔어. 그러나 아무리 안간힘을 다해도 허사였어.

절망이었어.

─모델료 많이 줘야 해.

술기운 탓인가, 아니면 오후에 받았던 혜진의 엽서 때문인가. 자꾸 혜진의 얼굴과 주엔의 얼굴이 뒤범벅됐어. 도리질 해보아도 겹친 두 얼굴은 떨어지지 않았어. 결국, 승우는 혼란을 견디지 못하고 붓을 떨어뜨렸어. 그냥 모로 쓰러져 침대에 누웠어. 무겁게 감긴 눈을 잠깐 뜨니 희붐하니 새벽이 밝아오고 있었어. 승우는 일어서지 못하고 다시 어둠 속으로 빠져들었어.

어수선한 꿈속에서 허우적거리다가 눈을 뜨니 햇살이 창을 통해 들어와 목덜미를 간질였어. 벽시계는 정오를 가리키고 있었어.

주말이므로 퇴근 시간이나 마찬가지였지. 오후 1시 30분 비행기로 도착한다는 혜진의 엽서가 퍼뜩 떠올라 승우는 양말과 점퍼를 주섬주섬 챙겨 입고 집을 나섰어.

깨질 것 같은 머리를 가누며 아파트 버스 정거장으로 가는데, 어디에선가 만수향 타는 냄새가 코를 후비고 들어왔어.

버스가 빌라 단지에 들어서자 그 냄새는 더욱 강렬해졌어. 버스가 카페, '늦은눈'이 있는 길목으로 접어들었어. '늦은눈' 주위로 사람들이 몰려 웅성거리고 있었어.

'늦은눈'은 시커먼 폐선(廢船)처럼 골격만 남기고 홀랑 타버리고 없었어. 사람들의 말을 추려보니 어제저녁에 시작된 불길이 새벽녘에야 멈추었대.

—베트남 여자가 안에서 잠을 자고 있었다지? 병원에 실려 갔다는데….

주말의 인천공항은 미어질 것 같았어. 밀려드는 인파 속에서 겨우 혜진을 찾아낸 승우는 그녀의 캐리어를 끌고 대합실을 빠져나왔어. 감싸오는 혜진을 받아안으니 혜진의 머리칼에서 만수향 타는 냄새가 풍겨왔어.

봄이 타오르는 냄새였어. 유난히 제사가 많던 봄, 제사 음식을 만들고 있는 부엌 문지방에 앉아 졸고 있는 어릴 적 자신의 모습이 어른거렸어. 그와 함께 작업 중인 화폭에서 신비스럽게 미소 짓는 주엔의 모습도 떠올랐어.

아들, 초소 마깥에 눈이 오나 봐. 승우의 소곤거림 같은 흰 것들이, 눈인지, 벚꽃인지 분간이 안 되네. 초소 창에 달라붙어 물로 흐르니 눈이 맞아. 늦은 눈은 아파트 놀이터를 젖게 할 텐데. 청소하면서 젖은 생각을 말려야겠어.

개떡 찰떡

아버지, 이우근 시인 잘 아시죠? 그분 충무로 생선구이 집에서 뵀습니다. 잡지 편집장과 식사하러 갔었죠. 그분 막걸리 큰 주전자 앞에 두고 계셨어요. 이미 비워진 주전자, 발로 툭툭 치며 주인에게 말을 걸고 계셨어요. 혼잣말이고 푸념인데, 민요처럼 들렸습니다.

그분 푸념에서 친구들 이름 섞여 나왔는데, 아버지 이름도 있었습니다. 내가 말을 붙이니 예술하는 사람 만나 반갑다고 하셨어요. 분위기 이상해질 것 같아서 아버지 이야기는 하지 않았습니다.

《개떡 같아도 찰떡처럼》이라는 시집, 사인해 주셨어요.

이 구역에서 나만큼 노랫가락 잘 뽑는 사람 나와 보라고 해, 그래, 나 충무로 아이돌이다. 돌아이, 미친놈이라 해도 된다. 우리 친하게 지내자.

　　그분 걸걸하고 순박했어요.

〈韻〉

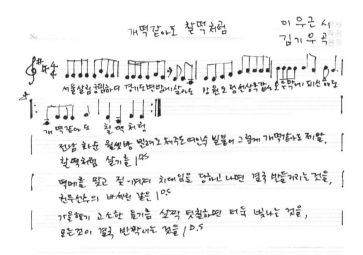

⟨散⟩

스무 살, 캡틴 큐, 은하수 담배, 24시 주점, 각혈의 시 창작 수업

지천명을 훌쩍 넘어선 봄날, 남산을 올라 보오.

옛 안기부 자리를 누르며 예장동을 디디오.

리라초등학교 담장에 핀 개나리, 허리 굽힐싸 이마를 찔러

길 건너 영화진흥공사로 달리오. 진흥공사 현관문에 비친 늙은 청년,

개떡 같소. 골목이 무섭다고 하는 아해는 없어진 지 오래오.

팔각정에서 내려다보이는 서울,

스무 살이 숨어 있는 충무로, 안국동, 경복궁, 광화문

서른부터 경기도 변방으로 밀려 소풍 가듯 서울을 나왔다오.

개떡 같은 시간도 많았고 찰떡같은 때도 없다 할 수는 없소.

종로서점, 삼청동 벤치, 안국동 하이네 커피 숨어들 듯 다녀갔소.

넘실넘실 흘러가 버린 내 시간, 지나고 보니

흘러간 것은 시간이 아니라, 나 자신이었다고

말하기는 어렵소.

나 아직 자신 있소.

내게 스무 살 시절을 자꾸 이야기 마오.

웃음기 없어신 지 십수 년 지났고

눈물도 말라 안구건조증이오.

친구도 선배도 떠났소. 스승은 묘지에 묻혔소.

바세린과 핏덩이가 뒤엉켜 더욱 번들거리는 권투선수의 뺨.

예수님 말씀처럼 오른뺨을 맞으면 나는 왼뺨을 내밀테요.

개떡 같은 세월 더 보내도 될 맷집 아직 있소.

두꺼워진 얼굴 이제 시멘트처럼 굳어지기 시작했소.

내일 아침에 깨어나지 않아도 슬퍼할 사람 있을 것 같지 않소.

스무 살 시절은 잊읍시다.

맞소, 소풍이었소. 조선 임금 무덤에서 김밥 먹고, 사이다 마시던,

경주불국사, 제주 천지연 폭포에서 다리 꼬고 앉아 사진 찍던,

잠시 찰떡같았던 소풍.

소풍은 아직 끝나지 않았다고 우기지 말고,

주름진 얼굴 흰 머리칼 숨기지 말고, 가끔 보고 삽시다.

변비에서 설사까지

아들, 오늘은 푸른 숲 아파트 104동 903호 사는 노총각 이야기 전해 줄게. 이근식, 그 사람, 아주 착실해. 대출받아 작은 평수라도 아파트 자기 이름으로 등기해놓고, 부업으로 시도 쓰는 모양이야. 우리 동네 문학동호회 총무를 맡고 있어.

나도 동호회 가입해서 몇 번 나가 보았지. 수준이 평이하지만, 사람들은 모두 개성 넘쳐. 시가 그랬으면 좋으련만.

시는 비슷한데, 문학에 관한 생각은 제각각이야. 근식 총무가 성실히 이끌어서 그나마 유지되는 모양새야.

이근식 총무가 최근에 초소에 와서 차 한잔 마시며 해 준 이야기야. 어쩌면 문학동호회 사람 대부분이 알지도 모르겠어. 그 사람 입이 좀 가볍거든. 자기 이야기를 남 이야기처럼 하지만, 나는 그 사람 체험이라고 봐.

예비군 훈련 핑계로 빠져도 될 이번 '초급관리자 연수'에 근식이 꼭 참석하려는 이유는 순전히 그녀 때문이었어. 그러잖아도 변비에 시달리고 있는 참에 연수 사흘 동안의 외숙(外宿)은 변비를 더욱 심하게 하리라 생각했지만, 쉽게 연수에 참여하기로 마음먹은 이유는 간단해.

연수 일정 팸플릿 속, 사내 강사 명단에 그녀의 이름이 끼어 있었기 때문이야. '마케팅 요리'라는 타이틀 아래 마케팅부 윤미라 차장의 강의가 세 시간이나 차지하고 있었지.

근식은 이번 연수를 기회 삼아 그녀에게 접근할 작정이야. 사회생활 시작한 지 3년 만에 회사의 핵심부서인 마케팅부, 그것도 차장 자리로 경쟁사에서 모셔 왔다는 능력보다, 한 건의 실패도 없이 연속 히트되어 이 나라 구석구석에 제품 이름을 울려 퍼지게 만든 그녀의 광고 카피 실력보다, 해마다 계속되는 타 회사에서의 스카우트 제의를 간단히 외면해 버리는 그녀의 의리보다, 모델로 나서도 무색한 미모보다, 36세 노처녀라는 사실이 근식을 더욱 끌어당기는 점이었어.

이근식에게 윤미라는 등잔 밑의 햇살이었어. 부모님의 성화로 올해 들어 다섯 차례나 보았던 맞선자리에서 모두 퇴짜를 놓았던 것도 근식으로서는 모두 그녀 때문이었다 할 수 있어.

근식은 그동안 그녀에게 가까이 가기 위해 노력해왔어. 그가 속한 영업관리부에서 조사한 동종업계 영업 현황을 그녀의 필요 여부에 상관없이 매월 그녀에게 올렸어. 광고회사에 근무하는 친구를 통해 광고 정보를 말끔히 정리해서 그녀의 메일로 보냈지. 협력업체에서 가끔 들어오는 뮤지컬 티켓이나 전람회 초대장도 서류 속에 끼워넣었어. 그녀에게 도움이 될 듯싶어 선물한 베스트셀러 시집도 열 권을 넘어서고 있어. 그런데, 부하직원이어서인가, 입때껏 그녀는 근식에게 차 한잔 건네주지 않았어.

승차감이 좋은 신형 관광버스 안, 근식 옆자리엔 총무부 조천복 주임이 앉아 있어. 그는 버스가 출발하기 전부터 줄곧 연수 일정 팸플릿에 코를 박고 있어.

—연수 동안 조 선배하고 같이 지내게 됐습니다. 같은 방을 배정받았네요.

지리멸렬한 차창 밖 교외 풍경에서 눈을 돌려 조 주임을 보니, 그는 고개만 까딱일 뿐 팸플릿에서 눈을 떼지 않았어. 사장의 머리말과 연수 프로그램 제목뿐인 팸플릿을, 그는 읽고 또 읽고 밑줄까지 치면서 다시 읽는 거야.

근식은 다시금 차창 밖으로 시선을 돌렸어. 사흘 동안 그와 같은 방을 쓰며 지낼 생각을 하니 벌써부터 답답해 왔어. 입사한 지 15년이 지났는데도 주임 자리에 머물러 있는 그를 회사 사람들은 모두 갑갑해 했어. 열심히 노력하는 것 같은데도 효과는 전혀 없다는 거야. 회의하다가 자신의 의견에 맞지 않으면 자리에서 벌떡 일어나 밖으로 나가기 일쑤고, 회사 실정에 맞지 않는 허황한 기안을 올려놓고 결재가 늦어지면 부장에게 달려가 닦달한대.

그래도 품성은 착해 후배들에게는 잘해 줘. 결혼은 얼마 전에 했던 모양인데 늦깎이여서인지 회사 사람들은 전혀 초대하지 않았다나.

─조 선배님, 연수원에 도착했나 봅니다.

열심히 들여다보던 팸플릿을 얼굴에 덮고 코를 골고 있는 조 주임을 근식은 흔들어 깨웠어. 조 주임은 벌떡 일어나 짐을 챙겨 들고 버스에서 내려 방을 찾았어. 그 모습이 마치 태엽을 한껏 감아놓은 장난감 병정 같았어.

조 주임과 근식은 짐을 풀고 식당에서 점심을 먹었어. 근식은 혹시 윤미라 차장이 눈에 띌까 하여 식당 안을 두리번거렸어. 그녀는 창가에 앉아 연수팀장과 함께 식사하고 있었어. 근식은 배식받은 식사를 들고 그녀 옆 테이블로 가서 앉아 그녀에게 눈인사를 보냈어. 그녀도 식사하다 말고 근식에게 가벼운 미소를 지어 보였어. 반가웠어. 그동안의 노력이 헛되지 않았나 봐.

근식은 그녀의 식사 속도에 보조를 맞추며, 식사가 끝나면 재빨리 자동판매기에서 커피를 뽑아 그녀를 뒤뜰로 데려가리라 계획했어. 입소하면서 눈여겨보았던 연수원 뒤뜰은 짝사랑을 고백하기에 꼭 들어맞는 공간으로 꾸며져 있었어. 집과 직장에서 벗어나 야외에 나온 청춘남녀에게 어찌 사랑의 감정이 솟아나지 않겠어.

하지만 연수 이틀이 지나도록 연수원 뒤뜰은 쓸쓸히 비어 있기만 했어. 그녀는 식사 시간 외엔 전혀 눈에 띄지 않았어. 수저를 놓자마자 곧장 자기 방으로 들어가 바깥출입을 전혀 않는 모양이야. 근식이 밥술을 뜨는 둥 마는 둥, 그녀가 식사 마치는 모습을 곁눈질하다가 그녀 뒤를 허겁지겁 따라가면 어느새 그녀는 사라지고 없었어.

근식은 이틀 동안 그녀가 지금 숙소에서 무엇을 하고 있을까, 온갖 상상을 끌어모으며 불면의 밤을 보냈어. 방금 샤

워를 끝내고 거울 앞에 앉아 클렌징 크림으로 얼굴을 문대는 모습이 어른거리다가도 책상 위에 걸터앉아서 서류를 들여다보는 잠옷 차림의 그녀 모습이 떠오르기도 했어. 그런가 하면 어디선가 많이 본 듯한 남자와 엉켜 있는 모습이 여러 번 반복되어 나타나고, 물구나무선 채 방바닥에 광고 카피를 휘갈겨대는 그녀의 손가락이 확대되어 보이기도 해.

근식이 잠을 이루지 못해 밤을 뒤척이고 있을 때, 조 주임은 코를 드르렁거리며 잘도 자. 금방이라도 숨이 넘어갈 것 같은 그의 코 고는 소리가 그녀의 모습을 지워버려 근식은 화가 났어. 그는 가끔 침대에서 내려와 조 주임의 베개를 흔들었어.

연수 마지막 날, 아침에 근식은 그녀를 보았어. 일주일간 시달린 변비로 묵직해진 뒤와 더부룩한 속을 가라앉히려고 아침 운동을 나섰는데, 뒤뜰 벤치에 앉아 있는 그녀의 모습이 눈에 번쩍 들어온 거야. 근식은 마침내 기회가 찾아왔다 싶어 정신을 가다듬고 그녀에게 다가갔어. 그녀는 노트북을 열어놓고 자판을 두드리고 있었어.

―안녕하세요?

근식이 그녀에게 말을 붙였어. 그녀는 노트북 화면에 몰입해 그가 곁에 있는 줄 모르는 듯싶었어. 근식은 헛기침하고 다시 한번 인사를 건넸어.

─아, 안녕하세요? 영업관리부 이 주임님이죠?

그제야 그녀가 근식을 올려다보고 미소 지었어.

─그러잖아도 이 주임님이 보내 주신 자료가 보탬이 많아 이번 강의에 활용할 예정이에요. 정확한 자료라서 의문의 여지가 없어요. 언제 시간 되면 커피 한잔 사드려야죠.

그녀는 다시 노트북에 집중했어. 근식은 그녀에게 말을 보태려다 그만두었어. 지금 그녀를 방해하면 오히려 일을 그르칠까 봐 그는 슬금슬금 뒷걸음쳐 방으로 들어왔어. 그녀도 자신에게 관심을 보인다는 확신이 가슴에 차올랐어. 오늘은 일진이 좋을 듯싶었어.

윤미라 차장의 '마케팅 요리' 발표는 활기 넘쳤어. 강의 시간마다 꾸벅꾸벅 졸던 참석자들이 윤 차장 시간만은 눈빛을 반짝이며 강연에 귀를 기울였어. 세 시간 동안 한 번의 휴식도 없이 계속된 강의였어. 시간 말미에 그녀는 동종업계 광고와 비교하며 신제품 광고를 분석했어. 열띤 목소리로 성공 요인을 설명했어.

—강사께선 고정관념을 없애라는 말을 자꾸 하시는데, 태국의 카피가 우리나라 카피보다 무조건 좋다는 강사의 고정관념은 왜 탈피하지 않는 겁니까?

윤미라 차장이 강의를 마치고 질문을 받자 어쩐지 조용하다 싶던 조천복 주임이 벌떡 일어나 외치듯 말했어.

—제 피피티에는 유럽 광고도 많은데요?

—아니, 제가 하고픈 말은 여러 나라 광고 말고, 우리나라 풍속이 담겨야 한다는 것입니다. 여성 상위는 우리 풍속하고는 잘 맞지 않아 보여서요.

참석자들은 그의 말에 뼈가 있다고 수군거리며 큭큭거렸어. 윤 차장은 조 주임의 질문에 대답을 못 하고 빔프로젝터를 끄는 모습으로 강의가 끝났음을 알렸어.

조 주임은 연수원 밖에 나가 막걸리나 한 사발 들이켜고 오겠다며 투덜거리곤 강의실을 빠져나갔어.

무참한 표정으로 강의실 문 앞에 서 있는 그녀에게 다가가 근식은 커피를 마시자고 꼬드겼어. 그녀는 아침의 약속대로 가볍게 승낙했어. 고개를 숙이고 뒤뜰로 걸어가는 그녀를 뒤로하고 근식은 재빨리 자동판매기로 달려갔어.

―혹시 조천복 주임, 어디 갔는지 모르나? 휴대폰을 두고 간 모양이야.

뽑은 커피를 들고 뒤뜰로 나서려는데 사무실에서 연수팀장이 불쑥 튀어나와 근식을 가로막았어.

―밖에 나갔을 겁니다. 볼일이 있다고….

―빨리 찾아오게. 고향에서 온 전화 같아. 아니, 자네하고 같은 방이니 자네가 전화 받고 전달해 주게. 급한 모양이야.

근식은 커피를 양손에 든 채 사무실로 들어갔어.

―저는 조천복 주임하고 같은 방에 있는 사람입니다. 조 주임이 잠깐 외출했으니 전할 말씀 있으면 제게 하세요.

―그래요? 다름이 아니라 시골에 계신 아버지께서 지금 위독하다고, 내려오라고 전해 주겠소?

전화를 넣은 사람은 조 주임의 어머니인 듯싶었어.

―아무리 바빠도 같이 내려오라고, 에미한테도 전해 주소.

―에미라뇨?

―애비하고 같이 연수원에 들었다던데? 윤미라라고 마케팅 차장이라나?

근식은 놀라서 커피를 엎질렀어. 식어 버린 커피가 줄줄 흘러내리며 바지를 적셨어.

불현듯 뒤가 헐거워지는 느낌이 들었어. 그동안 묵혀 있던 변비가 풀리며 금방이라도 설사가 죽죽 쏟아져 내릴 것만 같았어. 근식은 수화기를 내려놓고 황급히 숙소로 뛰어갔어. 윤미라 차장이 기다린다는 생각은 급박한 처리에 묻혀 버렸어.

근식이 숙소 화장실에 들어앉아 폭포수 떨어지듯 설사를 하는 중, 조천복 주임이 들어와 휴대폰을 집어 들고 통화했어. 조곤조곤, 그러나 힘있게 통화 상대를 압박하는 투의 목소리였어.

－아니, 엄니, 엄니가 회사에 전화하면 어째요? 혹시, 윤미라 차장이 며늘아기라고 얘기하지 않았죠? 그러잖아도 다른 회사에서 경력으로 스카우트해올 때 미혼이라고 속였는데….

조 주임은 근식이 화장실에 있는 줄 모르는 모양이지만, 음성이 더 무겁고 작아졌어.

－경력 단절 때문에 아이도 못 낳고 있는데…, 엄니가 우리 집 전셋값 대신 줄 수 있어요?

근식은 숨을 막고 항문을 막았지만, 설사는 터진 수도꼭지 물처럼 다시 쏟아져 내리기 시작했어.

모두가 꽃잎

아들, 나의 고모님, 그러니까 너의 고모할머니도 시인이란
다. 시를 단아하게 써 주셨지. 언젠가 네게도 보내주지 않았
던가.《시계는 진화 중》이라는 모던하고 실험적인 고모님의
시편들이 젊은 독자들에게 인기 있었어.

나는 〈함박꽃 웃음〉 같은 담백하고 약간 구닥다리 같은 시
가 좋아. 〈주름꽃 얼굴이 좋다〉에서 얼굴의 겹주름이 피어오
를 때, 심장 펌프질하고 손발톱 해진다는 표현은 우주의 탄
생에서 생명의 진화까지 140억 년의 시간이 되풀이되고 있
음을 알게 돼. 함박꽃 웃음이 피어나기 위해 우주가 생겨났
다는 뜻이겠지.

〈韻〉

함박꽃 웃음

김은사 작사
김기우 작곡

〈散〉

밀양,

농밀한 햇살을 받고 태어나 부산 바다에서

자란 그대는 언제나 사막을 건넌다.

그대에게는 세상이 모두 사막.

인내는 신의 몫이었지만 그 또한 그대의 임무.

법을 공부하는 그대에게 서울 사막 건너기 어려웠겠지.

그대를 견디게 해 준 함박꽃.

그대는 함박꽃을 보며 사막 건너기를 완성한다.

허공에 그려진 허상의 꽃이었지만,

그대에게 제일 큰 힘이 되어준 함박꽃.

사막에서 1등으로 테이프를 끊으니 함박꽃은 활짝 문으로 열

렸다.

그대 가 허공의 문으로 들어가니 바다가 펼쳐졌다.

그대는 해변에 정박한 배에 불려가 선원들의 고백을 경청한다.

그들의 고해에 거짓이 있는지 감별하는 시간들

바다 사막의 인생.

진술서 읽고 판결문 쓰기로 황폐해 가는 나날

해안을 산책하지만, 판결문에서 한 발짝 떠나지 못하네.

이제 온몸이 바스락 모래가 되고

얼굴도 잔뜩 주름져 메말라 있네.

얼굴 주름 주름이 모두가 꽃잎.

그대 웃을 때마다 함박꽃이 피고,

바다 열리고 나 그대 웃음 속으로 들어가네.

우산의 비밀

아버지, 비가 나흘째 옵니다. 장마철도 아닌데 계속 옵니다. 음악 들으며 막걸리 한잔 마시고 싶습니다. 아니, 소주가 좋겠습니다. 아니, 보드카, 혹은 위스키가 낫겠습니다. 아닙니다, 배갈을 사 와야겠습니다.

진척 없는 글쓰기 접어두고 시에 선율을 붙여 봅니다. 며칠 전 시집을 받았습니다. 신예 시인인데, 감성이 독특합니다. 읽다 보면 피톤치드가 뿌려지는 기분이 들고, 페퍼민트 향 같은 냄새가 풍겨옵니다. 문장도 톡톡 튑니다. 새로운 올림픽 종목을 보는 듯합니다.

〈韻〉

〈散〉

세상에 비밀은 없다고 말하던

당신에게 비밀이 생겼습니다.

당신은 나만 비밀이 아니었던가요.

당신은 위선자인가요, 배신자인가요.

나의 의미로만 수십 년 살아간 줄 아는데,

망설임 없이 삭제하는 여행 사진처럼

생일 케이크의 촛불처럼 쉽게 사라지나요.

서로 눈치만 보다 시간 보내느니 차라리

나를 버리라고, 나를 잊으라고 소리 지릅니다.

높은 산이, 우산이 필요합니다.

함께 쓰던 수건에 당신 냄새 여전하고,

함께 앉던 소파에 당신 자국 남아 있어요.

퀴퀴하게 마른 수건, 딱딱하게 굳은 소파

쓰레기장에 던져 버리다가 하늘 올려 봅니다.

맑은 하늘에서 비가 내립니다.

사랑스러운 당신.

사랑이 환상이니 진실도 환상인가요.

비 맞고 햇살 받은 꽃이 한 계절 피어나 지듯,

비밀도 사랑도 그러하겠지요.

영원히 시들지 않는 꽃이 되고 싶지만,

아아, 장미 무늬 분홍 우산만이 진실입니다.

당신을 바다에 밀친 나는 죽음을 달게 맞을 수 있는가.

도무지 도무지 도무지

조아린 머리채를 파도가 잡아채오.

숨이 차오르고 당신이 나를 보고 있음을 분명히 알겠소.

5장

운명이 밀려오는 자리

그분의 말씀

아들, 시인이면서 소설가. 극작가, 회사원이면서 야학 교사, 시조도 쓰고 시나리오도 썼던 팔방미인 선배가 있었다. 임찬일 선배. 그분 일찍 돌아가셨어. 가인박명(佳人薄命).

그 선배를 학교에서 보고, 회사에서 보고, 중환자실에서 봤다. 십 년 동안에 다른 장소에서 보아왔다.

몸이 약하고 섬세하던 선배, 낮은 음성과 맑은 눈빛. 그 선배를 보면 바다가 떠올랐어.

사십 대 때, 바닷가 폭죽처럼 타오르던 선배, 학교 동창들에게 버스를 태워준 선배, 회사 잡지에 글을 쓰게 해서 맛난 요리 먹게 해 주었던 선배, 남영동 회사 시낭송회에서 회사 로고 박힌 고급 시계를 선물하던 선배, 하나님 말씀으로 된 세계에서 말 기운 쏟아붓던 선배···. 쓰러져 끝내 일어서지 못했어.

〈韻〉

열 매

임찬일 시
김기우 곡

〈散〉

어디로 가나요.

어느 가을날 시인은 걸음을 문득 멈춥니다.

천근만근 무겁습니다.

삶은 얼마나 지속되나요.

38억 년 전, 깊은 바다 단세포 속 유전자
되풀이 이어지고.

진화의 끝은 어디인가요.
그분의 계획인가요.
필연을 향한 우연은 언제까지 계속되나요.

시인은 수개월 생각에 몰려
잠을 자지 못했습니다.

남은 기운 태우며 한없이
단순해졌습니다.

지금까지 쓴 글은 생명의 앙금,

달이 점점 차올라 앙금을 끌어들이고

태양에 건네주겠지요.

열매도 차올라 누군가에게

기운 건네주겠지요.

맺히고 묽어지는, 그리고

사라지는 가을은

백설공주의 말씀인가요.

우주를 열매 맺는

생명은

그분의 사랑인가요.

시인은 걸음 멈추고

사랑을 전합니다.

백설공주가 사랑한 난쟁이

아버지, 요즘 인공지능 로봇이 화두입니다. 우리는 이제 노동이 필요 없어졌습니다. AI가 대신해 줍니다. 시도 써주고, 시나리오도 뚝딱 만들어 줍니다. 작곡이나 그림 같은 창의적인 일도 너끈히 해 줍니다.

우리는 먹고 노는 일밖에 할 수 있는 일이 없을 것 같습니다. 먹거리 때문에 걱정이겠지만, 노는 것도 쉽지 않겠습니다. 재미있으면서 의미 있는 놀거리가 어디 많겠습니까? 그냥 재미만 있어도 다행이지요. 의미가 하나도 없어도 재미있는 인생. 그 생에 경의를 표하고 싶습니다.

아버지, '토토' 이야기 계속입니다.

눈을 오래 뜨고 볼 수 없도록 현란합니다. 귀를 줄곧 열어

둘 수 없도록 시끄럽습니다. 숨을 깊이 들이마실 수 없도록 퀴퀴하며, 시간의 흐름을 느낄 수 없도록 바쁜 도심의 사람들입니다.

나 '토토'는 도심을 빠져나갑니다.

춘천 명동에서 강촌, 백양리를 거쳐 더 서쪽으로 어슬렁거리다 보니, 자라섬이 나옵니다. 목제 건물 자재들을 넘어 배추 이랑과 파밭이 그대로 드러난 벌판을 지나자 마을회관이 나옵니다. 마을회관 게시판에서 나는 우연히 서커스 광고를 보게 됐습니다.

[지상 최대의 서커스, 자라 상륙]

'남춘서커스'가 자라섬에 온 것입니다. 나는 비록 땅바닥을 기어 다니는 개에 불과하지만, 구경하기를 좋아합니다. 먹거리만 찾아다니는 인간들보다 구경거리를 더 즐기는 문화견이란 말입니다.

서울 잠실에서 〈태양의 서커스〉를 공연했던 적이 있습니다. 주인집에서 틀어놓은 비디오로 보았습니다. 그네 타며 공중 돌고, 인간 탑 쌓고, 외줄 타는 서커스단원 모습이 가슴을 조여왔습니다. 동물들도 서커스에 동참하여 재미를 더합니다. 노래도 아주 좋았습니다.

우리의 남춘서커스도 훌륭합니다. 대한민국답습니다. 유
랑극단이라던가요? 그런 분위기의 우리 즐거움 정서가 있습
니다.

'21세기의 아름다움, K-드라마의 주역, 이유아 특별출연.'

서커스를 보겠다는 생각보다, 실은 광고지 한가운데, 맑게
웃고 있는 이유아를 보려는 생각이 먼저였습니다. 한국에 사
는 사람이라면 그녀를 모르면 간첩이라는 말이 돌 정도로 그
녀는 유명했습니다.

이유아는 아름답고 우아한 눈을 가진 여인이었습니다. 하
늘이 내려준 눈, 천사의 눈, 보석보다 영롱한 눈…. 그녀의
아름다운 눈을 두고 갖가지 찬사가 쏟아졌습니다. 그녀의 얼
굴 사진은 한때 어른들의 지갑 속에, 아이들의 책갈피에 무
슨 부적처럼 들어앉을 정도였습니다. 나도 텔레비전에서나
신문에서 그녀의 모습을 자주 보았는데, 그녀의 눈은 이슬처
럼 맑아, 금세라도 빨려 들어갈 것 같았습니다.

눈뿐이 아니라, 그녀는 깔끔하고 단아한 용모로 뭇 남성들
의 사랑을 온통 독차지하고 있었습니다. 소녀들도 그녀의 깜
찍하고 순수한 모습을 선망으로 바라보았고요.

그런데, 요 몇 년 동안 그녀는 보이지 않았습니다. 재벌과

밀월여행 중이라느니, 매니저와 도피했다느니, 사기 수에 걸렸다느니, 여느 인기 연예인처럼 스캔들에 휘말린 듯싶더니 종적을 감추어버렸습니다.

활동을 재개한다는 홍보도 없이, 퇴락한 서커스 무대에 그녀가 나온다네요. 좀 석연찮았습니다. 아마도 남춘서커스가 회생하려고 높은 개런티를 주고 스카우트했나 봅니다. 어쨌든 나는 그녀를 다시 볼 수 있다는, 그것도 실물로 보게 된다는 기쁨에 서둘러 서커스 무대를 찾았습니다.

호수 둑방 위, 공터에 벌어진 서커스 무대는 쉽게 찾을 수 있었습니다. 나는 허술한 천막 바닥을 열심히 파헤쳐 구멍을 만들고 천막 안으로 들어갔습니다.

서커스는 이미 시작되고 있었지만, 구경하는 사람은 그다지 많지 않았습니다. 노인들과 아이들만 앞 좌석에 몰려 앉아 있을 뿐, 빈자리가 많았습니다.

나도 무대 바로 앞에서 서커스를 지켜보았습니다. 외줄 타기, 접시돌리기, 원숭이 재롱, 마술…. 무대가 낡고 소품도 초라했지만, 출연자들은 모두 열심이었습니다.

－우리 시대 최고의 아름다움을 지닌 배우! 한류 선풍의 선

두, 세계적인 스타! 기다리고 기다리시던…, 이-유-아- 양을, 소개합니다!

약장수가 중요한 장면을 마지막에 숨겨놓는 것처럼, 갖은 묘기가 끝나자, 사회자가 목청껏 그녀를 불렀습니다. 아이들로부터 박수가 터져 나왔습니다. 그녀를 실물로 보게 된다니…. 나는 가슴이 울렁거렸습니다.

하지만, 나는 이내 실망하고 말았습니다. 분장 때문일까요?

난쟁이의 손에 이끌려 무대로 나온 그녀는 얼굴을 가릴 정도로 크고 검은 선글라스를 끼고 있었습니다. 그녀가 나오자 무대 배경이 바뀌고 난쟁이 일곱 명이 무대로 올라왔습니다. 한때 그녀가 출연해 경이적인 흥행 기록을 세웠던, 〈백설공주가 사랑한 난쟁이〉를 연기하려는 모양입니다.

-거울아, 거울아. 세상에서 가장 예쁜 사람은 누구지?

마녀로 분장한 여자가 무대 한 귀퉁이에서 거울에게 묻습니다.

-물론 왕비님이지요. 하지만, 왕비님보다 더 아름다운 여인은 백설공주입니다.

-아, 아니, 백설공주는 이미 죽었는데….

−그녀는 아직 살아있습니다.

−아직? 그렇다면 이번에는 귤에 독을 넣어 완전히 저승으로 보내 주마.

백설공주의 의붓엄마는 귤에 주사기를 꽂습니다.

막이 바뀌어, 백설공주가 조그만 집에서 청소하며 노래를 부릅니다. 이유아의 낭랑한 목소리에 관객이 모두 박수를 보냅니다. 일곱 난쟁이가 그녀를 에워싸 노래에 흥을 돋우는 춤을 춥니다.

백설공주의 노래는 절정으로 치닫고 난쟁이들과 관객 모두 그녀의 목소리에 빠져듭니다. 그녀의 목소리는 일곱 난쟁이와 관객 모두의 가슴에 박혀 다시 모두의 입을 통해 토해져 나옵니다. 모두를 울립니다. 우주를 울립니다.

노래를 마치고 백설공주는 한 난쟁이를 끌어안습니다. 여섯 번째 난쟁이입니다. 그 난쟁이는 백설공주에 들려 무대 구석 침대에 옮겨집니다. 아픈 모양입니다. 여섯 번째 난쟁이는 눈이 아주 형형합니다. 특별한 조명이 여섯 번째 난쟁이의 얼굴과 눈에 비춥니다. 얼굴빛이 곱습니다. 눈에서 광채가 납니다.

잠시 후, 마녀 등장.

백설공주는 마녀의 꾐에 빠져 귤 한 조각을 입에 넣습니다. 백설공주는 그 자리에 쓰러집니다.

백설공주는 누워서 꼼짝을 안 합니다. 탄광에서 돌아온 난쟁이들은 공주를 유리관에 넣고 여러 날을 지킵니다. 어느날, 늠름한 왕자가 사냥을 나왔다가 난쟁이 집에 들어가고 유리관 속에 누워 있는 백설공주를 봅니다. 그는 공주에게 입을 맞춥니다. 백설공주는 마법이 풀립니다.

—마법 풀렸으니, 공주, 이제 나와 결혼해 주겠소?

왕자가 공주 앞에 무릎을 꿇습니다.

—저는 마녀의 술법에 걸렸습니다.

공주가 왕자를 보며 말을 이어갑니다.

—마법에 걸렸지만, 마법을 걸었던 것은 마녀가 아니라, 바로 저, 자신이었습니다. 저는 한때 아름다운 눈을 가졌지요. 그런 눈을 가질 수 있었던 비결은 세상의 아름다운 것만을 보려고 노력하였기 때문이었습니다. 천진난만한 아이늘의 눈, 끝없는 사랑이 담긴 어머니의 눈, 첫사랑에 빠진 여인의 눈, 가정을 지키기 위해 열심히 일하는 아버지의 눈…. 저는 그들의 눈을 닮으려고 열심히 그들 곁을 맴돌았습니다.

―아, 알겠소. 이제는 결혼해 주시겠소?

왕자는 고개를 갸우뚱하며 다시금 청혼합니다. 그러나 그녀는 엉뚱한 대답만 합니다.

―저는 결혼할 수 없어요. 저의 눈은 전혀 아름답지 않아요. 저는 인기가 높아지고 돈이 생기자 그들 곁을 떠나 더러운 것만 보게 되었지요. 더 많은 돈, 더 높은 명예, 추잡한 불륜 따위들…. 저는 그것들을 아무 거리낌 없이 부럽게 보아 왔어요. 그래서 아름다움은 더 보지 못하게 되었어요.

그녀는 흑흑, 흐느끼며 왕자를 밀치고 무대 오른쪽으로 갑니다. 거기에 여섯 번째 난쟁이가 누워 있습니다. 난쟁이의 얼굴과 눈에서 더욱 광채가 납니다.

구경꾼들이 이상하다는 듯 술렁거립니다. 백설공주의 개정판이라는 사람도 있었습니다. 나도 뭔가 기묘한 느낌이 들었습니다.

왕자가 그들에게 가까이 갑니다. 낮지만 윽박지르는 듯한 왕자의 목소리가 백설공주를 향합니다.

―이유아! 대본에도 없는 대사를 지껄이면 어떡해!

―죄송해요. 박수 소리를 듣는 순간, 너무 저 자신이 부끄러워서….

그녀는 얼굴을 돌리고 더욱 크게 웁니다.

―그만해! 여기서도 쫓겨나고 싶어? 그나마 무대에 서게 해 주려고 내가 얼마나 애를 썼는데…. 어느 미친놈이 녹내장 걸려 장님이 된 너를 쓰겠어?

―알아요. 다시는 그러지 않겠어요. 용서해 주세요.

두 사람의 대화가 각본에 있는 대사인지, 즉흥 연기인지 분간이 안 됩니다.

그녀는 선글라스를 벗고 눈물을 닦습니다. 그녀의 눈을 보는 순간, 나는 소름이 쪽 끼쳤습니다. 컴컴한 눈 주위에 허연 눈자위만 희번덕거리는 그녀의 눈이 무서웠기 때문입니다.

―내가 기증해 줄 거예요. 내 눈을 그녀에게 주기로 병원에 약정했어요. 그녀가 나를 보살펴 주었어요. 사랑이었어요. 진짜 사랑.

난쟁이가 벌떡 일어나 관객을 향해 큰 소리로 외칩니다. 이유아는 난쟁이 침상에 엎어져 울음을 터뜨립니다.

막이 내려옵니다. 실제인지 연기인지 구별이 안 되는 결말입니다. 관객은 손뼉을 쳤습니다. 아주 오래, 크게 손뼉을 쳤습니다.

운명을 이식하다

아들, 나는 잘 모르겠어. 인공지능이 얼마나 발전했는지, 앞으로 얼마나 발전할지…. 상상하면 끔찍하지. 첨단로봇이 지구상에서 인류를 가장 쓸모없는 동물이라 여겨 없앨 수도 있다는 인터넷 기사를 보긴 했어. 하긴, 지구의 에너지를 제일 많이 허비하는 생명이 인간 맞잖아. 그래도 인류는 AI를 더 발전시키겠지. AI를 개인 회사가 좌지우지 못 하게 하는 것이 중요하지 않을까.

우리에게는 희망이 있어. 우리는 교감하는 능력이 있잖아. 백설공주의 노래에 모두 공감하고 합창해서 절정에 오르잖아. 난쟁이가 백설공주에게 각막을 기증해서 이유아의 눈을 살려 주겠다는 상상은 인간만이 할 수 있지 않을까. 그 연극이 허구로 꾸며졌다고 해도 사람들은 눈물을 흘리고 웃고 감동하잖아. 인공지능 관객이라면 그럴 수 있을까.

우리 아파트 아랫동네, 목욕탕 주인이 최근에 죽었대. 김대식 대표, 입지전적인 인물이야. 그를 떠올리면 인간의 운명이 우연인지 필연인지 새삼 생각하게 돼. 인과에 의해 타고난 입력 정보가 그의 운명을 끌어가는 게 맞는지, 살아가면서 개인의 노력은 또 어떻게 봐야 하는지…, 고민하게 돼.

김대식 대표의 팔촌 동생 김문식 씨의 삶도 잘 들여다보면 깊이 생각하게 돼. 김문식 씨도 최근에 큰 성공을 이뤘지. 주민들이 하는 이야기 조합해 보면 흥미로워. 오늘은 김대식, 김문식 두 사람 이야기 전해 줄게.

우리는 주변에서 종종 운이 좋은 사람을 볼 수 있잖아. 그 사람은 용모가 빼어나 뭇사람들의 시선을 잡아끈다거나, 머리가 비상해서 일을 꾸미는 재주가 남다르다거나, 한 가지 방면에 특별한 능력을 갖추고 있는 건 아니지.

그렇다고 요즘처럼 변화무쌍한 세상을 정확히 간파하여 발 빠르게 대처하지도 못해. 누가 보아도 평범하고, 별나지 않아. 아니 오히려 일반 사람보다 더 못생겼고, 머리도 좋지 않으며, 눈치도 둔해. 그런데도 그가 하는 일은 모두 잘 풀려. 아무리 불가능해 보이는 일이라도 그가 하고자 하면 아무 걸림 없이 금세 이뤄지지.

그를 요모조모 살펴보고 이리저리 연구해 보아도 운이 좋다고밖에 할 수 없어. 그를 보면 과연 사람에겐 타고난 운명이 있구나, 하고 고개를 끄덕이게 돼.

원주에서 최고, 한국에서 최대의 시설을 자랑하는 '대성 스파월드' 주인인 김대식 씨가 바로 그런 유형의 사람이야. 김대식은 초가에서 몇 년 전에야 슬래브로 지붕을 얹은, 그야말로 찢어지게 가난한 두메산골의 셋째 아들로 태어났지만, 서울 강남에 빌딩을 세 채나 갖고 있고 사우나를 여덟 개 운영해. 목욕협회 회장직도 맡은 사람이야. 그는 재벌들과 잘 어울리는 고위층도 아니요, 기상천외한 발명품을 만들어 사업에 성공하지도 않았어. 나이도 이제 50대에 들어섰지. 아무런 기술도 없고, 처세에 능하지도 않은, 지극히 평범한 인물이야.

그런 사람이 여러 사람에게 대우받는 이유는, 그 까닭은, 운수가 기괴할 정도로 좋기 때문이야. 김대식 씨가 운수 트인 사람이라는 말은 여러 무당도 입에 올린다고 해. 운수 대통의 모범 사례지.

지금의 대식 씨가 있기까지 요약해보면 이래.

종조부께서 돌아가시자, 장손인 큰 종숙이 자식과 같은 동생들을 이끌고 서울로 입성해. 큰 종숙은 봇짐장수를 시작하셨고, 대식은 시골 중학교를 5년에 걸쳐 간신히 졸업한 상태야. 형편상, 성품상, 공부를 계속할 수 없었어, 서울역에서 몇 년 구두를 닦다가 군에 자원입대하지.

대식의 운이 빛을 발하기 시작한 것은 군에서부터라고 해. 사회에 나가도 별 뾰족한 수가 없어 그는 말뚝을 박으려고 했대. 병장에서 하사로 진급하고부터는 하는 일 없이 빈둥대는 것도 멋쩍어 신참들에게 이것저것 기술을 많이 배우지. 특히 운전을 배우면서 그는 운전석이 자신에게 가장 적합한 자리라고 느꼈대.

대식은 근무시간을 빼먹으면서까지 자동차 수리와 운전에 전력을 다해. 그 열성이 군단장 눈에 띄어 그는 군단장 차를 몰게 돼. 그리고 군단장의 전역과 동시에 대식도 자연스럽게 군단장의 집으로 들어가 계속 운전사 겸 비서 노릇을 해. 그런데, 혼란스러울 정도로 운명이 한꺼번에 엎치락뒤치락, 범벽이 되어 대식을 뒤흔든 사건이 나타나.

군단장의 대학생 아들이 음주운전을 하다가 사람을 치어 죽인 사건이 그것이야. 군단장의 아들 대신해서, 대식이 감옥에 들어가. 3년 옥살이 끝에 보석으로 풀려난 대식 앞에는 군단장의 대가가 기다리고 있었어. 군단장이 아파트를 준다고 했을 때, 대식은 운전사 노릇을 하며 보아 두었던, 강원도 원주에 있는 팔십 평가량의 땅을 달라고 했대. 장군이 눈곱만치도 생각지 않는 버려진 땅이었지. 답답한 아파트에서 살기보다는 밥벌이도 할 겸 타이어 펑크 때우는 장소로 삼겠다는 소박한 생각에서였대. 그런데, 그곳에서 유황 온천수가 쏟아져 나온 거야. 그야말로 졸부가 된 셈이지.

운이 좋은 사람들 대부분이 그렇듯이 그들은 자기의 운수가 보통이 넘는다고 깨닫게 되면, 그 순간부터 그것을 지키려고 안간힘을 다해. 아무리 사소한 금기라도 철두철미하게 지키려 갖은 애를 다 쓰고, 자기 운에 도움이 된다는 것은 수단과 방법을 가리지 않고 얻으려 하지. 그러다 보면 다른 사람은 발톱에 낀 때만큼도 생각지 않게 되고 순전히 자기 위주가 된다는 것을 그들은 잘 몰라.

그들은 또 건강에 관한 관심도 각별해. 몸에 좋다는 음식은 가리지 않고 찾아 먹고, 제일 간단하면서도 가장 효과적인, 따라서 사치스러운 레저를 선호하지. 김대식도 마찬가지야. 모질게 몸을 아껴 30대 중반으로 보여. 그는 자기 몸을 아끼는 만큼 돈도 무척 아껴.

팔촌 동생 김문식이 그를 찾아갔대. 김문식은 우리 아파트 곁에 있는 연립주택에 살아. 그는 돈이 절박했어. 그가 사는 연립 전세를 집주인이 터무니없이, 급작스럽게 올려 달라고 했대. 백방으로 뛰어다녀보아도 돈을 마련할 길이 없어 문식은 마지막으로 대식에게 찾아갔어.

게다가 문식은 콩팥 기능이 현저히 떨어져 가고 있었어. 만성이라 하는데, 자칫 잘못, 투석해야 할지도 모른다네. 콩팥을 기증받으면 그나마 활동할 여지가 있대. 문식은 피로한 몰골로 푸른 숲 아파트 404호, 대식에게 찾아갔지.

수전노라고 소문난 형님이기에 별 기대하지도 않았지만, 그래도 따뜻한 말이나마 듣고 싶었대.

─너의 생활 태도가 나는 마음에 들지 않는다. 돈이 없으면 낮춰 가면 될 게 아니냐? 처음부터 다시 시작한다는 마음으로 사글세나 얻어보지.

대식이 한 말은 그뿐이었어. 문식은 화를 억누르며 황황히 푸른 숲 아파트를 나왔어.

그런 뒤 수개월 지나, 문식은 대식 형이 위독하다는 전화를 받았어. 백 년은 넘게 살 듯 보이더니만 어찌 된 일인가, 하고 문식은 의아해하며 대식이 누워 있다는 병원으로 달려갔어.

병원 응급실 문 앞엔 친척들이 와글거렸어. 대식 형이 위독하긴 한가 봐. 종계 회의나 집안 경조사에 얼굴도 내밀지 않던 친척들도 꽤 많이 눈에 띄었어. 친척들은 하나같이 침통한 표정이었어.

―뇌사에 빠졌대. 식물인간이라네, 의식이 없대.

언제 어떻게 될지 모른다는 소리에 문식은 아찔했어.

―더럽게 재수도 없지 뭔가. 다른 사람은 모두 멀쩡한데, 저이만 저렇게 다쳤으니….

친척들의 소곤거림을 추려보니 대충 이래. 대식 형은 목욕협회 회원들을 이끌고 야유회를 다녀오다가 변을 당했대. 고속버스가 논바닥에 한 바퀴 굴러 원상태로 돌아왔는데, 다른 사람들은 모두 안전띠를 맨 채 의자에 앉아 있어서 말짱했지만, 대식 형만 서 있어서 버스가 구르는 대로 이리지리 쏠리다 꼬꾸라졌대. 버스 안에서 노래자랑이 한창이었고, 마침 대식 형 차례였다는 거야.

어처구니없는 대식의 사고에 대해 이러구러 입방아를 찧고 있는데, 응급실 분이 열리며 의사가 나왔어. 대식 형의 친구라대. 의사는 한참 동안 천장만 바라보더니 울먹였어.

—운명했습니다. …그 친구, 제게 몇 달 전에 찾아와 유언을 남겼습니다. 자기 운이 다해간다고, 언제 객사할지 모른다고, 그렇게 되면 건강한 자기 장기를 병고에 시달리는 사람들에게 나눠주라고….

그는 고개를 푹 떨구고 우물거렸어. 모두의 귀가 그의 입으로 향했어.

—특히, 신장은 꼭 팔촌 동생에게 기증하겠다고 했습니다.

의사는 친척들에 둘러싸여 아이처럼 꺼이꺼이 울었어. 의사는, 대식이 장기뿐 아니라 가진 재산을 모두 불치병 환자들 병원설립에 써 달라고 유언했다고 덧붙였어. 대식의 장기와 돈을 그가 관리하나 봐.

문식은 혼란스러웠어. 대식 형이 자신에게 신장을 기증해주리라고는 생각지도 못했어. 대식 형님, 불쌍하면서도 형님

다운 의지가 있어 보였어.

대식 형은 이 세상을 떠나기 싫었던 거야. 대식 형은 자신의 고고한 정신과 이름을 이 세상에 영원히 남기고 싶었을지 몰라. 신체 기관까지 다른 사람의 몸을 빌려 이 세상에서 숨쉬게 하고, 자기 이름 박힌 재단을 세우려는 것이지.

문식은 의사와 함께 펑펑 울었어. 이 세상에 대한 대식의 절절한 애정과 열정이 문식을 통곡하게 했어. 수동적이고 소극적이었던 문식 자신의 세상살이를 한탄하는 울음인지, 저렇게라도 세상에 남기려는 욕망이 맞는지, 서럽기도, 두렵기도 했어. 문식 자신에게는 절대 일어날 수 없다는 한탄스러움이 뒤범벅되면서 울음이 터져 나왔어.

여인숙 달방에서 살아가던 김문식은 김대식의 신장을 이식받은 뒤, 승승장구했어. 손수레에서 고구마 빵을 구워 팔았는데, 지금은 체인점만 전국에 서른 개가 넘어. 그는 요즘 푸른 숲 아파트 주민 대표로 활동하고 있어.

축의금 믿음

아버지, 요 며칠 아내와 마찰이 잦습니다. 양보하지 않으려는 마음, 자기 것 버리기 싫은 마음 때문일 것입니다.

결혼은 미친 자의 용기라는 생각이 짙어지는 요즘입니다. '3포 세대'를 넘어서려는 시도가 혈기 왕성만으로는 어려운 현실이기도 합니다. 직장 다니는 아내에 대한 피해망상이 결혼생활을 위태롭게 합니다. 마음을 다져야 하는데 쉽지 않습니다. '토토' 이야기 마치고 우리 시대의 결혼, 부부에 대해 써나가려 합니다.

사십 분을 넘게 기다려도 버스가 오질 않자, K는 일찍 귀가하기를 포기합니다. K는 길가에 있는 '봄날'이라는 카페 문을 밀고 들어갑니다. 버스를 기다릴 때마다 언젠가는 연구소

동료들과 한번 들어가 보리라 마음먹고 있던 카페입니다.

막상 테이블을 잡고 앉아 실내를 둘러보니 카페는 기대와는 전혀 딴판입니다. 몇 개 안 되는 테이블이 무질서하게 놓여 있고, 주방 겸 카운터로 쓰는 선반 위는 모니터가 삐뚜로 서 있습니다. K는 조금 더 버스를 기다릴 걸, 후회하지만 이내 호기롭게 위스키를 주문합니다. 메뉴에서 가장 비싼 안주도 함께 시킵니다. K가 술집에 혼자 들어가 술잔을 기울이기는 처음입니다.

K는 근래 들어 처음으로 해보는 일이 많습니다. 퇴근 후 성인 오락실에서 밤늦도록 전자 도박했고, 호텔 오락실에서 새벽까지 빠친코에 붙어 있기도 했습니다. 지난 일요일엔 과천 경마장에 가서 경주용 말들이 뛰는 모습을 오래 지켜보았습니다.

처음 해보는 소소한 일탈은 진급 못 한 스트레스 때문이 아닙니다. 점심시간 이후, 어깨에 부는 바람 같은 쓸쓸함이 짙어지는 요즘입니다. 하지만 이런 외로움은 지난날 고학 시절의 그것과는 다릅니다. 두어 뙈기밭과 오두막 한 채 밖에 없는 가정에서 공부에만 매진해서 굳은살처럼 붙은 외로움이 아닙니다. 차라리 그것은 K가 10년을 넘게 쓰고 있는 샤

프처럼 익숙합니다.

결혼을 한 달 앞둔 지금, K에게 수시로 다가오는 고독에는 불안이 섞여 있습니다. 중견기업 제품개발 연구원일 뿐인 K는 결혼 준비가 전혀 돼 있지 않았습니다. 그의 능력으론 뻔한 준비를, 처가 쪽에서는 쉼 없이 다그칩니다.

처가에서는 두 달 전부터 휴일마다 K를 불러냈습니다. 예물 시계와 반지를 맞추게 하는가 하면, 한복과 두루마기 감을 고르게 합니다. 그의 생각과 시야를 온통 결혼에 고정해 놓습니다. K도 알고 있고 조급합니다. 장모는 '받아놓은 날은 빨리 다가온다'라는 말을 되풀이하며 서둘러 K가 집을 얻어놓기를 부채질합니다.

K에겐 당장 사글세 보증금도 없습니다. 그동안 직장생활을 하며 쏟아 넣었던 저축은 지난겨울 뇌내출혈로 꼬꾸라진 어머니 일으키는 데 썼고, 그가 회사 곁에 한 칸 사글세로 사는 방 보증금도 어머니 입원실로 디밀어졌습니다.

─나폴레옹 한 잔 더 주셔.

벌써 네 잔째입니다. 혼자 마시는 술이라 그런지 취기가 금세 올라옵니다. K는 문득 서류 가방 안의 복권이 생각납니다. 스피또. 로또를 사고 남는 돈으로 산, 긁는 복권입니다.

K는 스피또를 꺼내 긁습니다. 5,000원 당첨입니다. K는 위스키를 들이켭니다. 그래도 학교 선배인 구매부장의 소개로 만난 그녀가 있어 좋은 일이 생기는 듯싶었습니다.

어렵게 공부하며 지내왔던 지난날은 불운의 연속이었습니다. 고등학교 3년 동안 늘 전교 수석이었음에도 대입 시험 치를 때 난데없는 눈병으로 제 실력을 발휘하지 못했습니다. 대학원을 마치고 시간 강사로 뛰며 박사과정을 밟던 중 컴퓨터가 바이러스 걸리는 바람에 써놓은 논문을 모두 날렸습니다.

결국, 후배에게 전임교원 자리에서 밀리고 기업체의 연구소로 들어가게 되었습니다. 공부와 연구를 계속할 수 있다는 입사 초기의 희망은 사라진 지 오래입니다. 회사의 연구개발이란 것이, 기초연구에 대한 투자는 전혀 없이 어떻게 하면 해외기술을 정확히 모방할 수 있는가에만 전력을 쏟고 있기 때문입니다. 창조력보다는 지구력이 있어야 하는 단순노동뿐입니다. K는 다 식은 밥을 꾸역꾸역 먹는 기분으로 회사에 다니고 있습니다.

그래도 그녀를 만나고부터는 이가 제대로 맞아 들어가는 기분입니다. 어머니의 병세도 기적적으로 호전되고, 지난달에는 K 연구팀이 개발한 신제품이 히트 상품이 됐습니다. K

는 회장실에 불려가 칭찬도 직접 들었습니다. 게다가 K를 지독히도 못살게 굴던 박 과장이 다른 부서로 전출되기도 했습니다.

그렇게 잘 풀려나가는 듯싶더니 난관에 부딪히게 된 것입니다. K에게 있어 그녀는 더 이상 말동무가 아니라는 사실, 그녀도 K도 결혼 적령기를 넘어선 노처녀, 노총각이란 사실, 그리고 자신은 결혼 준비가 전혀 돼 있지 않다는 사실이 K의 눈앞을 가로막는 것입니다.

K는 오천 원 당첨 복권을 주머니에 넣고 휴대전화를 꺼냅니다.

— 여보세요? 안녕하시죠, 접니다.

— 네. 술 많이 하셨나 보네요.

K가 만취한 듯한 음성으로 전화를 넣었지만, 그녀는 예의 차분히 가라앉은 목소리로 되받습니다.

— 그쪽은 준비 완료? 나는 아직도 낮은 포복이에요.

결혼을 조금 더 늦추면 어떻겠어요? 하고 말하려다 K는 그만둡니다. 그 말 때문에 이미 진력이 나도록 싸웠던 기억이 떠올랐기 때문입니다.

— 엄마 아빠가 난리예요. 한 달밖에 남지 않았는데 느긋하

362

다고요. 이미 K 씨가 준비해야 할….

또 시작하려는가. 그녀는 엄마와 아빠의 입을 빌려 K에게 자신의 결혼 준비 목록과 절차를 주입하려 합니다. K는 휴대폰을 귀에 대고 있을 뿐, 카운터 선반 위에 놓여 있는 텔레비전 화면에 집중합니다. 텔레비전에선 저녁 뉴스가 한창입니다.

'국세청은 호화 사치성 소비재 취급 업소에 대해 집중 세무 조사를 실시했습니다.'

─우리 집에선 K 씨 능력을 믿고 있어요. 친구들도 좋은 분 많고….

─아시안컵 결승에 오른 우리 축구 대표님, 컨디션이 좋아 보입니다.

─사실 저는 불안해요…. 왜 아무 말도 하지 않죠?

─최선을 다하는 중입니다. 내일 또 전화할게요.

K는 전화를 끊고 위스키를 더 주문합니다.

아침에 일어나 보니 어떻게 집으로 돌아왔는지 K는 기억이 없습니다. 들어와 곧장 잠자리에 들었는지 양복이 온통 주름투성이입니다. K는 지각이다 싶어, 넥타이만 바꾸고 출근합니다.

숙취로 두통을 견디며 자료실에 앉아 있는 K를 누군가 뒤에서 쿡쿡 찌릅니다.

―자네, 여기 있었구먼. 찾았어. 긴히 할 얘기가 있으니 조용한 데로 가지.

K에게 그녀를 소개해준 구매부장입니다.

―요즘 바쁘지? 결혼 준비는 잘 돼?

회사에서 좀 떨어진 스타벅스까지 앞장서 들어가 후미진 테이블로 안내해 앉은 구매부장이 미소를 보입니다.

K는, 부장이 무슨 일로 자신을 찾았을까, 궁금했지만 욱욱 쑤셔오는 머리를 진정시키느라 다른 생각은 귀찮았습니다.

―자네에게 좋은 소식이 있어. 올가을 승진자 명단에 자네도 끼어 있더군. 내가 상신하지 않았어도 자네는 능력이 있으니까.

구매부장은 마치 자신이 승진하는 사람처럼 잇몸을 드러냅니다.

―와이프 될 사람 잘 있지? 자네, 경사가 겹쳤어.

부장은 K 가까이 다가앉습니다.

―음…, 그런데 자네한테 부탁이 좀 있네.

커피숍 안에는 몇 사람 없는데 구매부장은 자꾸 주위를 두리번거립니다.

　－무슨?

　－뭐 어려운 건 아니고 이번에 자네 팀이 개발한 신제품 말이야, 배합계획을 자네가 짰다지? 달걀 함량을 조금만 줄여 줬으면 좋겠네만.

　이것이었군, 하고 K는 속으로 말했습니다. 두통이 더 심해집니다. K네 회사에선 이번에 새로 개발한 파이에 상당한 기대를 걸고 있습니다.

　－그러면 파이가 단단해질 텐데요. 맛도 떨어지고….

　K는 구매부장의 의도를 금방 알아차립니다. 달걀 생산업체에 친구가 있다던가. 부장은 그쪽과 거래하며 구매량을 변조한 수익을 챙기려는 속셈입니다.

　－달걀을 덜 넣으면 중량이 안 나오고…, 소비자보호단체에서 가만히 있지 않을 텐데요.

　－이 사람 답답하긴. 그만큼 밀가루를 넣으면 되잖아? 맛이 얼마나 차이 난다고. 아주 조금만 줄여줘. …그리고 여기, 자네 결혼 축의금일세. 부담 갖지 말고 받아. 아끼는 후배한테 주는 거니까.

　구매부장은 안주머니에서 봉투를 꺼내 K 앞으로 디밀고는 자리에서 일어납니다. K는 구매부장이 놓고 간 봉투를 열어 봅니다. 봉투 안엔 백만 원짜리 수표 열 장이 말끔한 낯짝으로 웃고 있습니다. 두통은 최고조에 다다르자 차차 가라앉기 시작합니다.

이깃도 그녀를 만나고부터 시작된 행운의 일종이랄 수 있을까? 아니, 이건 음모야. 내 양심을 저울질해 보려는 속물들의 음모. 다시금 불운으로 몰고 갈 수도 있어.

아니야, 소심하긴. 지금이 어떤 시대야? 서로 밀어주고 당겨주는 협력 시대 아니야? 모두 좋게 지내려고 고급 술집에서 하룻저녁 술값으로 수백만 원 우습게 써 버리잖아. 다 그러면서 살잖아. 그동안 속아온 삶이었어.

K는 온종일 시험실에 틀어박혀 배합기를 만지작거리며 돈 봉투에 대해 고민합니다. 그러나 퇴근 무렵이 되어 그녀로부터 저녁 식사를 같이하자는 전화를 받고 나서는 고민은 사라져 버렸습니다. 오히려 돈 봉투가 한없이 고맙게 생각됩니다.

–내가 요즘 바빠서…. 그쪽에서 신경 좀 써 주었으면 좋겠어요. 우선 이걸로 어머님하고 아버님 예물을 준비하고….

K는 그녀와 레스토랑에서 만나 저녁을 먹은 뒤, 구매부장이 주었던 돈 봉투를 고스란히 그녀에게 건네줍니다. 그리

고, 회사에서 임원들과 자신의 관계에 대해, 능력자의 원만한 사회생활에 대해 호기롭게 말합니다. 승진 이야기를 덧붙이는 것도 잊지 않습니다. 그녀는 놀라는 표정을 짓더니 돈 봉투를 열어보곤 곧 환히 웃습니다.

─자기, 정말 대단해요. 벌써 과장 대우로 승진하고…. 앞으로 자기를 절대적으로 믿기로 했어요.

K는 그녀의 입에서 튀어나온 믿음이란 말이 어쩐지 어색하게 들립니다.

이튿날, 회사에 나가보니 모두 K에게 축하 인사를 건넵니다. 사령이 떨어지지도 않았는데, 벌써 어떻게들 알았는지 K의 승진을 축하하는 인사입니다.

K도 쑥스러워하며 일일이 인사에 응하고 일을 시작하려 자리에 앉으니, 구매부장으로부터 전화가 걸려 옵니다.

─자네, 당장 나 좀 보게. 어제 그 커피숍으로 와.

구매부장은 화가 단단히 난 음성으로 전화를 뚝 끊어버립니다. 뭔가 잘못되었나 싶습니다.

─아니, 자네가 나한테 그럴 수 있어? 그게 뭐 어려운 일이라고.

K가 스타벅스에 들어가 구매부장 맞은편에 앉자, 부장은 눈을 부릅떠 K를 쏘아봅니다. K는 그가 무슨 말을 하는지 도대체 감을 잡을 수 없습니다. 부장은 다시 눈에 힘을 풀고 주변을 둘러보고 말합니다.

─다시 한번 잘 생각해 봐. 자네가 그렇게 나오면 거래처에 내가 무슨 면목이 서겠나. 그건 축의금이었어. 자네가 필요하다면 더 줄 수도 있어.

─무슨 말씀이신지…?

─그렇게 모른 척하지 말게. 그러면 자네 그 알량한 자존심 때문에 자네 와이프 될 사람하고 나하고 다신 못 볼 사람이 되니까.

─정말 부장님께서 무슨 말씀하시는지 모르겠습니다.

─자꾸 꽁무니 빼는군.

부장은 K를 다시 노려보고 고개를 흔듭니다.

─정 그렇다면 이번 일은 없었던 거로 하세. 사람이 그렇게 융통성이 없어서야….

구매부장이 자리를 박차고 일어서고 어제와 마찬가지로 K는 혼자 커피숍에 남아 멍하니 있습니다.

구매부장이 했던 말을 가만히 되새김질해 보니, K는 그제야 일의 전모를 알 수 있을 것 같습니다. K도 자리를 박차고 나가 핸드폰을 듭니다.

─구매부장 만났소?

핸드폰 속에 그녀가 나오자 K는 다짜고짜 묻습니다.

─예, 엊저녁에 만나서 봉투를 돌려줬어요. 그 선배, 축의금 먼저 줬다고 자랑하기에 의심했죠.

그녀가 부장을 만난 게 틀림없습니다. 눈치 빠른 그녀는 그 돈의 목적이 깨끗하지 못함을 직감했을 것입니다.

─그것 없이도 간단한 예물은 가능하잖아요.

─그래도 그렇지. 한 마디 상의라도 있었어야….

K는 그녀를 책망하는 투이지만 힘이 실리지 않습니다.

─자기, 믿는다고 했잖아요. 영원히 믿을 거예요.

그녀는 조곤조곤 말합니다. 그녀의 입에서 나온 믿음이란 말이 어제처럼 어색하지 않습니다.

모자 쓴 신부

아들, 우리는 자연과 완벽히 합일하던 낙원에서 추방됐다고 하잖아. 동물의 본능은 남아 있어도 이성으로 공동체를 꾸려나가지. 사람들은 외로움을 벗어나려 사랑하지. 우리에게 사랑은 그 사람 소망을 믿어주는 게 아닐까.

내게 사랑의 문제를 가장 확실하게 정리해 준 에리히 프롬은 이렇게 말했어. 사람들은 대부분 사랑을 '받는' 문제로 보고 있대. 그럴수록 사랑은 멀어진다고. '사랑받기'보다 '사랑하기' 위해서는 존경, 지식, 책임, 보호가 필요하다고.

사랑은 평생 배우고 실천해야 하는 문제야. 요즘처럼 사랑이 더 필요한 우리에게는 말이야.

오늘은 601호 신혼부부 이야기 전할게. 그들이 내게 잘해.

가끔 음식이나 책도 갖다줘. 특히 동연이라는 신랑, 인사성이 밝아. 신부가 텐션이 높아 좀 어색해 보여도, 그들이 꼭 아들네 같아서 나도 관심 깊게 지켜보지.

601호에 대해 다른 경비원이 하는 말, 분리수거장에서 사람들이 툭툭 던진 말, 부녀회에서 띠도는 말들을 조합해 보면 좀 과장된 느낌이지만 재미있어. 특히 신혼여행 이야기가 흥미로워.

저기, 동연 씨가 인사하네. 오늘은 동연 씨의 푸념이 들려오는 듯하네.

아파트 사람들이 하는 말과 동연 씨의 허밍을 섞어서 글을 엮어 보낼게.

동연 씨는 지금 경대 앞에 앉아 립스틱을 바르고 있는 여인이 자기 아내라는 사실이 믿어지지 않아. 이미 아랫배가 불룩한 마흔넷의 나이에 소녀 같은 신부를 맞이했다는 기쁨 때문일까? 동연 씨는 슬며시 웃음이 삐져나와. 하지만 잘못된 선택이 아닐까, 하는 우려도 슬금슬금 그의 옆구리를 찔러와.

그런 걱정은 사흘 전, 예식장에서부터 시작됐어. 동연 씨는 식장이 미어터질 정도로 가득 들어찬 하객들로 잔뜩 긴장한 채 땀을 삐질삐질 흘리고 있는데, 그녀는 재미있다는 듯이 연신 벙글거리고 있어.

다른 신부들은 안내원의 손에 이끌려 신부 화장실로, 드레스실로 다소곳이 움직였지만, 그녀는 안내원이나 친지를 어디로 떨어냈는지 혼자서 깔깔거리며 뛰어다녔어. 신부 대기실에서도 그녀는 가만히 앉아 있지 못하고 친구들과 큰 소리로 수다를 떨어댔어. 그녀는 신부 입장 때도 마치 경보선수처럼 부케든 손을 허리에 찰싹 붙이고 뛰듯이 걸어 들어왔어. 중절모를 쓴 채 면사포 두르고 말이야. 오히려 그녀의 아버지가 그녀에게 끌려오다시피 했어.

주례사 순서에선 또 어땠는지 알아? 지리멸렬한 이야기라 하더라도 주례 선생이 덕담을 주고 있는데, 그녀는 연신 입을 비쭉거리며 중얼거렸어. 동연 씨 회사 전무님께서 주례사 도중에 가끔 그녀를 내려다보아 동연 씨는 민망스러울 지경이었어. 그녀는 아예, 하품하다가 "이제 그만해 주세요"라고까지 했대.

신혼여행을 제주도로 갈 때도 그녀는 비행기를 마다하고

갑자기 카페리를 고집했어. 지난밤에 바다 위를 걷는 꿈을 꾸었는데 그렇게 신비로울 수가 없었다는 거야. 그 통에 동연은 예약했던 비행기 표를 날릴 수밖에 없었어.

동연은 그녀가 첫사랑을 잊지 못해서라고 생각했어. 그녀에게는 초등학교 시절부터 따라다니던 동창 녀석이 있었는데, 최근에야 떨어져 나갔다나. 그 동창과 제주도에 몇 번 왔다고 지나가듯 이야기했던 기억이 났지.

—바다가 나더러 자꾸만 뛰어들라고 해요.

그녀는 카페리 선미에 나가 난간에 기댄 채 웅얼거렸어. 그녀는 금방이라도 뛰어들 것처럼 까치발을 하고서 바다를 노려보았어. 동연은 결혼생활이 위태롭지는 않을까, 마음이 무겁게 가라앉았어. 혹시 동창 녀석이 신혼여행까지 따라온 것은 아닐까, 하는 의심마저 들었어.

여동생의 느닷없는 혼인 선언으로 동연이 먼저 식을 올려야 한다는 어머니의 고집이 작용했던 결혼이었어. 평생 노총각 신세 면하려면 서둘러야 한다며 어머니가 중매쟁이를 세 명이나 끌어들였지. 세 번째 중매쟁이에 떼밀려 대면하게 된 여자가 그녀였어.

32세, S 대학 컴퓨터공학과 졸업, 2학년 재학 시 국제 코딩

대회 대상 수상, 컴퓨터 학원 원장.

동연은 이런 그녀의 능력보다 그녀가 요즘 여자들처럼 가식 없어 좋았어. 가끔 엉뚱한 말을 툭툭 던져 당황했지만, 그것도 동연의 마음을 끌었어.

−오늘이 여행 마지막 날이죠? 오전엔 돌 문화원엘 들르고 오후엔 시내에 나가 선물 골라요.

그녀가 경대 위에 놓여 있는 베이지색 중절모를 눌러쓰고 동연을 바라봐.

−또, 그 모자 쓰고 나가려고? 요즘 저런 모자 누가 써. 더울 텐데….

동연은 그녀가 모자를 쓰는 게 못마땅했어. 그녀는 언제나 그 중절모를 쓰고 외출했어. 동연과 처음 데이트할 때부터 지금까지 줄곧 그녀는 모자를 잊지 않았어. 어제, 호텔 지하 나이트클럽을 내려갈 때도 그녀는 중절모를 단단히 눌러썼어. 클럽 안에서 춤을 출 때도 그녀는 중절모를 붙잡고 흔들어댔어. 초야를 치를 때도 그녀는 모자를 쓴 채였어.

−사람마다 제각각 취미가 다르잖아요. 저는 모자 쓰는 게 취미에요. 특히 이 모자를 쓰면 머리가 맑아져요. 관자놀이

를 지그시 눌러 주는 느낌, 너무 좋아.

그녀는 동연의 불평엔 아랑곳하지 않고 중절모를 더 깊이 누르고 핸드백을 집어 들었어.

돌문화공원에 들어서자 그녀는 환호성을 지르며 셔터를 눌러댔어.

─우리, 갑돌이 스토리처럼 될 것 같지 않아요?

양반집 딸인 갑순이와 하인인 갑돌이가 우여곡절 끝에 결혼해 딸 셋을 낳고 잘 살아간다는 제주도 설화가 우리 정서에 맞는다는 뜻인지, 신분이 다른 남녀가 만나서 역경을 헤치고 행복하게 살아간다는 이야기가 자신과 관계돼 있다는 것인지, 그녀의 속내를 가늠할 수 없어서 동연은 혼란스러웠어. 경보선수처럼 걸으며 카메라를 눌러대는 그녀를 따르느라 동연은 정신없었어.

─이젠 시내로 나가요. 선물 골라야죠.

오전을 돌문화공원에서 보낸 그들은 시내로 나가 햄버거로 간단히 요기하고 서귀포시를 둘러보았어. 서귀포시에서 동연은 또다시 미심쩍은 일을 겪었어.

─우리, 영화 한 편 봐요.

친지와 직장동료에게 나눠줄 선물을 사 들고 시내에서 빠져나오려는데 그녀가 CGV 영화관을 가리켰어. 신혼여행 길에 영화를 본다는 일이 어처구니가 없었지만, 그 또한 그녀 개성이고 두 사람의 추억이라 생각하고 동연은 동의했어.

－잠깐, 저 잠깐 화장실에 다녀올게요.

영화 상영 중에 잠깐, 이라던 그녀는 영화가 끝나도 돌아오지 않았어. 동연은 불안해지기 시작했어. 엉뚱한 상념으로 범벅된, 한 시간을 영화관 앞에서 보내고 있는데, 길 건너편 이발소에서 나오는 그녀가 보였어.

동연은 그녀가 반가워 달려가려고 했지만, 몸이 움직이질 않았어. 그녀 곁에 흰 가운을 입은 남자가 어디선가 나타나 그녀를 보듬고 머리를 쓰다듬는 거야. 동연은 자기 눈을 의심했지만, 중절모, 그녀가 분명했어. 동연은 다리에 힘이 풀렸어.

－아니, 왜 이렇게 나와 있어요? 영화 벌써 끝났어요?

어느새 왔는지 고개를 떨구고 있는 동연 앞에 그녀가 우뚝 서 있어. 그녀는 늦어서 미안하다는 말을 되풀이했어.

제주도에서 집으로 돌아오는 발걸음은 한없이 무거웠어. 동연에게 4박 5일의 신혼여행은 달콤한 꿈이 아니었어.

―마중 나온다는 사람 있어?

다시 배를 타고 기차로 서울역까지 온 동연은 서울역 광장에서 머뭇거리며 주변을 두리번거리는 그녀에게 물었어.

질투.

동연은 질투하는 자신이 미웠어. 하지만 안 할 수 없잖아. 그녀를 아끼겠다는 마음은 질시와 꼭 함께여서 괴로웠지. 자신은 사랑의 대상을 질투할 수밖에 없는 소인배인가. 동연은 질투하는 사람은 네 번 괴로워한다는 바르트의 말이 생각났어. 질투하기 때문에 괴로워하고, 질투하는 자신을 비난하기에 괴로워하고, 자신의 질투가 그 사람을 아프게 할까 봐 괴로워하고, 질투의 노예가 된 자신을 괴로워한다는 거야. 그의 말이 맞아.

―글쎄요, 그분이 나오실지 궁금하네요. 시간이 맞을 텐데….

그분이라니, 그녀가 관심을 두는 사람이 분명 있다는 거야. 동창 아닌 사람이 또 있다는 건가. 결혼 준비부터 그녀가 머뭇거렸던, 그녀의 눈에 비친 사람이 자신이 아닌 듯한, 의심이 다시 똬리를 틀기 시작해.

―아, 저기 계시네요. 저기.

그녀가 동연을 두고 달려갔어. 동연은 그녀 뒤를 급히 따랐어. 그녀는 많은 사람 틈에서 비구승 앞에 섰어.

─스님, 제가 찾아가려 했는데….

그녀가 스님에게 합장했어. 그녀의 공손한 모습이 처음이어서 낯설었어.

─아닙니다. 곧 동안거에 들어가 볼 수 없을 겁니다. 가는 길에 이렇게 얼굴 한 번 보니 좋네요. 신랑분, 든든하시겠어요.

그녀가 든든하다는 건지 동연이 든든하다는 건지 모르지만, 스님의 잔잔한 미소에 동연은 마음이 가라앉았어.

스님과 다시 합장하고 동연네는 떠났어.

─제가 가장 존경하는 분이에요. 작년 이맘때 학원에 불이 났었죠. 학생 실수로. 아니, 실수가 아니라 고의였어요. 왜 라이벌 학원 있잖아요. 그 아이, 저를 아주 미워하는 라이벌 학원장의 아들이었어요.

그녀는 스님 쪽을 바라보았어. 이미 스님은 어디론가 사라지고 없었어.

─화재 사건 뒤, 세상이 싫어졌어요. 출가하려 했어요. 그분이 말렸어요.

그들은 집으로 돌아가는 길에 재래시장에 들렀어. 그녀가 예의 경보 걸음으로 빠르게 걸어 들어간 곳은 시장 안 떡볶이집이야. 동연은 허겁지겁 그녀를 따랐어.

그녀는 튀김을 떡볶이 국물에 찍어 입에 넣고 오물거리며, 오 이 맛이야. 이 맛보려고 살잖아, 눈 크게 뜨고 탄성을 질러. 감탄하다가 어묵 국물도 줄줄 흘려.

—…왜 제가 늘 모자를 쓰고 다니는지 모르죠? 이젠 숨기지 않아도 되겠죠. 화재 사건 때, 머리를 다쳐 머리카락이 없어요. 가발을 써야 해요. 모자가 가발을 잘 조여주거든요. 어제, 영화관에서 빠져나와 가발을 구하러 다녔어요. 가발이 오래돼서 자꾸 벗겨지잖아요. 이발사가 잘 맞춰 줬어요. 제주도 최고 전문가라고 카페리에서 소개받았죠.

그녀는 주위를 두리번거리더니 중절모를 살짝 들어 올렸어. 중절모와 함께 머리칼이 뜯겨 나왔어. 그녀의 머리 가운데가 훤히 비어 있었어. 완전히 다른 사람이었어.

그리고 보니 재래시장 먹자골목에는 그녀와 같은 차림에다 중절모 쓴 여자가 듬성듬성 앉아 있었어. 무슨 유행처럼 중절모가 둥둥 떠다니고 있었어.

바다에서 건져 올린 그림자

아버지, 바다를 보고 싶습니다. 제주 바다. 아내와 저도 신혼여행지가 제주도였습니다. 아내가 아주 좋아했습니다. 저도 마찬가지였고요. 갑돌이 이야기, 목석원은 없어졌다고 하더라고요. 제주도, 많이 변했겠죠.

그래도 파도는, 바다는 여전하리라 봅니다. 〈바다〉라는 시가 생각납니다. 이승훈 선생님의 시집 《당신의 초상》에 있는 시입니다. 이승훈 선생님, 비대상 시론을 내세우셨죠.

대상을 비유하기보다 대상에 대해 잠재된 생각이 튀어나와 부딪치는 말을 늘어놓는 기법이라고 합니다. 어찌 보면 무의미 시론과도 비슷합니다. 하지만 개인의 내면 더 깊이, 그리고 즉흥성에 치중했다고 볼 수 있습니다.

아버지께서 아시다시피 제가 남해에서 군 생활하지 않았

〈韻〉

습니까. 〈바다〉는 해안 경계 근무를 서는 저에게 삶의 무상함을 전해 주던 시입니다. 제겐 그랬습니다. '사춘기와 결혼과 전쟁과 하얀 서까래'가 바다였습니다. 제가 바다를 지키는 것이 아니라 바다가 저를 지키고 있었습니다.

언제든 바다에 뛰어들고야 말았을지 모르는 초병 시절이었습니다. 파도가 일었다가 스러지는 모습을 보면서 이 년 삼 개월을 보내니, 일었다 스러지는 것은 파도가 아니라 저 자신이었다는 것을 알게 됐습니다.

그 리듬을 아버지께 보냅니다. 들어 주시고 읽어 주십시오.

〈散〉

방금 날짜 세기를 마쳤소.

1004호, 1인실로 옮겨온 지 109일째.

담당 여사가 검사 결과 나오면 오늘 오후에라도

1인실에서 나갈 수 있다 하오.

창문에 걸려 있는 구름이 맑고 햇살이 두꺼운 게

봄은 당연히 왔구려.

당신 생각이 끊길 때가 제일 싫소.
옆방에 새로 온 녀석이 아무 때나 비명을 질러
당신 풍경이 자꾸 일그러지오.

내게 사춘기를 바치지 않았던가.
결혼과 전쟁과 하얀 서까래를 바다에 묻고
이대로 마지막 아니었던가.

더 이상 참을 수 없소.
담당 여사를 기다릴 여유가 없소.
내 시계는 그때 망가져 버렸소.
멈춰 버린 당신의 시간에 내 숨만 간신히 얹어놓는 세월.

나는 침실에서 벌떡 일어나 방문으로 달려드오.
손잡이를 돌리자 문이 물처럼 허물어져 내리오.
나는 물속에 들 듯 1004호 바깥으로 풍덩 빠져나가오.

지하철을 타다 비행기에 오르고, 버스 안에서 흔들리다가

해변에서 자전거 페달을 밟소

육지를 밀치고 밀쳐 바다에 다다르니

뛰어들라 뛰어들라 파도가 부르오

끼 끼, 당신의 울음 섞인

포말에 젖는 갈매기 소리

당신을 바다에 밀친 나는 죽음을 달게 맞을 수 있는가.

도무지 도무지 도무지

조아린 머리채를 파도가 잡아채오

숨이 차오르고 당신이 나를 보고 있음을 분명히 알겠소.

따뜻한 시선.

당신은 따뜻하오.

함께 뛰어들었지만 살아남은 나는 차갑고 말이오.

나는 당신을 등에 업고 달리오.

- 1004호 金基笒 님 점심 나왔어요.

감았던 눈을 떠 방문을 보오.

밥 시간이오.

식판을 들고 웃는 여사님 모습이

닫힌 문에 판박이처럼 붙어 있소.

나는 가짜 코골이처럼 문득 소리를 지르오.

- 여사님, 나 오늘도 바다에서 헤맸습니다.

밀가루 아파트

아버지, 바쁘신가 봅니다. 메일 보내시지 않아 제가 보냅니다. 아버지 편지글 받아 읽으면서 많은 생각, 많은 도움을 받고 있습니다. 감사드립니다.

글쓰기가 습관이나 의무가 되면서도 그를 경계해야 함을 알고 있습니다. 좋은 글은 의무감에서 나오지 않음을, 그리고 꾸준해야 함도 알고 있습니다.

마치 그리움을 그리듯이 말입니다. 습관이 되면 잃어버리는 사랑처럼 말입니다. 아버지 메일을 기다리며 오늘도 짧은 이야기 보냅니다.

―아무래도 이사 가야겠어요.

일요일이어서 느지막이 일어나 멀뚱멀뚱 텔레비전을 바라

보고 있는 K 곁으로 아내가 바싹 다가앉습니다. 아내는 아침 식사를 준비하던 중인가 봅니다. 아내에게서 식용유 타는 냄새가 풍겨옵니다. K는 아무 대꾸도 없이 바라보고 있던 텔레비전 화면에서 눈을 떼지 않습니다.

브라운관 안에선 뚱뚱한 연예인들이 물에 빠지는 게임을 즐기고 있습니다. 물과 그들의 웃음소리가 화면 바깥으로 튑니다. K는 아내의 말을 듣지 못했다는 듯 텔레비전에 몰두하는 척합니다.

이사 온 지 3개월도 못 되어 또 이사해야겠다는 것입니다. 신혼살림을 시작하고 1년이 지난 지금까지 세 차례나 이삿짐을 싸고 풀었는데도 아내는 여전히 양이 차지 않는 모양입니다. 손끝에 물 한 방울 담그지 않고 자랐다는 아내가 이삿짐은 잘도 싸고 풉니다.

전세 한 칸이라고는 해도 부엌과 욕실이 따로 있어 두 사람 살기 불편하지 않을 텐데도 아내의 입에선 늘 불평이 튀어나옵니다.

－부엌이 좁아터져서 제대로 움직일 수가 있어야지.

－널찍한 베란다에 척척 빨래를 널어 보았으면.

－물을 제때 쓸 수 있나, 시장이 가깝기라도 하나….

퇴근하고 돌아와 스마트폰으로 주가 시세를 보고 있노라면 아내의 퉁퉁 부은 목소리가 K를 꾹꾹 찔러댑니다. 그녀의 불평을 들을 때마다 K는 조그마한 아파트 한 채 없이 장가를 들었다는 자격지심과 연애 시절 그녀를 설득하지 못했다는 후회기 뒤섞여 화가 납니다. 아내의 불만이 최고조에 이르고 K 또한 아내의 잔소리를 더 견딜 수 없어 소리를 높이면, 이사를 해야 했습니다. 벌써 세 번째입니다.

아내가 그렇게 툭하면 집을 옮기려는 이유는, 버스 정류장이 멀어서, 주인집 개가 자기만 보면 대들어서, 주인아주머니의 시선이 모멸에 가까워서…, 등등입니다. 겉으로는 사소했지만, 속내는 아파트 공간뿐일 것입니다.

결혼 전 아홉 평짜리라도 아파트에서 살게끔 힘써 보겠다던 K의 약속이 지켜지지 않음에 대한 보복이었는지 아내는 걸핏하면 이사해야겠다는 말을 뱉습니다. K는 결혼을 앞두고 자신이 있었습니다. 그 정도의 평수라면 K 이름으로 등기된 아파트가 가능하다고 믿었습니다.

그러나 아홉 평짜리도 은행 빚을 내도 어림없습니다. K는 아파트 전셋값이 그렇게 비쌀 줄 꿈에도 생각하지 못했습니다. 아파트 매매 가격은 상상을 초월했습니다. 서울의 아파트 가격은 수십 억이었습니다. 강남 어느 동네는 하루에 수천만 원씩 오르기도 했습니다. 거품이 빠져도 시간이 지나면 또 올랐습니다.

―이번엔 또 무슨 이유야?

며칠간 밤을 새워가며 이삿짐 챙길 생각을 하니 끔찍스러웠습니다.

―부침개를 만들려는데, 밀가루가 없지 뭐예요. 필시 옆방에서 가져갔을 거예요.

K에게 동의를 구해오는 아내의 눈입니다.

―옆방이라니?

―왜, 있잖아요? 남편한테 소박맞고 혼자 산다는…. 그 여자, 아무래도 정신이 이상해요.

아내는 K 곁에 바싹 붙어 낮은 음성으로 소곤거립니다. 다세대주택은 옆집 사람의 숨소리가 들릴 정도입니다.

―어디서 그런 말을…. 아줌마가 들으면 얼마나 섭섭하겠어? 그 밀가루, 혹시 당신이 버린 거 아냐?

K도 소곤거립니다. 지난 장마 때 아내가 밀가루에 곰팡이가 피었다고 투덜거리던 소리가 기억납니다. 밀가루라는 아내의 말에 아파트가 연결됩니다. K네 회사는 밀가루와 시멘

트 가루로 사업을 일궈냈습니다. 두 가루가 회사원 가족을 먹고 살게 해 주고 있습니다.

　—밀가루뿐이 아니에요. 빗자루며 옷걸이며, 부엌 바깥에 내놓은 물건이 쥐도 새도 모르게 하나둘씩 없어지는 거예요. 심지어는 내 속옷까지도⋯. 틀림없이 그 여자예요. 밀가루, 그 여자가 훔쳐 갔을 거예요. 주인집 아줌마도 그랬어요. 그 여자, 정신이 나갔다, 들어왔다 한다고요.

　아내의 밀가루라는 말은 국수도 떠오르게 합니다. 옆방 여인이 국숫집을 하다가 망했다는 소리가 있습니다. 새콤달콤한 김치 국수, 매콤한 비빔국수 생각하니 침이 고입니다.

　—그만둬. 확실히 알지도 못하면서⋯.

　K는 아내를 흘긴 눈으로 보며 국수 생각을 떨어냈습니다.

　아내의 말이 완전히 얼토당토않은 것만은 아닙니다. 옆방 여자는 이상스러운 면이 많습니다. 가끔 알아들을 수 없는 소리로 중얼거리다가 느닷없이 목청을 돋워 트로트를 읊어 댔습니다. 어느 날 아침엔 속옷 바람으로 훌라후프를 돌리기도 했습니다. 누군가의 시선을 의식하면서도 부끄러운 기색 없는 옆방 여자입니다.

　—그 여자, 정상이건 비정상이건 당신이 무슨 상관이야?

당신 할 일이나 똑바로 해, 물건 아무 데나 굴리지 말고.

　K는 아내의 말에 동의하는 대신 물건 간수 못 한 아내를 나무랐습니다.

　─여기선 더 살 수 없어요. 아무래도 이번 기회에 아파트로 들어가야겠어요.

　K의 질책에 아내는 짜증을 냅니다. 돈을 많이 벌지 못한다는 비아냥을 넘어선 항의로 보입니다. K도 발끈합니다.

　─정신 나간 건 옆방 여자가 아니라 당신이야. 당신, 요즘 아파트 전셋값이 얼마나 비싼 줄 알아?

　─그래요, 제가 미쳤어요. 지금 당장 친정에 가서 빚이라도 내겠어요!

　아내는 소프라노로 울먹입니다. K는 더 참을 수 없습니다. 끓는 화를 가까스로 누르며 K는 밖으로 나갑니다.

　동네를 빠져나온 K는 목적지도 생각하지 않고 지하철 안으로 들어갑니다. 역 구내 벤치에 앉아 지하철 열 대째를 보내고 나니 배가 고파옵니다. 아내가 잘 만드는 김치 비빔국수가 간절합니다. 자존심은 배고픔을 이기지 못합니다. K는 지하철역 구내를 빠져나갑니다.

집으로 돌아와 보니, 현관에 낯선 신발이 놓여 있습니다. K는 의아해하며 방으로 들어서려다 멈춥니다. 반쯤 열려 있는 방문 틈으로 옆방 여자의 모습이 보입니다. 그녀가 음식 접시를 무릎 앞에 놓고 아내와 마주해 있습니다.

-어쩜 이렇게 솜씨가 좋으세요?

접시에 담겨 있는 부침개를 아내가 손가락으로 덥석 집어 올리더니 한 입 베어 뭅니다.

-그 밀가루, 버리시는 것 같아서 제가 곰팡이만 떨어내고 이렇게 가끔 부침개를 해 먹어요. 국수도 만들어 먹고요.

옆방 여자는 아내가 맛있게 먹는 모양을 흐뭇하게 바라봅니다.

-저, 서울 강남에 아파트 네 채 갖고 있었어요. 그런데 지금 한 채밖에 없어요. 아파트가 있으면 뭘 해, 남편이 매일 고주망태가 돼서 두들겨 패는데.

그녀의 다크서클은 그늘이 아니라 멍인 듯싶습니다.

-우리 국수 만들어 팔아서 큰돈 벌었어요. 하지만 아들 사업에 모두 디밀어졌어요. 아들네가 사는 나머지 한 채도 어떻게 될지 몰라.

옆방 여자가 부침개를 한 점 입에 뭅니다. 아내도 생각 깊은 눈빛으로 옆방 여자를 바라보며 부침개를 입으로 가져갑니다. 아내의 입속으로 들어가는 부침개를 바라보니 K는 어지럽습니다.

허기입니다.

시원의 휴가

아들, 답장 늦어 미안하다. 바쁘기도 했지만, 글쓰기를 좀 쉬고 싶었어. 아들은 기특해. 꾸준하고, 똑똑해서 아버지는 기쁘다.

지난번 보내 준 메일의 그 옆방 여인, 국수로 성공했다는 그 여인, 나도 아는 사람 같아. 하긴 음식으로 성공하는 사람 많아서 그 사람이 맞는지 모르겠지만.

'죽여주는 국수'라고 있지. 양평에서 군민들에게 저렴하고 맛있다고 소문난 국숫집. 이제는 대한민국 온 국민 사이에 알려진 동치미국수집. 전국 가맹점이 스무 개가 넘었대. 지금은 다른 주인이 하고 있는지 모르겠네.

그런 가족 많아. 당대에 성공했지만 2세, 3세가 다 망치는 집안. 돈 버는 사람, 쓰는 사람 따로따로라는 속담도 맞는 듯싶어. 우리 푸른 숲 아파트 1001호 고 씨 부부가 그런 경우야. 고 씨 부부가 평생 밀가루 반죽해서 번 돈, 모두 아들 내외가 말아 먹었대. 1001호는 곧 경매로 넘어가게 됐다나.

병 얻었어도 병간호하는 사람 없고, 아들도 해외 출장으로 바쁘대. 핑계지. 아들 내외가 골프 가방 실은 차를 주차장에 대고, 아파트에 올라가는 모습 몇 번 봤거든. 아마도 병간호보다 고 씨네 집에서 뭐 가져갈 거 없나 살피러 왔을 게 분명해. 지난여름 휴가철에 아들네를 방콕에서 본 적 있다는 사람이 있어. 거기로 골프 여행 다녀온 모양이야.

고 씨 부부는 그래도 낙천적이고 유머러스한 사람들이야. 고 씨가 내게 가끔 우스개를 잘 던져. 고생이 많았던 탓인가, 아들에게 실망이 컸나, 이 세계를 초월한 사람들처럼도 보여.

오늘은 고 씨 부부 휴가 간 이야기해 줄게. 조금 살을 붙여 보았지.

아들, 아등바등 사는 것보다 마음 편한 것이 좋아. 좀 쉬어 가면서 일하거라.

고 씨는 이번 여름휴가를 최고로 보내기 위해 오래도록 준비해 왔어.

…바닷물을 온통 바겐세일하고 있는 것처럼 사람들이 바글바글하고, 이때다 싶다는 듯한 바가지요금, 아침부터 술 취한 토박이들의 텃세, 밤낮없이 달려드는 모기와 벌레 떼…. 고 씨는 지난해 여름휴가를 돌아보니 고개가 절로 흔들려.

올 여름휴가는 전자와 통신으로 가득한 도시의 현실에서 벗어나 차라리 원시의 생활을 해보자는 생각이야. 고 씨는 아내와 한 달 동안 휴가 준비를 만반, 십만 반 해왔어.

우선 휴가 날짜는, 기상청과 공영 방송 기상 통보관에게 직접 전화를 걸어 가장 더우리라 예상되는 8월 초순에 곱표를 그렸어. 휴가 장소는 각 여행사 프로그램과 여행 전문 정보지에 밑줄을 긋거나 인터넷을 뒤지다가 밀쳐내고, 시골에 있는 재종 아재와 아재의 사돈의 팔촌에게까지 일일이 전화해 자문을 구했어. 마침내 최적의 장소를 찾았어. 평창 용오름 계곡.

쌀, 버너, 코펠, 텐트, 세면도구, 수영복, 운동화….

원시생활을 해보겠다고 마음먹었지만, 막상 준비물을 챙기기 시작하니 물건이 점점 많아졌어. 아내가 '만일을 위해…' 라면서 배낭에 하나둘 준비물을 넣으니 금세 큰 가방 하나가 채워졌어. 고 씨도 '비상시를 대비해…'라면서 자기 배낭 배를 불려 나갔어.

라면, 낚시도구, 소화제, 멀미약, 반창고, 정글 생존 기법서, 면도기, 필기구, 소설책….

모자를 쓰고 낚시도구를 점검하는 고 씨의 손놀림에 가속이 붙었어.

두 개의 배낭이 가득 차 빵빵했지만, 아내는 '지난여름 상기하자'라며 신혼여행 때 가져갔던 트렁크를 창고에서 꺼내왔어.

모기향, 슬리퍼, 잠옷, 손전등, 치약, 타월, 자명종, 화장품 세트….

욕실과 안방을 오가며 거실로 내온 물건을 다시 확인하는 아내의 눈에 힘이 들어 있었어. 이번 여행은 도시 생활에서 벗어나 원시생활을 해보자는 취지였지만 고 씨나 아내나 집에서 쓰는 생활용품을 좀 더 가져가지 못해 안달 난 사람들 같았어.

─참, 망치하고 톱도 챙겨야 해, 못하고 펜치도 필요하겠네.

고 씨가 생각났다는 듯이 아내에게 말했어. 신세계에서 새로운 생활을 해보려면 준비할 게 정말 많을 듯싶었어.

여행을 떠나는 날 새벽 네 시, 먼저 일어나는 사람이 깨워 달라 했지만 고 씨와 아내는 잠을 자지 않았는지, 세 시 반에 함께 일어났어. 고 씨 내외는 세수도 생략하고 우유만 마신 뒤, 세 개의 배낭과 세 개의 손가방, 그리고 두 개의 트렁크를 나눠서 지고 집을 나섰어.

재종 아재의 사돈이 소개해준 휴양지는 과연 명소였어. 교통편이 없어 비록 반나절을 걷기는 했지만 인적 없는 비경에다가 물과 숲이 맑고 깊은, 고 씨가 애타게 찾던 장소였어. 신대륙을 발견한 기쁨이 이럴 듯싶었어.

계곡 곁에 고 씨가 폴대를 세우고 텐트를 펴는 동안 아내는 계곡에 들어가 세수했어. 고 씨도 서둘러 텐트를 설치하고 물에 들어가 더위를 식혔어.

한참 동안 물장구를 치니 배가 고파 고 씨 내외는 식사 준비를 서둘렀어. 아내가 쌀을 씻는 동안 고 씨는 버너에 불을 댕겼어. 하지만 버너의 불길이 확 솟아올랐다가 이내 사그라져 버렸어. 고 씨가 버너를 이리저리 살피고 다시 불을 붙여보았지만 불은 일어나지 않았어. 라이터도 없었어. 어쩔 수 없이 고 씨는 마른 나뭇잎을 긁어모아, 준비해 온 부싯돌로 불을 만들어보았어. 어차피 원시생활을 해보기로 작정한 터였어.

세 시간 동안 돌을 부딪치다가, 마른 장작에 나무젓가락을 비벼대다가 간신히 불 만들기에 성공한 고 씨는 세상을 얻은 듯한 기쁨에 환호를 질렀어. 아내도 길길이 뛰며 불이 꺼질세라 얼른 돌을 쌓고 밥을 안쳤어.

밥이 끓는 동안 고 씨는 반찬으로 쓸 물고기를 잡아야겠다 생각하고, 낚시도구를 챙겨 계곡 깊이 들어갔어. 바늘에 떡밥을 끼우고 물에 드리우려 힘껏 떡밥을 날리자 낚싯대가 꺾어지며 바늘이 날아가 버렸어. 고 씨는 한참을 낚싯대와 씨름하다 포기하고 텐트로 돌아왔어.

고 씨는 음악 들으려고 스마트폰에 이어폰을 꽂았어. 하지만 소리가 나지 않았어. 이어폰 단자 접촉 불량인 듯싶어. 스마트폰을 이리저리 누르고 이어폰 잭을 넣었다 빼기를 수차례…. 결국 이어폰 잭이 부러지고 말았어.

고 씨는 음악 듣기를 포기하고 책을 보려고 안경을 찾았어. 맑고 깊은 산 속에 들어오니 기운이 넘쳐나는가? 찾은 안경을 끼려고 테를 벌리는 순간, 다리가 뚝, 하고 부러졌어.

조금만 힘을 주었는데도 모든 것이 부러지거나 망가지는 것이었어.

이러다 텐트까지 무너뜨리겠다 싶어 고 씨는 텐트 밖으로 나와 식칼을 차고 산속으로 들어갔어. 정말 원시에서처럼 식량을 직접 구해와야겠다는 생각에서였어. 산속에서 멧돼지라도 만나면 한주먹에 때려눕힐 자신이 있었어.

하지만 계곡을 거슬러 올라 산속 깊이 들어가도 멧돼지는커녕 다람쥐조차 눈에 띄지 않았어. 고 씨가 어두워질 때까지 산속을 헤매다 구한 식량은 산딸기 한 움큼과 버섯 다섯 송이뿐이었어.

텐트로 돌아오니 마침 아내가 계곡 아래에서 잡았다며 다슬기를 내놓았어. 고 씨 내외는 버섯을 넣고 다슬깃국을 끓였어.

무척 맛있는 국이었어. 고 씨 내외는 국물 한 방울도 남기지 않고 말끔히 먹고, 산딸기로 후식까지 즐긴 다음 텐트로 들어가 이야기를 나누었어. 고 씨는 로빈슨 크루소가 어떻게 날짜와 요일을 정했는지를, 아내는 제인이 타잔의 어떤 다리에 매달렸는지 이야기하면서 깔깔거리다 잠을 청했어.

그러나 잠은 오지 않았어. 너무 피곤해서가 아니라 세찬 바람이 불어와 텐트를 흔들어댔기 때문이야. 바람은 점점 거세져서 나무들 뿌리가 뽑힐 정도였어. 예보에 없던 태풍이었지. 고 씨는 안간힘을 다해 텐트를 부여잡았고, 아내는 화장품 가방을 깔고 엎드렸어.

바람은 새벽녘이 되어서야 잠잠해졌어. 그런데, 이내 폭우가 내리기 시작했어. 계곡물이 금방 불어났어. 고 씨 내외는 텐트를 버리고 서둘러 산등성마루로 올라갔어. 고 씨는 바들바들 떨며 구조를 요청하기 위해 갖은 방법을 동원했어.

그러나 핸드폰은 충전기가 방전된 상태였고 불을 피울 마른 나무는 없었어. 구조 요청 외침도 폭풍우 소리에 잠겨 버렸지. 고 씨 내외는 꼭 붙어 앉아 폭풍우가 지나기를 기다리는 수밖에 없었어. 어디에선가 젊은 남녀의 속삭임이 들리는 듯싶었지만, 기운 없어 환청이라 여겼어.

저녁 무렵에서야 비바람이 잦아들었어. 고 씨 내외는 뻣뻣해진 몸을 일으켜 간신히 산에서 내려올 수 있었어.

집으로 돌아온 이틀 뒤, 고 씨와 아내는 고열과 구토, 설사에 시달리다가 결국 종합병원 내과 병동, 같은 병실에 나란히 늪게 되었어. 식중독에다가 디스토마 감염이래.

고 씨 내외가 병실 텔레비전 뉴스를 보는데 산사태로 인해 피해 본 지역이 화면에 자세히 나와. 어디서 많이 본 곳이라는 생각 중에 앵커의 말을 듣고 고 씨는 놀랐어. 며칠 전에 고 씨 내외가 폭풍우로 고립되었던 그곳이었어.

고 씨가 휴가 갔던 산 바로 뒤편에 골프장과 모텔이 들어서 있었던 거야. 앵커는 산 반쪽을 허물어 만든 그 골프장 때문에 해마다 산사태가 나서 자연훼손이 심각하다고, 그래도 당국은 나 몰라라 한다고 개탄하고 있어.

고 씨는 버섯과 농약 중독된 다슬기가 췌장에 염증을 일으켰으니 병원에 더 있어야 한대. 고 씨 내외는 여전히 입원 치료 중이야. 아들 내외는 한 번도 병문안 온 적 없대.

돌멩이 꽃 피어

아버지, 요즘은 아기라도 있으면 좋겠다는 생각이 듭니다. 아내와 인연이 오래되기를 바라는 마음이겠죠. 아이가 생기지 않는 이유는 아내가 힘들기 때문이라는 생각이 부쩍 듭니다.

처음 생긴 아기가 유산이 되고 나서 아내는 더 불안해합니다. 저도 마찬가지고요. 아이 없어도 사랑이 식지 않으리라는 믿음이 희미해져 갑니다.

아버지께 시를 보냅니다. 장석남이라는 시인의 초기 시입니다. 그는 추억과 회상으로 지금의 괴로움을 잊으려 합니다. 시인들에게 있어 죽음은 초월의 대상인데, 기억을 되새김질하면서 그러려고 노력하는 모양새입니다. 꿈결 같은 그리움을 노래하는 그의 시는 그래서 슬픕니다.

〈그리운 시냇가〉는 더 그렇습니다.

〈韻〉

그리운 시냇가

장석남 시 작사
김기유 곡 작곡 편곡

내가 반짝이고 당신이 반짝이고
아기 낳은 면 돌멩이 같은 아기 낳으면
돌멩이 꽃처럼 피언 곳까지 오르리라
아무도 그곳까지 이른지는 못하리라
가끔씩 시냇물에 붉은 꽃이 비쳐내리면 마음
을 환히 적시리라 적시리라 사람들 한
잠도 자지는 못하리라

〈散〉

마감에 쫓기면 벼룩시장에 간다.

'행운서점'.

책보다 그림을 보러 간다.

기골 장대 주인 노인 건강하신가. 재작년 미수(米壽),

지금은 구순이시겠네.

노인자리 위에 비뚜로 서 있는 보디페인팅 여인.

등에 매단 얼음 장미를 봐야 머리가 달궈지고 생각이 정리된다.

허리 비틀어 뒤돌아보는 근육질 여인, 주인과 조화롭다.

수십 년 동안 그림에, 노인에게 시간은 흐르지 않았다.

노인이 권하던 아기 장수 설화집도 그대로겠지.

– 그녀 아직 살아있을까.

반 웃으며 청계천을 바라보던 노인,

서점 앞에 그의 고향마을이 흐르고 있다.

야반도주 약속했던 그녀는 시냇가에 나오지 않았다.

-태몽을 꾸었다. 용마 꿈

그녀는 장수를 낳았으리라. 아기 장수.

흉년이 계속되자 사람들은 굶다가 도적 되고….

시냇가 위에서 용마가 울었겠지.

-그녀는 사람들 살리려고 아기를 죽였을까.

봄에 아기가 시냇물에 빠지자 지천으로 붉은 꽃이 피었다.

아기는 용마를 타고 계곡을 올랐으리라.

아무도 그 골짜기 이르진 못했으리.

-그녀가 마을 사람들 편히 잠들게 했던 거다.

올봄 나는 또 마감에 쫓겨 그림 보러 간다.

노인은 없고 그림은 여전하다.

그림 속 여인이 청계천을 바라본다.

흐르는 물에 붉은 꽃이 떠다니다가

노인의 뇌에 박혀 붉게 피어났단다.

6장

새로운 시인을 그리며

나 이제 시를 쓰지 않습니다.

봄눈을 맞이하는 나의 숨처럼 가벼운 몸

슬픔 덩어리가 내 속에서 떨어져 나갑니다.

지니고 있는 것 아무것도 없고,

드러누울 야산 하나 보이지 않습니다.

내조의 여왕

아들, 오늘은 임 씨 형님 이야기야. 임 씨 형님이 어디서 귀동냥한 이야기를 전해 줄게. 언젠가 우리 아파트 화가 이야기해 준 적 있잖아. 그와 관계있어.

전국 5위 안에 드는 광고회사 미술팀을 맡아보고 있는 박승우 씨가 점심 식사를 마치고 회사로 돌아오고 있어. 승우는 카페로 들어가는 남녀를 물끄러미 바라보고 미소 지어. 남녀는 승우가 이끄는 미술팀의 멤버들이야. 남자는 입사 2년 차 최 주임이고, 여자는 창간하는 잡지 편집 때문에 잠시 일손을 빈, 일용직 사원 김 양이야.

남녀 사이의 데이트는 극히 자연스러운 일이지만, 승우는 좀 마뜩잖은 눈길이야. 같은 사무실에서 일하기 시작한 지한 달도 되지 않았는데도 저렇게 친해질 수 있는지, 아무리 스피드를 자랑하는 시대라 해도 지나치게 빠른 속도야. 게다가 김 양은 이번 잡지 창간 일만 끝나면 회사에 남아 있지 못하게 될 텐데, 위험하기 짝없는 속도지.

하얗게 웃는 그들을 뒤로하고 승우는 사무실로 향했어.

책상 위에는 그림엽서가 얌전히 누워 있어. 아내가 보내온 카드야. 승우는 재킷을 벗어 옷걸이에 걸고, 의자에 앉아 카드를 펼쳤어.

[작품은 잘 진행되는지, 좋은 작품 기대해요. 당신의 혜진.]

아내로부터 그림엽서가 오기 시작한 것은 승우가 동인전에 작품을 내기로 마음먹고 작업을 착수하고부터였어. 승우는 한창 활동하고 있는 대학 동창의 권유로 작품을 만들어보기로 했지. 작업에 방해가 된다며 아내와 별거에 들어갔어. 10여 년 동안 순수회화 작업을 하지 않아 손이 무뎌졌지만, 마지막 기회라 생각하고 열정을 쏟아부으리라 다짐했어. 작업실에서 출퇴근해서 그런지 아내가 매일 이렇게 카드를 보내오는 것이지.

승우에게 있어 이번 동인전은 순수미술을 다시 시작하느냐, 광고 편집회사에서 삽화와 표지를 그리며 실용 회화로 남느냐 하는 시험장과 마찬가지야. 어릴 때부터 싹 텄던 그리기 재주는 S 대학 서양화과를 수석으로 졸업하며 꽃피웠지.

졸업 직후 결혼하면서 순수미술과는 멀어지게 됐어. 국비 유학을 포기한 것은 돈 때문만은 아니야. 치매 걸린 어머니가 걱정됐고 아이도 생겼기 때문이야.

자기만족보다 광고회사에서 필요로 하는 그림을 그리면서 그는 그 계통에서도 인정받았어. 근무시간도 자유롭게 되었고, 생활비도 걱정 없게 됐지. 하지만 동창들 활동에 자극받았어. 순수회화를 하고 싶은 열망이 근래 들어 자주 생겨났어. 그래서 그는 이번 동인전을 전환점의 시험대라 여기고 시간을 쪼개 열 내고 있지.

점심시간이 끝나자 직원들이 사무실로 꾸물꾸물 들어오기 시작했어. 최 주임과 김 양도 시간 차이를 두고 따로따로 들어와 자리에 앉았어. 그들은 아무 일도 없던 것처럼 시치미 떼고 일하기 시작해. 승우는 그들의 모른 체, 딴청에 공연히 심술이 났어. 승우는 최 주임을 불러 이번에 창간하는 잡지의 편집 진행 상황을 물었어. 승우도 이미 알고 있는 상태야.

─예, 오늘 오후에 오케이 교정보면 됩니다. 편집장이라는 사람, 까다롭지만 재미있던데요?

최 주임은 약속된 납부 기한까지 무리 없이 끝내리라고 덧붙여. 최는 입사한 지 2년밖에 안 됐지만, 일의 진행뿐 아니라 광고주를 다루는 요령까지 터득했어. 최는 눈치 빨랐지만 쓸데없이 자의식만 강한 요즘의 MZ세대 사원들과 별반 다르지 않아. 영어 섞인 말투, 안하무인 격의 출퇴근 시간, 잡다한 정보, 헐렁한 복장과 과장된 몸짓⋯. 최처럼 깊이 없이 덜렁거리는 MZ세대들을 승우는 못마땅하게 여기고 있어.

승우 세대들이 이념의 싸움과 빈곤에 시달리며 그림조차 사치로 여기던 대학 시절을 보냈다면, 요즘 세대는 다양한 사상과 풍요로운 물질 세례를 받으며 여러 가지 빛깔을 뽐내고 있지.

어쩌면 승우는 MZ세대들의 참신한 생각들을 부러워하고 있는지도 몰라. 그래서 이번 회화 작업에 더욱 매달려 보려는 것인지도. 산만해 보여도 컴퓨터로 융합하는 능력이 뛰어난 MZ세대들에게 응용미술에서조차 밀려날지도 모른다는 조바심이 자신을 내몰고 있는 것은 아닌지.

－인쇄소 가서 마지막 교정 확실히 보라고.

승우는 쉴새 없이 다리를 떨어대는 최 주임에게 지시했어.

－예, 알겠습니다.

최 주임이 나가고, 승우의 팀에는 김 양이 혼자 남아 가제본을 점검하는 중이었어. 빠른 손놀림, 빈틈없는 검색, 정확한 수정…. 이력서에 나타난 그녀의 편집 경력은 오랜 것이었지만, 여자여서 실력을 발휘할 수 있는 자리를 주지 않았던지, 그녀는 직장을 자주 옮겨 다녔어.

그녀와 최 주임이 전혀 어울리지 않는 것만은 아니었어. 분위기를 보건대, 최 주임이 먼저 그녀에게 접근한 듯싶었지만, 그녀도 최 주임이 전혀 싫지만은 않은 낌새였어. 신세대는 아니지만, 그녀도 신세대를 가까이하고픈 것은 아닐까? 승우는 쓸데없는 질투가 발동해 그녀를 한참 쳐다보았어.

－나, 먼저 퇴근합니다. 자 이거, 시간 있으면 친구하고 보세요.

승우는 재킷을 입고 그녀의 자리로 다가갔어. 그리고는 재킷 안주머니에서 연극 관람표 두 장을 꺼내 그녀 책상 위에 올려놓았어. 그녀는 일손을 멈추고 승우를 흘깃, 한번 올려다보고는 다시 가제본잡지에 얼굴을 묻었어. 승우는 아무 대답도 없이 다시금 일에 몰두하는 그녀를 뒤로하고 사무실을 빠져나왔어.

승우의 작업실은 회사에서 얼마 떨어지지 않은 곳에 있어. 사장의 양해를 얻어 회사 창고로 쓰이는 공간에 화구를 늘어놓았지.

승우는 작업실 문을 열자마자 이젤에 씌워놓았던 천을 벗기고 작업 중인 그림을 바라보았어. 신세대와 구세대의 갈등을 담으려는 의도야. 백화점 쇼윈도 배경으로, 땅을 내려다보고 있는 시골 할머니와 핫팬츠 차림의 도시 처녀를 대비시킨 구도야. 그림은 얼추 구성되었지만, 가장 핵심이랄 수 있는 할머니의 눈매와 처녀의 배꼽에 더욱 붓길을 가해야 할 것 같았어.

차분한 마음으로 물감을 개고 붓을 들었지만, 캔버스는 자꾸 일그러지기만 했어. 집중이 전혀 안 되고 잡념만 우글거렸어. 전시날짜는 며칠 남지 않았는데, 조금만 더 힘을 내면 되는데….

승우는 세 시간 동안 이젤 앞에 우두커니 서 있었을 뿐, 캔버스에 붓을 전혀 대지 못했어. 한 시간을 더 끙끙대다가 결국 그는 캔버스에 천을 덮고 작업실을 빠져나왔어.

극장 건너편 커피숍에 앉아 승우는 홍차를 홀쩍기리며 극장 앞을 바라보았어. 연극이 시작되려는지 극장 건물 주위로 사람들이 가득해. 입구에 늘어서 있는 사람들 틈에 최 주임과 김 양이 어깨를 나란히 하고 극장 안으로 들어가는 중이야. 그들 위에는 핫팬츠 여배우가 다리를 위로 올린 채 걸상에 앉아 있는 대형 포스터가 붙어 있어. 승우는 이미 지난주에 저 여배우의 다리를 싫증 나게 보았지. 시작부터 끝까지 여배우는 짧은 반바지만 입고 무대를 휘젓고 다녔어. 승우는 연극을 보면서 지루한 장면보다, 장면에 몰입하고 있는 관람객들의 모습에 더욱 흥미를 느꼈어. 창작의 욕심이야. 승우는 연극을 보고 나오면 그 자극으로 작업의 긴장을 높였지.

최 주임과 김 양이 극장 안으로 들어가는 모습을 확인하고 승우는 서둘러 커피숍을 나섰어. 관자놀이가 차츰 달아오르고 맥박이 빨라지는 기분이야. 작업 열의가 다시금 차오르기 시작했어. 그 긴장이 빠져나가기 전에 어서 붓을 들어야 할 거야.

다음 날, 출근해보니 승우의 책상 위에 카드가 놓여 있었어.

[그리운 당신, 어떤 그림인지, 어서 보고 싶군요. 혜진.]

그림은 거의 완성된 것이나 다름없었어. 승우는 어제, 할머니의 눈매와 처녀의 배꼽 주변을 덧칠해 윤곽을 뚜렷이 해놓았지. 하루쯤 덮어두었다가 마지막 손질만 더하면 끝이야.

그림도 그림이었지만 창간 잡지도 오늘, 가제본 검품만 받으면 인쇄소에서 찍어내는 일만 남았어. 승우는 가제본잡지를 다시 한번 검토하면서 오전을 보냈어. 검토 끝낸 잡지를 최 주임 통해 사장실에 올려보내고 나니, 승우는 그동안의 피로가 한꺼번에 몰려왔어.

－팀장님. 오늘 저녁, 회식 어떻습니까?

사장실에서 내려온 최 주임 얼굴이 환해. 사장도 흡족해하는 모양이야.

－그러지. 오늘은 일찍 끝내자고. 내가 한잔 사지.

승우는 기지개를 한껏 켜며 말했어.

확실히 MZ세대들은 자기중심적이야. 회식 자리에서조차 최 주임은 염치없이 안주를 우걱거리고 요량 없이 지껄여대. 몸을 아끼려는지 술은 마시지 않고 말만 많아.

─이번 일 끝나면 김 양을 정식으로 우리 회사에 앉히는 게
어떻습니까?

안주를 바꾸자, 최 주임이 김 양 곁에 바싹 다가앉아 슬그
머니 그녀 어깨를 밀어.

─최 주임, 그 정도에 벌써 취했나? 술 다시 배워야겠어.

승우의 말에 최 주임은 자세를 바로잡았지만, 은근히 화가
났는지, 술잔을 한 번에 들이켜곤 혼잣말해.

─늙으면 누군가에게 쫓긴다고 하던데….

그의 말에 가시가 들어 있다고 느낀 승우는, 더 함께 마실
기분이 사라져서 자리에서 벌떡 일어섰어.

작업실에서 혼자 술을 마시며 승우는 그림을 바라보았어.
마지막 손질만 기다리는 캔버스의 인물들이 맥없이 승우를
바라보고 있어. 이 그림을 출품해도 부끄럽지 않을지, 승우
는 확신이 서질 않아. 답답하기만 해. 그동안 아내로부터 심
리적인 도움을 받아 그 힘으로 그림을 그렸지만, 자신이 없
었어.

승우는 캔버스가 뚫어지게 그림을 바라보다가 작업실을
박차고 나와 거리로 뛰어갔어.

그는 최 주임과 김 양이 무척 궁금했어. 아내는 지금쯤 어디에 있을까? 승우는 갑자기 견딜 수 없도록 아내가 보고 싶었어. 동인전에 내걸기 전에 아내에게 먼저 그림을 보이고 싶었어.

승우는 미술팀이 회식했던 술집으로 다시 가보았지. 술집은 다른 손님들로 가득 차 있었어. 그는 불현듯 무언가 잘못될지도 모른다는 생각으로 골목골목을 헤집고 다녔어.

저기, 컴컴한 골목, 노래주점. 최 주임과 김 양이 실랑이를 벌이는 모습이 눈에 들어왔어. 최 주임이 그녀를 노래주점 안으로 끌고 들어가려고 끙끙거리고 있었고, 김 양은 노래주점 문설주를 붙잡고 최 주임 손을 뿌리치려고 안간힘쓰고 있었어.

—승우 씨! 이 사람 좀 떼어줘요!

김 양은 승우가 자신의 뒤를 미행하고 있다는 사실을 알고 있었다는 듯 고함을 질렀어. 김 양의 외침에 승우는 천천히 주점 앞으로 다가갔어. 김 양은 최 주임을 밀쳐내고 승우에게로 달려왔어. 최 주임은 어두운 골목에서 모습을 드러낸 승우를 바라보고 우두커니 서 있었어.

—여보, 당신 작품 끝났죠? 끝났으면, 이제 나도 이 연극

그만두겠어요.

승우의 아내, 김 양은 그의 품에 파고들어 서럽게 흐느껴.

'…안돼. …조금만 더 참으면 끝낼 수 있어. …좀 더 자극을 줘.'

승우는 속으로 외치며 아내를 힘껏 끌어안았어. 그는 작업실로 돌아가는 대로 이번 작품을 찢어 버리겠다고 생각했어.

새를 그리는 나무

 아들, 그와 연락 끊긴 지 삼십 년이 넘었다. 한때 노래 공부 같이한 적이 있지. 윤희상 시인은 남도 사람이어서 우리 가락에 능했어. 오래전에 내게 보낸 시 〈나무와 새〉에도 중모리장단이 들어 있어.

 직장생활처럼 성실만으로는 안 되는 개인 사업이었지. 사업을 그만두었다는 소식은 아는데, 요즘 무얼 하고 지내는지, 연락이 닿지 않아.

 어디 안테나를 높이는 중인가, 맞지 않는 주파수에 섞이는 목소리.

 ─뭐땀시 그란디, 걱정일랑 부뜨러메쇼잉

 초소 창문을 후비고 들어오는 그의 남도 사투리.

〈韻〉

〈散〉

같은 스승 아래서 같이 그림 공부하던 새,
어디로 갔소, 나무는 아직 캔버스 앞에 있소.

나무는 새가 그리워 그립니다.
나무의 줄기를 그립니다.
나무의 줄기 끝 마지막 잎새를 그립니다.
나무의 줄기 끝 마지막 잎새 위에 앉은 새를 그립니다.

새가 깃을 파르르 떠오. 이제 막 낮잠에서 깨어났소.
새는 그림자가 없소. 나무가 흔들기 때문이오.
흔들리는 것은 마음이라던 혜능 선사의 그림자도 그릴 수 없
소.

나무는 새가 앉은 나무줄기 속의 어둠을 그립니다.
어둠이 벗겨집니다. 떨어지는 어둠 부스러기를 주워 캔버스에
덧칠해도, 그림은 그려지지 않습니다.
나무는 캔버스 앞에서 꼬꾸라졌습니다.

어제 친구를 만나 술을 진뜩 마셨소.

한 방울만 마셔도 어지러워 제대로 걷지 못하는

나무는 친구 따라 한 병을 마셨소.

오늘은 작업을 마쳐야 하오.

캔버스는 술 냄새를 밀쳐내지만

나무는 무슨 일이 있어도 그림을 끝내야 하오.

잎새가 하나둘밖에 없는 줄기,

안간힘 써도 그 선이 나오지 않소.

술집에서 하던

친구의 말이 자꾸 떠오릅니다.

너는 재주가 없잖아.

이런 생활 그만둬. 처자식 생각해.

이제 삶을 살아.

멍청아, 내 삶 며칠 남지 않았어. 온몸이 암 덩어리야.

마지막 잎새 줄기만 그리면 돼.

너는 행복하니.

새는 대답을 않고 포르르 날아오르오.

새가 남긴 자리에 그림자가 새겨져 있소.

나무는 새 그림자를 떼어내려 가지를 흔드오.

쥐와 귀

아버지, 아내가 쥐를 싫어합니다. 우리 인류 대부분이 쥐를 싫어할 것입니다. 중세 시대 유럽 인구의 삼분지 일을 사라지게 했던, 페스트를 옮기던 동물이어선지 다른 동물들은 그렇게 좋아하면서 유독 쥐만은 미워합니다.

저도 마찬가지입니다. 다람쥐, 햄스터도 징그럽습니다. 조그만 것이 이리저리 뛰어다니는 모습도 보기 싫습니다. 녀석들, 반들거리는 눈을 마주치면 소름이 쭉 끼칩니다. 찍찍거리는 소리도 섬뜩합니다.

오늘은 쥐 이야기 보냅니다.

지구상의 모든 동물은 사랑하지만, 유독 쥐만 싫어하는 여인이 있습니다. 어떤 동물이든 숨 쉬고 움직이는 것이면 그

424

녀는 어르고 쓰다듬고 싶어 합니다. 그래서 그녀의 집은 언제나 꿈틀거리고 시끌벅적합니다. 안방에는 커다란 수족관에서 열대어와 거북이가 끔벅거리고, 거실에서는 앵무새와 잉꼬가 재잘거립니다. 고양이와 스피츠가 마당 가운데에서 졸고 있고, 토끼와 닭이 철망을 사이에 두고 먹이다툼을 벌입니다.

그녀는 쥐만은 죽도록 싫습니다. 그녀가 쥐를 끔찍이 싫어하는 이유는 중학교 3학년 때, 쥐에게 혼난 적이 있었기 때문입니다.

어머니의 심부름으로 된장을 퍼오기 위해 그녀는 장독대로 갔습니다. 뚜껑이 반쯤 열려 있던 된장 단지가 이상했지만, 그녀는 단지 뚜껑을 활짝 열어젖혔습니다. 그 안에서 강아지만한 쥐가 튀어나왔습니다. 쥐는 그녀에게 와락 달려들어 그녀 머리에 붙었습니다. 화들짝 놀란 그녀는 된장 뚜껑을 든 채로 장독대 아래로 뛰쳐나갔습니다.

쥐도 놀랐는지 그녀의 귀를 덥석 깨물고 머리칼 속으로 파고들었습니다. 그녀가 아무리 머리를 흔들어 쥐를 떨어내려 해도 쥐는 그녀의 머리칼을 부여잡고 떨어지지 않았습니다. 결국, 어머니가 밥주걱으로 쥐를 떨어냈습니다. 그녀의 귀에

선 피가 흐르고 머리카락은 뭉텅 빠져 있었습니다.

그때 그녀의 오른쪽 귀에 새겨진 상처가 아직도 남아 있습니다. 그녀의 귀는 아마추어 레슬링 금메달리스트의 귀처럼 일그러진 채입니다. 그녀는 그 뒤 언제나 머리카락을 오른쪽으로 길게 늘어뜨려 귀를 감췄습니다. 한쪽 귀는 찌그러졌지만, 그녀의 얼굴은 누구보다 아름다웠습니다. 대학 시절, 봄 축제 때는 '오월의 여왕'으로 뽑힌 적도 있습니다. 한 번도 파마하지 않은 생머리를 길게 늘어뜨리고, 왼쪽으로 살짝 돌린 그녀의 모습은 지금도 눈이 시리게 예쁩니다.

대학 동창이고, 졸업한 뒤 만나 5년간 연애하고, 결혼한 지 1년이 지난 지금도 남편은 그녀의 귀가 찌그러졌는지 모릅니다. 그녀는 남편과 식사하거나 이야기를 나눌 때도 고개를 약간 돌렸으며, 잠을 잘 때도 항상 오른쪽 귀를 베개에 깊숙이 파묻었습니다. 남편이 이상하게 여기지 않아 다행이었지만 언제까지 감추어야 할지, 고민과 조바심이 범벅이 되어 가슴을 끓였습니다. 그 모든 게 쥐 때문입니다. 지금도 쥐만 생각하면 소름이 쪽쪽 끼칩니다.

그런데, 오늘 아침, 유감스럽게도 그녀는 쥐를 보았습니다. 여느 날과 다름없이 그녀는 남편을 출근시켜놓고 음악 들으며 청소를 시작하려 했습니다. 오디오를 켜는 순간, 무언가 파르락, 부엌에서 튀어나와 오디오 스피커 뒤로 빠르게 숨어드는 것이었습니다.

숨어드는 빠르기와 거무스레한 몸통 빛깔, 웅크린 형상…. 분명히 그것은 쥐였습니다. 알감자 크기만한 생쥐였습니다. 너무 놀라서 그녀는 숨이 멎는 것 같았습니다. 생쥐가 있다면 필시 어미 쥐와 아빠 쥐, 그 외 여러 마리의 쥐들이 집안 어딘가에 둥지를 틀었다는 증거였습니다.

그녀는 빗자루를 내던지고 침실로 들어가 문을 걸어 잠갔습니다. 창문도 꼼꼼히 잠근 다음, 침대 위에 올라가 이불을 여민 채 누웠습니다. 가만히 누워 있는데도 스멀스멀 등이 가려워 왔고, 머리가 쭈뼛쭈뼛 일어섰습니다. 종일 그녀는 그렇게 누워서 꼼짝달싹하지 못했습니다.

소변이 보고 싶어도 화장실에 못 갔고, 배가 고파도 부엌으로 나가지 못했습니다. 친정엄마나 남편에게 전화를 걸 수도 없었습니다. 스마트폰을 오디오 스피커 곁에 뒀습니다. 생쥐 한 마리가 그녀를 가둔 것이었습니다. 그녀는 어서 남편이 퇴근하고 돌아오길 기다릴 뿐이었습니다.

이윽고 남편이 퇴근해 돌아왔습니다. 그녀는 눈물이 나올 정도로 남편이 반가웠습니다. 그녀는 침실로 들어서는 남편에게 달려가 문을 잠그고 말했습니다. 지금 거실에 쥐가 있다고, 빨리 잡아 달라고 말입니다.

그녀의 말을 들은 남편은 그러나, 양복저고리도 벗지 않고 침실로 파고들었습니다.

─집안일은 여자가 해야지, 종일 거울이나 보면서….

회사에서 무슨 좋지 않은 일이 있었는지, 남편은 그녀가 집에서 하는 일이 뭐가 있냐는 투로 투덜거리고는, 아예 이불을 덮고 눈을 감았습니다. 그녀는 남편이 미웠습니다. 북받쳐 오르는 악다구니 힘으로 그녀는 거실로 성큼성큼 걸어 나갔습니다.

스피커를 들춰내니, 생쥐가 꼼짝달싹하지 않고 까만 눈알을 굴리고 있었습니다. 그녀는 빗자루를 들어 힘껏 쥐를 내리쳐 잡았습니다. 그리고는 쓰레받기에 쥐를 받아들고 침실로 가서 남편의 코 앞에 들이댔습니다. 남편이 깜짝 놀라 이불을 뒤집어쓰는 모습이 그렇게 고소할 수가 없었습니다.

그녀는 어디서 그런 용기가 났는지 자신도 의아스러웠습니다. 집안에서 하는 일도 없이, 어쩌고 하던 남편 말에 대한 반발심이었을까요? 아니면 자기 귀의 비밀을 더욱 두텁게 가리기 위한 위장이었을까요?

 이튿날, 그녀는 집 안 구석구석에 *끈끈이* 덫을 놓았습니다. 생쥐를 잡긴 했지만 아무래도 마음이 놓이질 않아서였습니다. 과연, 그녀의 짐작대로 쥐 일가가 살고 있었던 모양입니다. 그녀가 점심 설거지하고 있는데, 싱크대 밑에서 쥐 울음소리가 들려왔습니다. 깜짝 놀라 밑을 들여다보니, 커다란 쥐가 *끈끈이*에 붙어 있었습니다. 쥐는 붙은 몸통을 떼려고 안간힘쓰고 있었습니다. 그녀는 괴성을 지르며 고무장갑을 낀 채로 안방으로 들어가 문을 걸어 잠갔습니다.

 어제처럼 그녀는 온종일 침실에 누워 남편이 오기만을 기다렸습니다. 쥐는 계속 찍찍거렸습니다. 침실로 넘어 들어오는 쥐 울음소리가 면도날이 되어 그녀의 온몸을 도려내는 것 같았습니다. 남편이 오면 또 용기가 생길지도 모르겠지만, 그녀는 오늘만큼은 남편에게 *끈끈이*를 치우게 하리라 마음먹었습니다.

 그러나 남편은 다음 날 새벽, 동틀 무렵이 되어서야 돌아왔습니다. 양복저고리를 벗어젖히고, 넥타이는 풀어헤친 채,

그리고 어디서 잃어버렸는지 가방은 보이지 않고 대신 비닐 봉지를 출렁거리며 들어왔습니다.

술 냄새가 집안에 진동했습니다. 외박은 결혼한 뒤 처음 있는 일이었습니다. 그녀는 남편에게 소리를 높이며 달려들었습니다. 곤드레만드레, 남편은 그녀가 귀찮다는 듯 밀쳐냈습니다. 말다툼이 몸싸움으로까지 번진 일도 처음입니다. 그 와중에 남편의 손에 들려 있던 봉투가 푸드득 터졌습니다.

봉투가 뱉어낸 내용물은 쥐덫과 귀걸이였습니다. 그녀는 혹시 남편이 자기 귀에 대해 알고 있었는가, 그래서 자기를 놀리려는 것인가, 하고 남편을 쏘아보았습니다.

－정말 무서워, 여보. 나는 쥐가 무서워. 어땠는지 알아? 어릴 때 쥐가 내 허벅지를 물었단 말이야. 보이지 이 상처?

남편은 어린애처럼 칭얼거리며 바지를 올려 다리를 내밀었습니다. 남편의 허벅지에 작은 흉터가 있습니다. 잘 보이지도 않는 상처입니다.

－나는 당신의 그 예쁜 귀가 마음에 들어 결혼했어. 완벽해. 오목하고, 둥그스름한, 복이 가득 담긴 귀야. 오늘이 바로 우리가 처음 만난 지 육 년째 되는 날이야. 자, 당신에게 주고 싶었던 선물, 귀걸이.

남편은 흐트러진 귀걸이 세트를 주섬주섬 주워 아내에게 건네주었습니다. 하지만 그녀는 불에 덴 듯 소스라치게 놀라며 귀걸이를 떨쳐냈습니다. 갑자기 바깥에서 쥐 울음소리가 그녀의 귓불을 물어뜯듯 날카롭게 들려왔습니다.

신혼 방

아들, 우리 시대는 경제 성장기였어. 국민이 가난에서 벗어나려 무진 애를 썼지. 민주화에 대한 열망도 컸어. 군인들이 무력을 앞세워 나라를, 국민을 지배하려 했거든. 우리에게는 먹는 문제와 자유가 중요하고 시급했어.

기형도가 그 시대를 대표하는 청년 시인이지. 그에겐 젊은 날, 그 시대밖에 없어. 생을 일찍 마감했거든.

아직도 〈빈집〉을 읽으면 그 시대가 생각나. 지금 MZ세대에게도 《입속의 검은 잎》은 널리 읽혀. 그 시대가 아직 끝나지 않았다는 증거겠지. 그 시집이 증거물이고.

우리가 분단을 끝내고 지난날을 제대로 정리하게 되면 그의 시를 읽지 않게 될까. 기형도의 시는 그렇지만은 않을 거야. 그는 긴장의 서정이 팽팽할 때 시편들을 남겼으니까. 그리고는 다른 구구한 변명 같은 시는 저절로 쓰지 않게 됐으니까.

그는 빈한한 젊은 시절을, 사랑을 좁은 방에 가두고 사랑을 그리워하는 우리를 그렸어.

아들, 아버지는 이 시각 〈빈집〉을 감상(感想)하면서 감상(感傷)에 젖어본다.

내게는 유치하지만은 않아.

〈韻〉

〈散〉

기형도 시인 3주기였던가.

내가 회사를 그만두고 아내가 직장에 나가기 시작한 지

한 달째 되던 날, 성 선배가 전화해 온다.

나는 빈집을 잠그고 명동에 간다.

대절한 차에 올라 안성으로 가는 길, 흐릿하다.

나는 입마개 쓴 강아지처럼 묵묵히 밖만 바라본다.

행인들 점점 뭉개진다. 뭉크의 〈질투〉처럼

차 안의 시인 평론가들 담화도 웅웅거린다.

안성에 도착해서도 성 선배의 등 뒤만 또렷하고,

선배 등에 걸린 구름도 흐리므리.

떠나기 전 읽었던 〈포도밭 묘지〉 몇 구절이

기형도 시인과 아버지 묘소 위에 떨어져 내린다.

'…서편 하늘 가득 실신한 청동 구름 떼여,

목책 안으로 툭툭 떨어져 내리던 무엄한 새들이여….'

묘지 풍경을 나는 이미 새벽꿈에 담았다.

안개에 묻혀 있는 시인의 어깨를 누군가 쓰다듬고 있었다.

간단 제사 뒤 음복.

시인의 누님은 꿈에 나온 아버지와 시인의 모습을 말씀하신다.

눈앞은 더 흐려진다.

지금은 가엾지만,

기형도 시인은 사랑을 잃고

시를 얻었다고 생각했다.

나는 2차에 가서 컥컥 눈물을 삼켰다.

원 선배가 내 등을 얼러준다.

부끄러워서 선배님들 아직 뵙지 못하고 있다.

울음 저녁.

나는 신혼 단칸방 집에 어서 가고 싶다.

미소 밤.

나는 더듬거려 방문을 열고 들이간다.

껌벅거리는 고장난 형광등을 툭 치니

메모지가 떨어져 내린다.

빈방은 아내의 글씨로 흔들린다.

–된장 1큰술, 고추장 반 큰술, 들기름 약간, 두부 반 모….

가엾은 내 시간 된장에 버무려지네.

시인 타계 이십 년 뒤 재건축 시작되는 신혼 방문을 열어본다.

사랑과 미움이 가라앉은 빈방, 묵은 멀미가 내려온다.

천사의 미소

아버지, 곧 손주 보시겠습니다. 아내가 산부인과에 다녀왔답니다. 6주째라네요. 아내가 그동안 왜 조용한가 싶었습니다. 더 조용해지겠네요. 세상이 고요해집니다. 아기가 잠들기 위해 우주는 적요해집니다.

새봄에 납니다. 아기 탄생을 위해 지난여름 그렇게 뜨거웠나 봅니다. 꽃다운 아이가 나길 소망합니다. 신비스러운 꽃, 경이로운 아기입니다. 그 꽃이 새봄에 피어납니다.

아버지께 소식을 전하려 이야기가 지어진 모양입니다. 최근에 쓴 짧은 소설 보냅니다.

K는 친정에서 열흘 만에 돌아온 아내가 반갑지 않습니다.

ㅡ잘못했어요. 다시는 그런 거짓말하지 않을게요. 정말이

에요.

아내는 일찍 퇴근한 K에게 달라붙어 서류가방을 냉큼 받습니다. 아내의 얼굴을 보니 K는 그동안의 노심초사가 다시금 불쑥 올라옵니다. K는 잡아 뜯듯 양복을 벗어 옷장 속에 집어넣고 아무 말 없이 건넌방에 들어가 벌렁 눕습니다.

현대인은 하루에 오십 번도 넘게 거짓말한다는 통계도 있지만, 그 거짓말도 정도의 문제일 것입니다. 차라리 다른 여인네들처럼 쇼핑한 물건값을 속인다거나, 남자 동창을 몰래 만난 뒤 시치미를 뚝 뗀다거나, 친정에서 해온 음식을 자기 솜씨라고 너스레를 떤다거나, 학창시절에 수십 명의 남자가 문 앞에서 줄을 섰다고 과장하기라도 한다면 우스개로 넘길 수도 있지만, 아내는 얼토당토않은 거짓말로 K를 놀라게 했습니다.

―친구, 순진이 있죠? 아이 낳다가 죽었어요.

―옆집 아이가 알고 보니 뇌성마비래요.

―엄마가 나를 유산시키려고 약을 먹었었다네요.

그러나 아내 친구 순진 씨는 결혼도 하지 않은 채 멀쩡히 살아있으며, 옆집엔 노인들만 살고 있습니다. 게다가 어떤 부모가 외동딸을 유산시키려 했단 말인가요.

오 년 전, 연애할 때는 답답할 정도로 진솔해서 촌스럽기까지 했는데, 지금은 눈자위를 굴리며 눈치 살피는 아내가 K는 엉큼스럽다 못해 안쓰럽게 보입니다.

남편보다, 아니, 아버지보다 좋다던 카메라를 놓아서인가. 한 번 몰입하면 사나흘 밤을 새워 인화 작업하던 열정이 사라진 후유증인가…. K는 생각해 봐도 이유를 모르겠습니다.

하지만 포토그래퍼 포기는 아내가 자청한 것이었습니다. 아내는 결혼과 동시에 카메라를 버리고 K에게만, 가정에만 전력을 다하기로 했습니다. 아내의 감각은 묵혀두기엔 아까운 재능이지만, 약속은 약속이었습니다.

결혼 전까지, 아내는 촉망받던 사진작가였습니다. 그녀는 주로 인물만 찍었는데, 앵글이 참신하다는 일관된 호평을 받는, 사진작가협회 기대주였습니다. 그녀의 사진을 표지로 쓰던 잡지가 한때는 열 개도 넘었습니다. 사람의 표정이 저토록 다양하고 심오하던가 싶게 그녀는 인물들의 천차만별한 표정을 잘 포착해냈습니다.

─화 풀어요. 다시는 그런 일 없을 거예요. 어머님께 했던 말, 정말 미안해요.

아내가 과일 접시를 들고 K가 누워 있는 침대로 다가옵니다.

-그만둬. 당신을 믿을 수가 없어. 한두 번이라야지. 이젠 지쳤어. 어머니한테까지 그렇게 말하면 나는 뭐가 돼?

K는 벌떡 일어나 스마트폰을 집어 들고 화장실로 들어갑니다.

그녀를 친정으로 보낸 이유는, 일주일 전 어머니에게까지 한 거짓말 때문이었습니다. 결혼한 지 이 년이 지나도록 아이가 없자, 어머니는 걱정돼서 아내에게 먹일 보약을 지어왔습니다.

-왜 여태까지 아이가 없니? 몸이 부실해졌으면 이 약을 먹어보렴.

어머니가 탕제 상자를 내놓자, 아내는 놀란 듯이 손을 휘저으며 도리질했습니다.

-아니에요, 어머님. 저, 약 필요 없어요.

아내는 탕약 꾸러미를 밀어내며 고개를 떨구었습니다.

-저…, 어머니. 우리… 당분간, 아이를 갖지 않기로 했어요. 저이가 그러자고 했어요.

아내는 능청스럽게 거짓말했습니다.

-아니, 무슨 이유로?

-집칸이라도 장만할 때까지….

K는 아무 표정 변화 없이 순식간에 둘러대는 아내를 보고 아연해 했습니다. 아내의 말을 듣고 어머니는 K를 멍하니 바라보았지만, K는 얼어붙은 입을 뗄 수 없었습니다.

자기 몸속에서 열 달 동안 다른 생명체가 살아간다는 게 무섭다고 했던가요. 병적일 정도로 임신을 거부한 사람은 아내였습니다. 조금이라도 생리 주기에 이상이 있으면 K의 이부자리를 건넌방에 따로 펴놓기까지 하던 아내였습니다. 신혼 초, 한 번의 유산 경험이 그런 두려움으로 나타날 수도 있다고 하겠지만, 임신에 대한 아내의 거부반응은 정도가 지나쳤습니다.

어머니가 탕제 상자를 떨떠름한 눈으로 바라보다가 떠난 뒤, K는 결혼하고 처음으로 아내에게 욕을 했습니다. K의 욕을 듣고 아내는 말없이 친정으로 간 것이었습니다.

그리고 열흘 만에 돌아온 것입니다.

-여보, 정말 죄송해요. 오늘 동창 모임 있다는 걸 깜빡했어요. 일찍 들어올 테니 저녁 식사 같이해요.

아내의 목소리가 화장실 문밖에서 상냥하게 들려옵니다.

−들어오건 말건 상관없어!

K는 변기에 앉은 채 고함을 지릅니다. K의 고함은 아랑곳 없다는 듯이 아내는 콧노래까지 부르며 외출 준비합니다. 외출을 서두르는 소리가 화장실 안으로 들어옵니다.

아내가 나간 뒤로도 K는 한참 동안 변기에 쭈그리고 앉아 스마트폰으로 인터넷신문을 봅니다.

좀처럼 나오지 않는 변처럼 제대로 돌아가지 않는 정국 소식을 넘어 문화면 기사 속에서 K는 아내의 이름을 발견하고 놀랍니다.

〈천사의 미소 −김지숙 사진전〉

그동안 아내는 사진전을 준비하고 있었던 것입니다.

K는 아내의 작업 열망은 거짓말을 상쇄하고도 남는다고 생각합니다. 그럴 것입니다. 유망하던 아내가 사진을 일찍 놓기에는 아쉬웠을 것입니다. 사흘간의 전시는 오늘이 마지막 날입니다. 아내를 당장 봐야겠어서 K는 일어섭니다.

들뜬 걸음으로 전시장에 들어서니 사진전은 성황을 이루고 있습니다. 사진보다 아내를 먼저 보고 싶었지만, 아내는 눈에 띄지 않습니다. K는 마음을 가라앉히며 다른 사람들처럼 사진을 감상합니다.

사진은 아내의 특기인 인물이었지만, 이번 전시는 하나같이 아이들뿐입니다. 하늘을 보고 까르르 웃는 아이, 짝꿍을 흘기는 아이, 햇살에 눈이 부셔 인상을 찌푸린 아이, 땅을 치고 통곡하는 아이….

모두가 천사의 표정입니다. 그중에서 K의 눈에 익은 사진이 있습니다. 언제 확대해서 다시 작업했는지, K의 백일 기념 사진입니다. 아버지가 아가 K를 하늘로 치켜올리는 모습입니다. 아래를 고스란히 드러내고, 눈이 보이지 않을 정도로 피둥피둥 살이 오른 K가 하늘에 둥둥 떠서 활짝 웃고 있습니다.

ー몸이 왠지 이상해서 그저께 친정엄마하고 병원에 다녀왔어요. 임신 한 달 보름째래요. 이상하게 두렵지 않아요. 별 탈 없이 전시를 치렀기 때문인가 봐요.

K가 자신의 백일 사진을 한창 바라보고 있는데, 어느새 아내가 다가와 속삭이듯 말합니다.

ー죄송해요. 당신한테 비밀로 하고 싶었어요. 이번 전시는 뱃속에 자라는 아이만큼 소중했어요.

전시장을 가득 메운 천사들의 사진 속에서 새로 태어날 천사의 미소가 겹쳐 떠다닙니다.

기적, 살아있음

아들, 고맙다. 네가 아버지가 되는구나. 나는 할아버지가 되고. 축하해. 세상의 모든 아버지에게 경축 인사 보내고 싶다!

어머니한테는 두려움일 수도 있겠지만, 꽃다운 아기를 보려 고통을 견뎌내겠지. 사랑과 존경은 어머니한테 돌리고 아버지는 그저 침묵할 뿐. 자기 씨의 기적을 감사히 받들어 묵묵히 먹이를 구해올 뿐.

모든 생명은 기적, 살아있음이 기적이다. 새 생명은 더할나위 없다. 아들, 힘내거라. 초소 창밖을 보니 눈이 내린다. 곧 개나리가 필 텐데, 눈이 온다. 봄눈, 우리를 축복하는가 보다.

오늘은 큰 소리로 노래하고 싶다.

춘 설

박제천 시
김기우 곡

〈散〉

춘삼월에 눈이라니

한랭전선에 걸린 물이 얼음 결정으로 내린다.

그래. 이제 결정을 열고 큰 시간으로 들기 직전,

얼마 남지 않는 내 시간에 봄눈이 걸린다.

눈 얹힌 꽃잎들 바람에 날리다 지고지고,

내 눈, 꽃잎들 맞이한다.

꽃잎들다운 시를 평생 써왔습니다.

기적 같은 나날, 기적 같은 詩作이었어요.

구슬만 한 덩어리가 늘 가슴에 생겼다 없어졌다 했습니다.

슬픔의 덩어리.

열다섯 권의 시집, 네 권의 시작법집.

나는 내 숨을 공양해왔습니다.

나 이제 시를 쓰지 않습니다.

봄눈을 맞이하는 나의 숨처럼 가벼운 몸

슬픔 덩어리가 내 속에서 떨어져 나갑니다.

446

지니고 있는 것 아무것도 없고,

드러누울 야산 하나 보이지 않습니다.

구름이 불타는 시각, 눈 사이사이

미세먼지가 노을을 가리고 있습니다.

눈이 더 내려 미세먼지가 씻기면

불타는 구름에 나는 녹아 없어지겠지요.

타고 남은 재는 분명 기름이 됩니다.

나는 나를 바라보게 되고

찰나에 피고 지는 꽃을 바라볼 것입니다.

춘삼월에 눈이라니

눈 얹힌 새싹들, 꽃봉오리 머금고

시인으로 피어날 꽃잎을 기다리는 봄눈.

평생 시를 쓸 시인 머리 위에

내리는 춘설(春雪)

엄마야 누나야 강변 살자

아버지, 축하 감사드립니다. 무겁습니다. 아내는 점점 더 무거워지겠죠. 저는 매일 안녕, 아기에게 인사를 합니다. 잘 먹고 잘 자다가 아빠하고 기쁘게 만나자고 말입니다.

좋은 글 쓰기 위해 더 노력하겠습니다. 더 힘내겠습니다. 오늘은 아이 생각으로 지어봤습니다. 아버지, 그동안 힘 보 태 주셔서 고맙습니다. 아버지 덕분에 많은 이야기 얻게 됐 습니다.

아빠는 오늘도 두물머리에 나갔습니다. 미술학원을 다녀 온 지우는 아빠가 만들어놓은 칼국수를 후루룩 먹고 아빠에 게 달려갔습니다. 아빠는 오늘도 낡은 배 옆에서 노을을 바 라보며 콧노래를 부르고 있을 겁니다.

지우는 아빠가 계신 곳을 향해 달리며 며칠 전부터 미술학원에 나오지 않게 된 짝꿍 이야기를 해 주어야겠다고 생각했습니다.

저기 아빠가 보입니다. 언제나처럼 금싸라기 햇빛을 뒤집어쓰고 쭈그려 앉아 있는 아빠의 모습은 샛노랗게 물든 은행나무 같습니다.

지우는 아빠를 불렀습니다. 아빠가 햇살을 떨구며 일어서서 은행잎 같은 손을 너풀거렸습니다. 소리 없이 흐르던 강물도 출렁, 아빠를 따라 일어서며 지우를 반겼습니다.

─아빠, 오늘 미술학원에서 종이접기 했어. 오리 하고 배를 접었는데, 내가 제일 빨리 접어서 선생님께 칭찬받았어. 그런데…. 짝꿍이 없어서 정말 심심해.

아빠 곁에 앉은 지우는 강물을 바라보며 생각에 잠겨 있는 아빠에게 나지막이 말했습니다.

─아빠가 방금 조, 좋은 노랫말을 지었단다. 가, 강물하고 이야기하고 있으면 이렇게 조, 조, 좋은 노랫말이 생각나.

강물은 항상 아빠의 생각을 빼앗고 있습니다.

지우는 아빠와 이야기 못 하게 가로막는 강물이 얄미웠습니다.

─아빠, 내 짝꿍 있잖아. 그 애가 집을 나갔대. 그 애 엄마가 미술학원에 와서 선생님 손을 잡고 막 울었어.

지우는 아빠의 팔목을 잡고 흔들어 강물에게서 아빠를 떼어놓았습니다. 그렇지만 강물은 아빠 발밑에 슬그머니 밀려와 아빠를 다시 끌어갔습니다.

─내, 내일이 누나 생일이잖니? 그. 그래서 아빠가 노, 노랫말을 지었단다. 들어보련?

아빠는 온종일 공부하며 시를 짓는 사람입니다. 아빠가 또 입을 벌리고 있습니다. 책을 보거나 시를 지을 때 아빠는 입을 벌립니다. 요즘 아빠 입은 다물어지지 않고 있습니다.

엄마와 같이 살 때는 아빠도 책을 보지 않고 회사에 나갔습니다. 아침에 나가서 저녁 늦게 돌아오면 아빠는 라디오를 크게 켜놓고 누나를 불렀습니다. 라디오에서 아빠가 했던 이야기가 나온다고 말입니다. 누나가 아빠 무릎에 앉고 엄마도 아빠 곁에 앉으면 스피커에서 음악이 나오고 초콜릿 같은 남자의 목소리가 들려왔습니다. 엄마와 누나는 그 남자가 아빠라고 좋아했지만 지우는 왠지 라디오에서 들리는 남자의 목소리는 아빠의 목소리가 아닌 것만 같았습니다.

─내 짝꿍도 라면 봉지에 얼굴이 나올 거래. 있잖아, 아빠.

잃어버린 애들 찾는 그림말이야.

지우는 아빠가 들려주려는 노랫말을 듣기보다 먼저 짝꿍 얘기를 하고 싶었습니다. 솔직히 아빠의 노랫말은 별로 재미가 없었기 때문입니다.

ㅡ제, 제목은 '엄마야 누나야 강변 살자'란다. 어때? 그, 그 럴듯하지?

아빠는 지우의 말을 듣지 않고 말을 더듬으며 노랫말을 들려주려고 합니다.

아빠는 노랫말을 읊을 적엔 말을 더듬지 않지만 보통 때는 심하게 더듬습니다. 엄마하고 함께 살 때는 보통 때도 이렇게 말을 더듬지 않았습니다. 아빠가 말을 더듬기 시작한 것은 아빠가 회사를 나가지 않고부터인 것 같습니다. 아빠가 회사에서 해선 안 될 말을 했다고 엄마가 그랬습니다.

엄마는 아빠와 다투다가 누나를 데리고 호주에 계신 외할머니한테 가고 지우랑 아빠가 이렇게 공부하며 지내고 있습니다. 그동안 지은 시 묶음이 아빠 얼굴 담긴 책으로 나오고, 아빠가 오려놓은 신문에서도 아빠가 지은 책을 보았지만 지우는 별로 기쁘지 않았습니다. 엄마하고 누나가 없기 때문입니다. 아빠는 지우에게 공부를 열심히 하고 있으면 엄마가 온다고 말했습니다. 하지만 엄마는 전화만 할 뿐 1년이 넘도록 한 번도 얼굴을 볼 수가 없었습니다.

　─아빠, 다른 애들이 그러는데 내 짝꿍은 집을 나간 게 아니라 나쁜 놈이 데려간 거래.

　　집에서 가져온 손톱깎이를 눌러
　　강물을 떼어냅니다
　　강물에서 한숨 소리가 납니다

　─짝꿍 엄마가 우니까 나도 엄마 생각났어.

　　손가락을 진분홍 칠한 강물에 적신 엄마
　　노을이 손가락 밑으로 수평선 끌어
　　사금이라도 건져 올리듯
　　저녁쌀을 씻습니다

　─짝꿍 엄마가 가고 미술학원 선생님이 하나님께 기도하자고 했어. 내 짝꿍을 빨리 집으로 돌아오게 해 달라고 말이야. 모두 함께 기도하면 하나님께서 들어 주신대.

엄마 제발 손가락 접으세요 나를 찾지 마세요
쌀뜨물을 한 움큼 걸러 모아 미역국을 만듭니다

―하지만 나는 기도할 때 짝꿍 생각을 하지 않았어. 아빠, 나
는 하나님께 엄마하고 누나가 빨리 오게 해 달라고 기도했어.

청둥오리 한 마리 강물 튀고 날아오르니
노을 곁에 낮달이 떠오릅니다

―아빠? 하나님께서 나를 나쁜 애라고 내 기도 들어주시지
않으면 어쩌지?

오늘은 누나 생일
축하합니다 축하합니다 당신의 생일을 축하합니다
강물은 노래를 부르며 춤을 춥니다

―어, 어때? 아빠가 조, 조금 전에 만들었어.

언제나 그랬듯이 시우는 고개를 끄덕였습니다. 잘은 모르겠지만 아빠가 엄마와 누나 생각을 하며 만든 노랫말 같았습니다. 다시 강물을 바라보는 아빠의 얼굴이 금세 늙어 보였습니다.

-그만 집에 가자, 아빠.

-그, 그래. 가자.

집으로 돌아오니 문이 열려 있었고, 못 보던 운동화가 현관에 가지런히 놓여 있었습니다. 지우는 궁금해서 방으로 달려갔습니다. 방안엔 외할머니께서 졸고 계셨습니다. 지우가 슬며시 할머니 손을 잡자 할머니는 금방 잠에서 깨어나 지우를 안았습니다.

-어이구. 이 할미가 너를 얼마나 보고 싶었는지 아니? 어디 보자 내 새끼.

할머니 눈에 눈물이 그렁그렁했습니다.

-반찬하고 밥을 만들어놓았네. 에미하고 지혜도 같이 서울에 왔어.

할머니는 멀거니 서 있는 아빠에게 앉으라고 손짓하고 눈물을 훔쳤습니다.

-그렇습니까? 귀국한다는 전화도 없었는데…….

-내일이 지혜 생일이잖아. 자네가 괜찮다면 에미는 지혜 생일 여기서 지내고 싶어 하네.

할머니가 아빠 눈치를 보며 조심스럽게 말했습니다.

-지혜는 보고 싶습니다. 하지만, 집사람은 강변을 싫어하지 않습니까?

-나는 잘 모르겠네, 자네가 허락한다면 당장 달려올 걸세.

-제 허락이 뭐 필요합니까? 저도, 아내도 다시 노력해 봐야죠.

아빠는 할머니에게 다가앉으며 활짝 웃었습니다. 지우는 아빠가 그렇게 웃는 모습을 참으로 오랜만에 보았습니다. 그리고 참으로 이상하게도 아빠는 말을 하면서 하나도 더듬지 않았습니다.

지우는 할머니 품에 안겨 하나님께 감사하다고 기도를 드렸습니다.

소설가의 삶, 삶의 소설가

아들, 오늘은 내가 그동안 고민해오고 느껴왔던 예술가들의 삶에 관해 이야기해 보련다. 공부 많이 하지 않았지만, 이것저것 겪어보고 찾아본 것들을 늘어놓아 볼게.

소설가인 아들 앞에서 주름잡는다고, 이미 알고 있을 사실일 텐데 잔소리한다고도 생각 든다. '예술에 관해 아무것도 자명한 것이 없다는 사실이 자명해졌다'라는 아도르노의 말, 여러 갈림길에서 양을 잃는다는 뜻인 '다기망양(多岐亡羊)'이라는 말도 생각난다. 그래서 아들에게 편지 쓰면서 생각을 정리해 보는 거야. 내 예술 관련 호기심이 노파심처럼 여겨질지 걱정되네. 네가 집에 오면 그때 다시 이야기 나눠 보자.

이런 고민은 최인훈 작가님으로부터 시작됐지. 내가 존경하는 소설가 최인훈 님은 소설과 희곡을 쓰셨지만, 가끔 시도 쓰셨지. 처음 문단에 나온 게, 〈수정〉이라는 시를 발표하면서였어. 그분의 세계는 스펙트럼이 넓어 뭐라 쉽게 말하기 어렵지만, 《화두》라는 장편소설에 대부분 담겨 있다고 본다. 이데올로기라는 평생 화두를 짊어지고 자기만의 언어로 이념을 넘고자 한, 문학의 원형이라고 할 수 있을 거야.

《화두》에 〈아이오와 강가에서〉라는 시가 나온단다. 이 시는 최인훈 선생님의 일생을 압축해놓고 있지. 미국 아이오와 대학 창작 프로그램에 참가해서 미국으로 이민 간 가족과 재회하고, 과거를 회상하는 시야.

분단의 세월과 당신의 현재 처지, 미래를 그려보는 느낌으로 곡을 붙였어.

감상해 보렴.

〈韻〉

〈散〉

- 스승님, 문학이 무엇입니까.

- 살아가라.

- 스승님, 소설은 무엇입니까.

- 거꾸로 살아가라.

- 도통 모르겠습니다.

－모른 채 살아가라.

－스승님은 요즘 무얼 쓰십니까.

－이미 다 썼는데, 무얼 덧붙일까. 아인슈타인이 계속 뭘 발견해 냈더냐. 이 찹쌀떡 참 맛있다. 아인슈타인은 이 맛 모르겠지. 불쌍한 사람.

스승과 제자 사이 오랜 침묵, 쩝쩝 소리만 흐른다.

－사모님께서 만드신 찹쌀떡 일품입니다.

－환상주체의 경지에 올랐지.

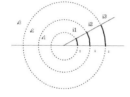

I － 생물주체 〈닫힌안정〉　－　DNA
i － 문명주체 〈열린불안정〉 －　DNA'
i － 환상주체 〈열린안정〉　－　DNA∞

－나, 이제 편안하다. 피난 생활 마친다. 정신 DNA 받은 아들도 가졌다.

스승은 1936년 4월 13일 함북 회령에서 6남매 맏이로 태어났다.

제자는 1·4 후퇴 이후 평생 피난민으로 살아간 스승 뜻이 한없다.

바닥없는 봄 꿈의 삶.

아으 해 저문 남의 땅 강가에서 흐르는 세월 강을 듣겠네.

제자 귀에 얹히는 스승의 노래.

제자 눈에 어른대는 스승의 모습.

도문에서 회령을 바라보는 스승,

스승 어깨 곁으로 하염없이 시간이 흐르고, 스승 머리칼 위로 별이 앉는다.

두만강 저쪽 자전거를 탄 북한 주민들 러닝셔츠가 바람에 휘날린다.

어머니,

치아 없는 스승 입술 사이에서 발음돼 나오는 말.

–별이 보고 싶다.

–가시죠.

제자는 스승을 태우고 연천 임진강변 향해 달린다.

별이 쏟아져 내리는 스승과 제자의 언덕, 여러 차례 왔어도 새롭다.

구름을 가르며 달을 낚는다는 한자 숙어, '경운조월(耕雲釣月)'.

강을 바라보는 스승의 눈에 눈물이 비친다.

460

청동거울 같은 모습으로 강물을 비추는 스승.

곁에 선 제자도 우는가.

강물이 크게 출렁인다.

– 이제는 정말 꿈으로 들어가야겠다.

– 저도 거울 속으로 갑니다.

스승은 마지막으로 장편소설을 남겼다.

그 속에 한 마디.

– 너 자신의 주인이 돼라.

아들,

'마음은 변화하면서 변화하지 않는다'라는 말이 요즘 입안에 굴러다닌다. 선불교에서 화두 진리 탐구로 쓰이는 말이야. 초소에서 근무할 때, 주민들과 이야기 나눌 때, 재활용품 정리할 때 이 말은 여러 상황에 적절히 들어맞아 고개를 끄덕이게 해.

아들 내외가 우리 집에 오겠다니 무슨 요리를 해 줄까, 생각하다가 '고추장 전복 파스타'로 정했어. 매콤한 걸 좋아하는 며느리를 위해, 면을 즐기는 아들을 위해 적절한 음식이지.

올리브유를 두른 프라이팬에 새우, 관자, 전복을 볶다가 고추장을 풀어 파스타 면에 버무리는 스파게티. 김칫국물을 한 큰술 넣어주면 칼칼한 풍미가 더하지. 너 좋아하잖아.

4차 산업혁명 시대라 불리는 오늘날, 발전한 과학기술의 혜택을 받느라 바빠지고 그 기술을 익히느라 좀 번거로워졌지만, 생활이 편하고 정확한 것처럼 보이는 것은 사실이지.

십 년 전만 해도 상상 못 했던 일들이 벌어지고 있어. 앞으로 십 년 후엔 또 어떻게 변해 있을지 예측하기 어렵다네.

아들이 하는 문학도 여러 측면에서 변했다고 봐. 표현 매체가 다채로워졌고, 대중문학과 본격문학 구분도 희미해졌지. 고급/저급, 중심/주변, 윤리/비윤리 같은 구분은 이제 의미 없어 보여. 한쪽 입장을 조명해서 뜨겁게 벌이던 논쟁도 사라졌어. 모든 초점은 상황에 따라 다르게 맞춰지고 수시로 움직이지.

어느 것 하나 결정적인 것이 없어. 이런 상황에 세계적인 경제불황이 한 데 겹쳐 있잖아. 예술인, 특히 문학인들의 입지가 불안해 보여. 전업 작가라도 우리 근로자의 평균 연봉

사분지 일에 못 미치는 수입이라는 기사를 본 적 있어. 국민 소득 삼만 불 시대에 작품 창작에 온 힘을 쏟아부어도 라면만 먹어야 한다는 거야.

아들도 며느리가 경제 활동하지 않으면 생활 유지가 어렵겠지. 며느리 앞에서 숨도 제대로 쉬지 못하는 아들을 생각하면 마음이 아파. 집안 살림 열심히 도와야지, 창작하려 에너지 쏟아부어야지, 어디 심신이 온전하겠어? 자기 좋아하는 일 하면서 살아가기 정말 힘들어.

'파트론'이라는 말이 있어. 18세기 이전의 예술가들에게 물질적 힘을 주는 존재, 후원자, 후견인이지. 예술가는 귀족과 왕족의 후원을 받으며 창작해 나갔지. 그들은 파트론이 제시하는 이념을 표현의 기준으로 삼아 작품을 만들고, 그 대신 생활을 보장받았어.

귀족과 예술가의 이런 관계는 시민혁명이 있고 난 뒤 변화를 겪게 돼. 예술가는 귀족의 요구에 의해서가 아닌, 자기만족을 위해서도 표현하기 시작하지. 특정 이데올로기나 종교, 도그마가 없는 예술가 존립이 큰 가치를 지녀.

그러다가 산업혁명을 거친 뒤 '대중'이라는 존재가 예술 작품을 누릴 수 있게 되잖아. 오늘날, 예술가들은 생존을 위해 대중의 기호를 무시할 수 없어. 대중이 파트론 된 거야.

그렇다고 지금의 파트론이 과거보다 예술 작품에 대한 감식안이 낮은 것도 아냐. 대중은 평론가보다 분석이 날카롭기도 하고 예술가보다 뛰어난 직관력을 과시하기도 해. 예민한 대중의 심미적 경험을 무시할 수 없어.

그리고 가끔 전문예술인 못지않은 작품활동으로 관객을 사로잡는 아마추어 예술가도 등장해. 표현 매체의 다양함과 기술의 평준·일반화로 누구든, 어디서든 자기를 표현할 수 있게 됐지. 공영 방송보다 유튜브 같은 매체를 접하는 시청자가 점점 늘어가고 있잖아. 일상을 개성 있게 보여주는 콘텐츠로 수십억 광고 수익을 올리는 아마추어 예술인들도 많다네.

창작하는 기술도 발달해서 다채로운 예술 양식이 탄생했지. 예술품 제작 과정도 간단해져서 창작과 감상이 쉽게 이뤄지잖아. 새로운 예술 양식이 나오고 장르도 짬뽕이나 섞어찌개 같아졌어. 이제는 문학도 디지털 매체 출현으로 문장의 형식, 기교가 변했다고 봐. 디카 시, 인터렉티브 스토리텔링 같은 것들이 나오잖아. 매체에 맞는 표현 방법도 고민해 봐야 해.

종이에다 글을 쓰는 문자문화 시대에서 제2의 구술문화 시대로 변한다는 말도 있어. 영상 시대여서 글쓰기 자체가 의미 없다고 보는 견해도 힘 있게 들려. 글쓰기는 이제 영상에 적합한 대강의 줄거리, 방송용 대본, 광고 문안, 홍보 카피 등으로 사용될 뿐이라는 미래학자도 여러 명이야. 인터넷이 크게 활약하면서 전통적인 문학창작은 더 위기를 맞고 있는 모습이잖아. 많은 사람이 문학, 작가의 종말을 떠들어대.

하지만, 그렇지만 말이야.

사진이 발명되었어도 미술이 사라지지 않았잖아. 영화가 출현했어도 연극이 없어지지 않았고…. 문학이 새 매체의 침범을 받는다고 해도 그 영역은 남을 거야. 특히 이야기를 좋아하는 우리를 여전히 꿈꾸게 하는 소설은, 다른 매체나 장르에 영향을 끼치면서, 혹은 스스로 틀을 바꿔가면서 독자들과 함께할 거야. 우리가 언어 아닌 다른 기호로 소통하게 되거나 생로병사에서 완전히 벗어나게 되면 모를까, 소설과 문학은 언제나 존재한다고 봐.

희망일까?

변신은 있어도 변심은 없을 거야. 문자에 대한 이해력이 많이 떨어져 가고 있는 영상 세대에게 더 필요한 것은 책이야. 책에 박혀 있는 문장이야. 글을 읽지 않고는 제대로 된 표현을 할 수 없어.

말은 오염되고, 자기 편의로 곡해하여 이용되고, 남을 속이고 해치게 될 거야. 문학예술의 언어는 거짓을 진실로, 추악함을 아름다움으로 바꿔놓잖아. 아들의 작업 도구인 그 말이, 바로 금강석이라고 믿어.

아들, 파스타가 익었는지 알려면, 한 가닥 면을 집어 냄비 뚜껑에 던져보면 돼. 면은 잘 익었으면 뚜껑에 찰싹 붙고, 덜 익었으면 힘없이 떨어지지. 아들, 익은 면 같은 문장으로 작품을 써나가면 된다고 봐.

나의 '고추장 전복 파스타'는 볶아놓은 전복과 고추장 양념 국물을 파스타 면에 넣어 비비다가 청경채를 넣어주는 게 비법이야. 김칫국물 한 숟가락, 된장 반 숟가락 넣어주면 우리 입맛에도 잘 맞아. 청량한 식감이 매운맛을 중화하고 구수한 맛을 돋워줘.

아들, '음악에는 국경이 없다, 하지만 음악가에게는 조국이 있다'라는 말을 나는 믿어. 음표가 아닌 한글로 작업하는 아들은 더욱 실감할 거야. 우리 말에는 우리 상처, 우리 추억이 담겨 있어. 음악가들도 그렇고 미술가들도 자기 경험을 소중히 여기잖아. 문학가들은 더 민감하겠지.

'요중선(鬧中禪)'. 이라는 말이 떠오르네. 선불교에서는 요중선을 중요하게 여겨. 시끄럽고 번잡스러운 생활 속에서 자기를 잃지 않고 수행하는 것을 말해. 요중선을 행하는 사람들은 언제 어디서나 상황에 구애받지 않아. 스스로 고요해지고 그 안에서 자기를 가꾸지.

문학의 문장들에는 우리 시대의 생활이 녹아 있잖아. 요중선의 모습이 선연한 아들의 새 책을 어서 만나고 싶어. 나는 최선을 다해 고추장 파스타를 요리할게. 파스타를 맛있게 먹어주는 아들의 모습 보고 싶어.◉

최인훈은
이렇게
말했다

최인훈과 나눈 예술철학,
40년의 배움

《광장》과 《화두》의 작가 최인훈의 말을 제자인 김기우 작가를 통해 듣는 책!
– 40년을 함께 나눈 스승 최인훈과 제자 김기우의 예술철학 이야기.

40년 동안 최인훈에 관한 육체적, 정신적 정보를
온전히 되살리려는 평전같은 기록물!
온몸으로 문학을 살다간 최인훈의 진실한 면모를 본다.
40년을 함께 나눈 스승과 제자의 예술철학 이야기.

《광장》과 《화두》의 작가 최인훈의
말과 예술철학은 무엇인가?
또한 최인훈의 오랜 은둔 생활로 생긴
오해와 왜곡을 바로잡는 사실의 기록!

《최인훈은 이렇게 말했다》는 학술적 에세이, 소설 형식의 미셀러니, 희곡 등을 포함하는 복합장르의 서술체로 쓰여 낯설기도 하면서 다채로운 독서의 즐거움도 주고 있다.

특히 이 책은 '최인훈 작품 연보'에서 돋을하게 빛을 발한다. 연구자들뿐 아니라 애독자는 작품 연보를 통해 최인훈 생의 줄기를 자세히 알게 되고, 해설을 통해 작품을 정확하게 파악하리라 본다.

김기우 지음 / 신국판 / 736쪽 / 값 30,000원

리듬, Rhythm

─노래 불러요, 춤 출게요

욕망과 절망, 그리고 인간 회복의 희망을 전하는 리듬,
그 흔들림….

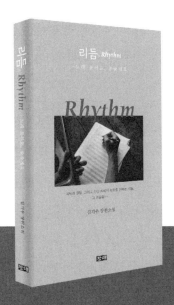

《리듬, Rhythm》은 '예술가 소설'이다.
우리의 노래와 음악에 관한 성찰을
이 소설을 통해 독자와 나누고자 한다.

현재, 과거, 미래의 의식에서 헤매는 세 인물을 일인칭 주인공 시점으로 조망해 독자에게 여러 겹의 독서 체험을 주고 있다. 조실부모하여 힘든 형편 속에서도 가수의 꿈을 이루고자 열망하는 '나(윤주)'와, 부단한 노력으로 실력을 키워 한 시대의 국민가수의 위업을 달성한 '나(현우)', 그런 스승을 수십 년 모시며 음악 세계를 키워왔지만, 스승의 그늘에서 벗어나지 못하는 '나(성재)'가 각기의 사건을 겪어나간다. 그들은 서로 제자와 스승, 그리고 연인의 관계로 묶여 있다. 모두 '음악'이라는 공통분모를 지니고, 서로 '사랑'의 그물망에 얽혀 서사가 진행된다.

김기우 지음 / 변형국판 / 264쪽 / 값 14,000원

새우와 고래가 함께 숨 쉬는 바다

네게 쓴 메일함

– 아버지와 아들의 말로 못한 진짜 이야기들

지은이 | 김기우
펴낸이 | 황인원
펴낸곳 | 도서출판 창해

신고번호 | 제2019-000317호

초판 1쇄 인쇄 | 2024년 12월 09일
초판 1쇄 발행 | 2024년 12월 16일

우편번호 | 04037
주소 | 서울특별시 마포구 양화로 59, 601호(서교동)
전화 | (02)322-3333(代)
팩스 | (02)333-5678
E-mail | dachawon@daum.net

ISBN 979-11-7174-021-5 (03810)

값 · 18,800원